D1566039

Náufragos en tierra

Oscar Vela

Náufragos en tierra

ALFAGUARA

Título: *Náufragos en tierra*
Primera edición en Alfaguara: noviembre, 2017

© 2017, Oscar Vela
© 2017, de la presente edición en castellano para todo el mundo:
Penguin Random House Grupo Editorial, S. A. S.
Cra. 5A # 34A-09, Bogotá, D. C., Colombia
PBX (57-1) 7430700
www.megustaleer.com.co

Impreso en Colombia-*Printed in Colombia*

ISBN: 978-958-5428-53-9

Compuesto en caracteres Adobe Garamond Pro
Impreso en Nomos Impresores, S. A.

Penguin
Random House
Grupo Editorial

A Stefi, que habita mi alma

Esta novela está basada en la vida de César Gómez Hernández (San Francisco Javier y San Julián de los Güines, Cuba, 1918), un auténtico revolucionario que ha dedicado su vida a los ideales de libertad e independencia de Cuba.

Al igual que el hueso al cuerpo humano y el eje a una rueda y el canto al pájaro y el aire al ala, así es la libertad, la esencia de la vida.
Cualquier cosa que se haga sin ella es imperfecta.

JOSÉ MARTÍ

El adolescente padecía como nunca, en aquel momento, la sensación de encierro que produce vivir en una isla.

ALEJO CARPENTIER, *El siglo de las luces*

Medellín, 1961

A pesar de la incertidumbre y el miedo que me consumían, aquella tarde triste y lluviosa del 24 de diciembre de 1961 se iba a convertir, poco tiempo después, en una de las más felices de toda mi vida.

Minutos antes, sudoroso y agitado, abordé un avión que se aprestaba a cerrar sus puertas en preparación para el despegue. Para ese entonces, sentía el agotamiento de la tensa travesía que me había llevado durante tres días desde la residencia de la embajada venezolana en La Habana hasta mi destino final: la ciudad de Medellín. Allí, en algún lugar, se encontraban Elena, mi esposa, y mi pequeño hijo, César, de quienes no había tenido noticias durante el tiempo que duró mi asilo.

Ninguno de los pasajeros de aquel avión podía imaginar siquiera que yo era uno de los expedicionarios que una madrugada de diciembre de 1956 arribamos a las costas de Cuba, a bordo del Granma, para enfrentar a la dictadura de Fulgencio Batista. Nadie tenía forma de saber que fui uno de los tripulantes del Granma, y que entre mis compañeros de ideales y aventuras era conocido como el Viejo, por la cabellera blanca que me nació desde muy joven, y tan sólo unos pocos, los más cercanos como Raúl, el Che o el propio Fidel, sabían que mi verdadero nombre era César Gómez Hernández. Nadie podía saber que aquel viaje entre Cúcuta y Medellín era el trayecto final del exilio definitivo, y que nunca más en mi vida volvería a pisar suelo cubano.

Nací en San Francisco Javier y San Julián de los Güines, una pequeña ciudad ubicada a treinta kilómetros al sur de La Habana, a orillas del río Mayabeque. Fui un revolucionario de vocación prematura, pues antes de cumplir la mayoría de edad ya me había vinculado de forma activa con grupos insurgentes, y más tarde llegué a ser integrante del Estado Mayor de los expedicionarios del Granma y hombre de confianza de Fidel y Raúl Castro durante los preparativos de la Revolución en México.

Recuerdo con claridad el momento mismo en que el avión se deslizó suavemente por la pista desde el aeródromo cucuteño de Cazadero, se detuvo un momento en la cabecera y se aprestó a despegar. En ese instante, a mis cuarenta y tres años recién cumplidos, me despojaba poco a poco y en silencio de todo mi pasado. En adelante —pensé durante aquel vuelo— sería simple y llanamente César Gómez Hernández, un hombre que se veía obligado a empezar una nueva vida en un lugar desconocido, sin más posesiones que la ropa que llevaba puesta y aquel mono de baterías que apretaba con mis manos, regalo de un amable funcionario de la embajada de Colombia en Caracas.

Mientras la nariz del avión apuntaba hacia el cielo, acompañado del rugido de los motores, yo imaginaba que mi pasado se desprendía a jirones como si se tratara de la piel vieja de una serpiente, y que allí, entre esos retazos curtidos, se quedaban pegadas más de cuatro décadas de recuerdos: alegrías, tristezas, amores, tragedias, logros, frustraciones, satisfacciones, tropezones, y en ese torbellino de imágenes y sensaciones iba también mi nombre de combate, y con él huían para siempre los nombres de los que ya no estaban conmigo, sus rostros difuminados por el tiempo, casi olvidados: mi padre, mi madre, mis hermanos, amigos entrañables, compañeros de aventuras…

Habían transcurrido nueve meses desde que crucé aquel portón de hierro de la embajada y solicité refugio diplomático levantando los brazos y gritando: «Soy César Gómez Hernández, expedicionario del Granma, revolucionario; desde este momento pido ser asilado en su embajada…». En esos largos meses no tuve más noticia de mi mujer y del niño que aquella nota escrita a mano por una letra que no reconocía en la que constaba una dirección de Medellín que me resultaba absurda: carrera 50A No. 49-01.

Tras una hora y media de vuelo, me desperté con un fuerte sacudón que dio el avión cuando empezó a descender entre la última capa de un cielo abarrotado de nubes. Apenas la nave franqueó la tupida colcha, vi por primera vez la inmensidad entera del valle de Aburrá y, segundos después, rodeada por los gigantes macizos de la cordillera, descubrí la irregular mancha rojiza y blanca de la capital antioqueña.

A través del cristal opaco de la ventanilla del avión, surcado por cientos de arañazos, conocí Medellín desde el aire. Allí aparecieron como en una película muda los recuadros de la ciudad y sus alrededores: las fincas aisladas, rodeadas de terrenos cuya fertilidad se apreciaba a simple vista, extensas áreas de cultivos y generosos prados matizados por distintas tonalidades verdes.

Intuí en esa primera visión aérea que la ciudad, arracimada en el centro de esa planicie rodeada de montañas, se extendería en muy poco tiempo hacia las faldas medias de aquellas elevaciones, e incluso hasta su misma cima. Pero en 1961, las fincas cercanas a Medellín todavía aparecían desperdigadas entre la explanada y las laderas de los montes, como si alguna vez hubieran sido diminutas semillas que cayeron al azar aquí y allá desde la mano callosa de un descomunal labriego que nunca habría de volver para recoger sus frutos.

Mientras el avión se aproximaba a la pista del Aeropuerto Olaya Herrera, durante algunos minutos, intenté abarcar con la mirada todo lo que la pequeña escotilla me brindaba: los gigantes montañosos con sus cabezas de humo, las serpientes gigantescas de tonalidad marrón que acechaban al avión, e imaginé más allá, mucho más allá de lo que la vista me ofrecía, el luminoso espejo del Caribe colombiano hermanado con el mar de la Cuba querida, la de las aguas cálidas de tonalidades turquesas, aguas con las que había convivido desde niño y que no volvería a ver jamás.

Allí me encontraba la tarde previa al día de Navidad, sobrevolando un territorio desconocido por las razones más poderosas que puede tener un ser humano para abandonarlo todo y empezar una nueva vida lejos de su patria y de sus raíces: el amor y los principios.

El avión continuó descendiendo de modo casi imperceptible, mientras que yo, en una especie de ilusión que me oprimía el pecho, miraba ansiosamente con el deseo de encontrar desde las alturas a Elena y a mi hijo. Aturdido por el viaje y consumido por la ansiedad, intentaba inútilmente identificar a mi esposa en ese pequeño hormiguero de gente que apenas distinguía mientras el avión se acercaba a la pista, proyectando una sombra tenue en suelo paisa. Trataba de definir su silueta, delgada y menuda, su cabello rubio, lacio, e imaginaba verla caminando con su paso sereno, pausado, empujando el cochecito del niño que estaría dormido, arrullado por el traqueteo de las ruedas sobre las aceras grises de Medellín. César tenía en ese momento un año y diez meses. Sólo pensaba en aquel momento en las gracias propias de esa edad: las risas, los juegos, los besos y su lenguaje disparatado… Pensaba que si se parecía a mí, tendría el rostro afilado y la contextura gruesa, la piel tostada y posiblemente en pocos años el cabello canoso, pero si se parecía a Elena, sería guapo, rubio, simpático.

El piloto anunció el aterrizaje por el altoparlante del avión. En ese instante sentí un escalofrío que recorría mi espalda. De algún modo intentaba alejarme de las interrogantes que me asediaban, del temor latente de no encontrar a Elena y al pequeño en esa ciudad desconocida, del desasosiego que me caería si ellos no estaban en el lugar al que debían haber llegado nueve meses atrás. Instintivamente rocé el bolsillo de mi pantalón en el que guardaba aquella hoja de papel escrita a lápiz en la que constaba la referencia de quienes debían recibir a Elena y a mi hijo en Medellín, las hermanas del Sagrado Corazón de Jesús, y esa extraña dirección… Me asaltaban demasiadas preguntas sobre el destino de mi familia, sobre su salud, e incluso sobre todo aquello que pudiera habernos alejado sentimentalmente durante el tiempo de separación. Mi corazón latió con mayor velocidad cuando aquel susurro mecánico estremeció la parte baja del avión y el tren de aterrizaje terminó de salir, cuando vi tan cerca los pastizales y el ganado paciendo inmóvil, y los tejados rojos de las casas más distantes.

Cuando el avión iba a tocar tierra y la certeza de mi exilio estaba por consumarse del todo, volvieron a mí en ráfagas violentas, impertinentes, los recuerdos de esa última noche que pasamos los ochenta y dos expedicionarios a bordo del Granma, liderados por Fidel Castro: los prolongados silencios en medio de una oscuridad absoluta que, poco a poco, según se acercaba la madrugada, fue cediendo a la línea de luz que se filtró en el horizonte gris entre el mar y el cielo, y la voz de alarma de Onelio Pino, el capitán del yate que, apenas despuntó el sol, descubrió el trazo irregular de la costa cubana asomándose como un espectro en la lejanía.

17

El Granma, 1956

Abordamos el Granma la noche del 25 de noviembre de 1956 en un disimulado embarcadero particular a orillas del río Tuxpan. Nos encontrábamos a poco más de una milla náutica del golfo de México. El Granma era un yate elegante de línea estilizada. Tenía trece metros de eslora y tan sólo cuatro y medio de manga. En ese momento ninguno de nosotros podía imaginar el mito que se tejería en el futuro gracias a esa nave de aspecto lujoso que cumplió una función trascendental en la historia de la Revolución cubana.

Durante varios días, tomando todas las precauciones posibles, habíamos llevado a bordo del yate los medicamentos, alimentos, armas y municiones que requeríamos para la travesía. Finalmente esa noche, alrededor de las once, embarcamos los ochenta y dos expedicionarios. El grupo de gente que viajó en el Granma era muy heterogéneo: médicos, abogados, políticos, albañiles, cocineros, todos reunidos allí con un pensamiento revolucionario y una sola consigna: derrocar al régimen asesino de Fulgencio Batista.

Zarpamos un poco antes de la medianoche, aprovechando la oscuridad de un cielo que se había encapotado desde la tarde y que amenazaba con descargar tormenta. La siniestra confirmación de todas las dudas y los temores que albergamos durante meses por esa aventura delirante en la que nos estábamos metiendo se produjo desde el inicio mismo del viaje con los problemas que se nos presentaron. El primer contratiempo se dio cuando apenas llevábamos unos minutos de navegación silenciosa al ralentí y nos encontramos de pronto, en un recodo del río, con la enorme barcaza de una empresa maderera que flotaba en esa zona y dejaba un espacio muy reducido para que pasara el Granma. Onelio Pino, el capitán, tuvo que realizar varias maniobras complicadas para avanzar junto a la estructura en la que se habían apostado varios soldados que la protegían. El problema mayor estaba en que debíamos sortear el inconveniente sin llamar la atención de los uniformados. De hecho, la orden para ese primer trayecto era que no encendiéramos cigarrillos ni dijéramos una sola palabra. De este modo zarpamos, con ochenta hombres recostados en el reducido espacio de cubierta que quedaba entre la proa y la popa, en el camarote e incluso en la diminuta área del baño y la cocina, todos amontonados, para pasar desapercibidos en el tramo inicial que podía ser el más riesgoso de la expedición.

Visto desde la barcaza, el Granma debía parecer un inofensivo yate de paseo tripulado tan sólo por dos hombres con aspecto de pescadores aficionados: Onelio Pino y Fidel Castro, que lo acompañaba sobre el puente de mando. Ahora que ha trascurrido tanto tiempo de aquello, cuando recuerdo esos momentos de tensión que vivimos en el trayecto por el río Tuxpan, pienso que el Granma fue una suerte de caballo de Troya moderno que emprendió una de las aventuras más disparatadas del siglo xx.

Durante algunos minutos, mientras el barco se desplazaba bajo el influjo soporífero del motor, todos los expedicionarios nos mantuvimos en completo silencio, arrimados unos a otros, ocupando cada centímetro del yate. Lentamente el Granma surcó el río y se aproximó hacia su desembocadura en el golfo de México. Los que íbamos ocultos en cubierta tan sólo veíamos aquel cielo luctuoso que nos cubría y apenas podíamos escuchar a los perros que, desde la orilla, nos ladraban nerviosos, como intuyendo que aquella forma espectral que se dirigía solitaria río abajo llevaba en su interior algo más que dos navegantes aficionados. Así logramos eludir la vigilancia adormecida de las márgenes del Tuxpan y salimos al cabo de treinta minutos al golfo.

Pero esas dificultades iniciales, que nosotros anticipábamos como las más graves por la posible presencia de soldados en la zona, no fueron nada en comparación con las que llegaron cuando sorteamos la bocana y su ríspido oleaje para entrar en mar abierto, pues apenas el Granma penetró con su casco en la profunda negrura del océano se desató la tormenta que tanto habíamos temido. Minutos antes, Onelio Pino escuchó en la radio que la Marina había prohibido que las embarcaciones salieran al mar, pero Fidel le dio la orden de continuar hasta la desembocadura sin dar parte del evento a los demás tripulantes. Esto sólo lo supimos días más tarde, cuando estábamos cerca de Cuba y Fidel lanzó una de sus peculiares arengas para levantar el ánimo de los compañeros. Sin embargo, en los días siguientes de la travesía del Granma, esta reserva de Fidel frente a las noticias que llegaban desde México y Cuba a través de la radio sería una constante, en especial cuando se trataba de malas nuevas para la expedición.

Aquel aguacero que nos sorprendió en el golfo de México, además de torrencial, convirtió la escena en un caos de vientos cruzados que hacían impredecibles los tumbos estrepitosos de la nave. El océano, furioso, nos sacudía como si se tratara de un juguete de balsa a expensas de su ira. Sólo ahí, en medio de esa tormenta, nos dimos cuenta de la primera gran equivocación que habíamos cometido, un gravísimo error de cálculo: las pruebas de navegación del Granma habían sido realizadas con pocos hombres a bordo y casi sin ningún cargamento. En esas circunstancias de práctica, en el río Tuxpan, el yate llegaba a navegar a once y hasta doce nudos, pero cuando salimos al golfo aquella noche, cargados en exceso, con todos los expedicionarios a bordo, la cosa fue distinta: los dos motores del Granma alcanzaron apenas los tres nudos y la línea de flotación se encontraba demasiado cerca de la borda. En esa coyuntura, la navegación en aguas abiertas se convirtió en una empresa casi imposible. A estas dificultades, que eran imputables directamente a nosotros, que habíamos programado aquel viaje sin tener en cuenta los detalles del peso, había que añadirles los efectos de la tormenta brutal que nos puso a prueba desde el inicio sobre la locura que estábamos cometiendo.

Aquella madrugada fue, sin duda, la más difícil de todas. El yate, zarandeado por el oleaje como si se tratara de una corteza de coco, provocó que casi todos los tripulantes sintieran los estragos del mareo. La improvisación con la que habíamos comenzado la aventura se hizo patente desde el inicio con cosas tan elementales como no haber podido encontrar esa noche los medicamentos para evitar el mareo, pues los frascos que contenían las píldoras para las náuseas se habían quedado debajo del armamento y era imposible sacarlos de allí entre los bandazos que daba la nave. A pesar de estos aciagos momentos y del malestar de casi toda la tripulación, imbuidos de patriotismo, en pleno golfo de México, azotados por la cólera del mar y por la lluvia estrepitosa, decidimos cantar el himno nacional de Cuba envueltos en gran solemnidad.

Pero las aguas no nos iban a dar tregua aquella madrugada. El tiempo parecía que se había detenido para contemplar el azote del océano contra la frágil embarcación. Las olas eran inmensas, y cada cierto tiempo nos levantaban con fiereza para luego soltarnos en aquel enorme y oscuro vacío que estremecía el casco del Granma y le arrancaba unos quejidos sordos, guturales, como si se tratara de una vieja ballena enferma a punto de morir. Fue una noche delirante, llena de temores y cuestionamientos. ¿Había sido una verdadera locura hacer ese viaje en tales condiciones? Creo que todos pensamos lo mismo en aquel momento, incluso Fidel, que siempre fue el más decidido a seguir adelante, pero los demás nos lo callábamos y enterrábamos el miedo muy adentro de nuestros cuerpos entumecidos. En todo caso, nadie en el Granma era capaz de amotinarse en ninguna circunstancia, por extrema que esta fuera. Todos estábamos decididos a continuar con aquel absurdo hasta el final por el bienestar de nuestra patria, por la ansiada libertad.

Al amanecer del día 26 de noviembre, cuando la tempestad amainó y salieron los primeros rayos de sol detrás de la línea del horizonte, nos dimos cuenta de que el barco corría peligro de hundirse. Sólo en ese momento notamos que la línea de flotación se encontraba a pocos centímetros de la superficie del agua y la cubierta se había anegado por completo durante la noche. Los cristales de las ventanas del yate se habían quebrado, y eso contribuyó a que el agua se metiera por todos los flancos. De forma desesperada intentamos utilizar las bombas de achicar, pero estas no funcionaron y no tuvimos más alternativa que usar cubos y hacer una cadena de hombres para sacar el agua y evitar el hundimiento. Pasamos varias horas en esta labor, calcinados por el sol y todavía sacudidos por un fuerte oleaje, pero al final logramos vaciar el agua del interior del barco y pudimos descansar un poco después de la extenuante jornada. En los largos períodos de descanso que vendrían durante los días siguientes, casi todos nos poníamos a reflexionar sobre la enorme aventura en la que nos habíamos metido, y en especial sobre lo que el futuro nos depararía. Yo pensé muchas veces durante la travesía que si nos hundíamos íbamos a hacer un ridículo histórico, y eso me atormentaba aún más que las condiciones de navegación o los peligros que nos esperaban en Cuba. Supongo que otros también lo pensaron, pero al final cada uno mostraba su mejor actitud. Sin duda, la característica esencial de los tripulantes del Granma era la valentía.

Por supuesto, conversábamos mucho entre nosotros y cuando todos participábamos el ánimo se encendía y hacíamos bromas y reíamos, pero normalmente las charlas se reducían a pequeños grupos de tres o cuatro personas que, en voz baja, intercambiábamos opiniones, preocupaciones o sentimientos que no queríamos compartir con los demás.

Con los años comprendí la verdadera dimensión de lo que hicimos y de lo que logramos más adelante, pero también he confirmado que aquella travesía en el Granma fue, desde el comienzo, un proyecto irresponsable con un objetivo político claro pero casi imposible de conseguir: llegar a la isla con ochenta y dos hombres, derrotar al gobierno de Batista y todo su ejército, y conseguir la anhelada independencia de Cuba sin intervención de ningún Gobierno extranjero.

Durante los días siguientes estuvimos descansando gran parte del tiempo, adormecidos por el bochorno y aletargados por la humedad. Con el calor se pudrieron las naranjas que habíamos llevado en varios sacos y al cuarto día tuvimos que tirar al mar lo que quedaba de ellas. A pesar de la preocupación que todos sentíamos por el destino incierto de la travesía, nadie se quejaba cuando sucedían estas cosas. Nos tomábamos los problemas cotidianos, como el de las naranjas, con cierto humor y tratábamos de esconder cualquier malestar que sintiéramos. Éramos, en ese sentido, un pequeño grupo de combatientes unidos como un puño.

Hay una imagen que se me quedó grabada de aquel viaje por lo repetitiva que resultó durante varios días: Fidel, sentando en la cubierta, rodeado de rifles, se pasaba horas enteras ajustando las mirillas y revisando al detalle todo el armamento que llevábamos, y lo más irónico de todo esto fue que al llegar a Cuba ya no pudimos utilizar la gran mayoría de esos rifles porque el salitre los había inutilizado o porque se hundieron con el barco cuando naufragamos en los cayos cercanos a la costa.

La tensión entre los compañeros subió el 30 de noviembre, que era, supuestamente, el día en que debíamos desembarcar en Cuba. Unos días antes de nuestra partida, en Ciudad de México se había firmado un acuerdo con la gente del directorio estudiantil para organizar el levantamiento del 30 de noviembre en Santiago. Hasta ahí participamos en ese evento, que debía servir para despistar a las tropas de Batista cuando nosotros arribáramos a la isla. Mientras el Granma atravesaba el golfo hacia Cuba, en México y en Santiago se producían algunos eventos que resultaban ajenos a nuestra participación. Aquel levantamiento contra Batista lo lideró Frank País, un dirigente con quien mantuvimos varias reuniones en México, y que luego se convertiría en uno de los baluartes de la lucha revolucionaria y también, por desgracia, en una de las víctimas más importantes de nuestra rebelión.

Todos estábamos convencidos de que el alzamiento en Santiago era una distracción perfecta para nuestra llegada, pero por las condiciones de navegación del Granma el viaje duró más de lo previsto y arribamos a la isla varios días después, concretamente el 2 de diciembre. Y sin embargo, el 30 de noviembre todos estuvimos pendientes de las noticias de la revuelta de Frank País. Recuerdo que ese día y el siguiente, Fidel y Raúl se encerraron durante horas en el camarote para escuchar la radio, y por ella se enteraron del fracaso del levantamiento. También supieron que habían muerto en combate nuestros amigos Tony Alomá, Otto Parellada y Pepito Tey, y que otros compañeros habían sido heridos. A los demás tripulantes sólo nos lo contaron en detalle el 2 de diciembre, cuando Onelio Pino vio tierra y el yate enfiló hacia la costa. Lo cierto es que aquel fracaso nos desanimó un poco, sobre todo la noticia de la muerte de los tres amigos, pero en cualquier caso nuestra misión en aquel momento era irreversible; debíamos continuar y desembarcar en la isla sabiendo que no contábamos ya con la ayuda de Frank País y los sublevados de Santiago.

Mientras tanto, en Cuba las tropas de Batista nos esperaban en cualquier punto de la isla de un momento a otro. Nosotros sabíamos que no llegaríamos por sorpresa, pues durante varios meses la prensa había hablado de la expedición de los revolucionarios al mando de Fidel Castro que llegaría a Cuba en cualquier instante. La demora en la travesía del Granma nos había dejado el 2 de diciembre con el combustible justo para navegar hasta la tarde, y luego nos quedaríamos a la deriva en cualquier lugar del océano. Esa madrugada también se produjo el grave incidente con el teniente Roque, un exmarino que se subió al techo del puente de mando del yate intentando divisar desde allí la luz del faro de Cabo Cruz, y en uno de los bandazos que daba la nave cayó al agua. De inmediato Fidel dio la orden a Onelio Pino de que regresara para buscarlo. Usamos nuestras linternas, y luego de una hora o algo más, cuando casi habíamos perdido las esperanzas, encontramos a Roque y lo rescatamos. Por todo lo que nos sucedió en la travesía, recuerdo con gran emoción el amanecer de aquel día, cuando escuchamos el grito de Onelio Pino al divisar la costa de Cuba. «¡Tierra! ¡Llegamos, llegamos a Cuba, compañeros!», y recuerdo especialmente los gritos de algarabía de todos los expedicionarios que salimos a cubierta y nos fundimos en un abrazo mientras mirábamos extasiados aquellos trazos oscuros que se dibujaban en el horizonte.

Minutos después, cerca de las seis de la mañana, nos encontrábamos apenas a una milla de la playa, en la zona de Los Colorados, que era un lugar poco apropiado para el desembarco, pues la costa estaba rodeada de manglares y fangales que hacían casi imposible el acceso desde el mar. La orden de Fidel a Onelio cuando divisamos la costa fue simple: «Dele adonde llegue, compañero», y así fue como sucedió, hasta que el Granma encalló en un manglar a unos doscientos metros de la playa. En ese momento todos ya nos habíamos puesto los uniformes verdes y empezó el desembarco.

A pesar de que había algunos expedicionarios que no sabían nadar, nadie se ahogó. Todos, desde el primer hombre que desembarcó, tomamos una soga muy larga para agarrarnos de ella hasta llegar a la playa. Yo me quedé con

Raúl hasta el final, y cuando ya habían bajado la mayoría y enfilaban hacia tierra, mientras cargábamos el armamento y las mochilas, vimos una lanchita que se acercaba peligrosamente a nosotros. Pocos segundos después, desde la lanchita, que resultó ser de la Marina, nos dispararon una ráfaga de ametralladora. Yo intenté disparar también pero Raúl no me dejó. Fidel, que ya estaba en el agua, nos dio la orden de que saliéramos del barco de inmediato. A bordo se quedaron casi todos los medicamentos del Che y una ametralladora sin trípode calibre cincuenta que era muy poderosa. También dejamos en el yate otra metralleta calibre cuarenta y cinco como las del tiempo de los gánsteres en Chicago. Eran las mejores que llevábamos y las perdimos por la aparición de la patrulla marina que nos había descubierto.

Desde el momento en que cruzó la lanchita hasta que salimos del barco e intentamos cruzar el manglar pasó aproximadamente una hora. Sabíamos que el tiempo apremiaba y que aquella patrulla ya debía haber dado parte a las tropas de nuestro desembarco. En un inicio no supimos a qué lugar habíamos llegado ni con qué nos podíamos encontrar en esa parte de la isla. La única referencia que teníamos era que estábamos cerca de Niquero, el lugar en que debíamos desembarcar el 30, pues habíamos pasado Cayo Cruz y a partir de ese punto especulábamos sobre nuestra posición. Sin embargo, aquella discusión que mantuvimos mientras caminábamos en la hilera, sujetos a la soga, duró poco, pues pronto escuchamos los primeros disparos que provenían desde tierra. El grupo de Juan Manuel Márquez, que fue el primero en llegar, se separó de los demás para constatar si habíamos arribado a tierra firme o si seguíamos en alguno de los cayos de la zona, y fue a ese grupo al que una patrulla del ejército eliminó a punta de metralleta, matándolos a todos.

Mientras tanto, el grupo de Faustino Pérez, que también se había separado, llegó hasta la playa para confirmarnos que estábamos en tierra firme. En el momento en que decidimos refugiarnos entre los manglares fue precisamente cuando empezó el ataque de la aviación al Granma. Nosotros todavía nos encontrábamos a cien metros de tierra firme y vimos cómo dos aviones acribillaron al yate desde el aire. Todo fue un caos entonces. No sabíamos hacia dónde dirigirnos y las dificultades de la vegetación y el agua que nos llegaba hasta la cintura hacían que la marcha fuera muy lenta. Fidel encabezaba ese último pelotón y Raúl y yo íbamos en la retaguardia. Tratábamos de mantenernos en fila, sujetándonos a la soga, avanzando en el lodazal entre las guardarrayas durante varios minutos que se nos hicieron eternos. Mientras tanto, el Granma, nuestro yate, soportaba encallado en aquella punta de mangle, a dos kilómetros de la costa cubana, el ataque incesante de las ametralladoras del ejército.

Bogotá, 2014

Conocí a César Gómez Hernández en Bogotá, en abril del 2014. La reunión se llevó a cabo en un café de Rosales. Apenas lo vi entrar del brazo de su hija, su rostro me pareció familiar, pero de inmediato olvidé esa primera impresión y me concentré en el personaje que tenía enfrente. A pesar de sus noventa y seis años de edad, se mantenía fuerte. Su cabellera, abundante, era de un blanco limpio y lustroso. Tenía una mirada penetrante, pero el color pardo de sus ojos la hacía también amable. Su piel conservaba cierta tonalidad cobriza a pesar del tiempo y la distancia que lo habían separado de Cuba. Los años se le podían contar en los surcos del rostro y en la frente, profundos e irregulares como los de un roble viejo, pero también se notaba el peso de su vida en aquella piel que se le descolgaba de los huesos de la cara y que le daba un aire simultáneo de cansancio y vulnerabilidad. En ese momento sólo podía pensar que estaba delante de uno de los hombres que había provocado aquella fractura definitiva en mi familia, el distanciamiento inicial de mis padres, el abandono de papá, su asesinato y el consecuente exilio de mi madre y mío. Si pudiera definir lo que sentí en aquella ocasión frente a él, podría decir que fue una rabia contenida por la importancia que para mí tenía ese encuentro, pero ese día no hubo ninguna simpatía mutua.

Dos días antes de esta primera reunión con César Gómez, sin presentir hacia dónde me iba a llevar el destino en las horas siguientes, llegué muy puntual, a la una de la tarde, a un céntrico restaurante de Bogotá en el que almorzaría con Genaro, mi amigo y colega del diario *El Tiempo*. Genaro me había ofrecido material para la investigación que venía persiguiendo desde algunas semanas atrás sobre la visita que hizo J. F. Kennedy a Colombia en diciembre de 1961, luego del traspié político y militar que significó para los norteamericanos la invasión a Bahía de Cochinos.

Esa pequeña historia en realidad formaba parte de otra más amplia y ambiciosa a la que le había dado vueltas mucho tiempo antes y, al fin, en ese momento, por las circunstancias laborales que me venían afectando y por ese pasado que había decidido mantener en secreto, resolví meterme con ella: la Guerra Fría en la Revolución cubana. Estas palabras, mencionadas así, de labios para afuera y con el fondo musical de un vallenato de Francisco Zumaqué, mientras tomaba un largo trago de Campari con naranja, debieron emitir algún tipo de alerta en los aguzados oídos de Genaro.

—La Guerra Fría y la Revolución cubana —repitió—, eso es muy grande, amigo, tanto como Hitler y la Segunda Guerra Mundial o las Farc y la violencia en Colombia…

Me llevé otra vez el vaso a los labios y, tras haber dado un trago más bien corto, sonreí, y haciendo aspavientos con las manos corregí a Genaro:

—La Guerra Fría *en* la Revolución cubana, hermano.

Y después de dejar el vaso en la mesa y limpiarme los labios con la servilleta, añadí:

—En realidad me voy a enfocar en la influencia ideológica que tuvo la Guerra Fría sobre la Revolución de Fidel Castro a partir de 1961, y luego las consecuencias políticas que esa influencia ha ejercido en distintas naciones latinoamericanas, por ejemplo Venezuela, Bolivia, Nicaragua y Ecuador, entre otras.

Genaro me miró un instante con cierto aire de sospecha, como si intuyera que allí había todavía algo que no encajaba del todo. Con un chasquido de sus dedos llamó al mesero para que nos atendiera y, como si todo aquello le hubiera parecido un disparate sobre el que no valía la pena seguir hablando, cambió de tema de forma abrupta:

—¿Hasta cuándo se queda en Bogotá, hermano?

La charla que mantuve entonces con Genaro se desvió hacia la Feria del Libro de Bogotá. Igual que hacía varios años, había viajado a esa ciudad para conseguir entrevistas con escritores y descubrir novedades literarias que luego reseñaba y entregaba a las revistas con las que colaboraba desde que el medio para el que trabajé durante más de quince años, el diario *Hoy* de Quito, me despidió por la crisis política y el acoso gubernamental que sufrían los comunicadores en Ecuador. Hacia el final, cuando Genaro ya había pedido la cuenta, en una señal clara de que no le interesaba prolongar durante mucho tiempo el asunto de mi proyecto o, simplemente, lo veía disparatado o irrelevante, sacó de su maletín un sobre amarillo y me lo entregó.

—Aquí le traje lo que pude conseguir en la hemeroteca de *El Tiempo* sobre el tema de Kennedy, espero que le sirva para su trabajo...

Noté en sus palabras un resquicio de ironía, como si presintiera que no había sido del todo sincero con él sobre el tema de mi investigación. Yo sabía, y quizás eso se notaba demasiado en mis palabras, en mis ojos, o a lo mejor en algún gesto que hacía de forma imperceptible al mentir, que aunque la historia del viaje de Kennedy a Colombia me interesaba de verdad para una crónica en la revista *Mundo Diners* —incluso si la deformaba eróticamente y usaba para el efecto el morbo que envolvía a Jacqueline, J. F. Kennedy y alguna rola ficticia parecida a Marilyn, podría publicarla en *SoHo*—, en realidad no estaba persiguiendo ese hecho concreto ni tampoco el asunto aquel de la Guerra Fría y su influencia en Cuba y otros países de Latinoamérica, sino que buscaba, además de dinero para ganarme la vida en esos momentos complicados que pasaba el periodismo en Ecuador, cualquier historia que pudiera acercarme de algún modo a la Revolución de los barbudos que se había llevado como un torbellino mis raíces y mi identidad cuando apenas era un niño.

Me había vuelto un explorador obsesivo que rescataba de cualquier rincón anécdotas o sucesos sobre una época que me resultaba tan fascinante como sombría. Sabía bien que no había ningún proyecto concreto en ciernes, que sólo coleccionaba fragmentos para intentar reconstruir esa parte de mi historia que me atemorizaba y, de algún modo, también me avergonzaba. Ni siquiera Genaro, que era de uno de mis viejos amigos, uno de los pocos a los que de verdad podía considerar mi amigo, conocía en realidad el vínculo que me unía con la Revolución cubana y el derrocamiento de Batista. La historia de mi padre había sido hábilmente borrada por mi madre cuando llegamos a Colombia, en 1959, y luego yo también la había dejado sepultada debajo de todos esos escombros que ninguno de los dos había querido remover.

Recibí el sobre de manos de Genaro pero no lo abrí, tan sólo le di las gracias y, blandiéndolo, dije en tono jocoso:

—Por culpa de la Guerra Fría, de Eisenhower, de Kennedy y de la CIA, los periodistas de este continente estamos cada vez más jodidos…

Un segundo antes el mesero había entregado la cuenta y Genaro se había adelantado a pagar con su tarjeta de crédito, sin que pudiera reaccionar.

—Gracias por la invitación, hermano…

Él respondió, sonriendo:

—De nada, hombre, ha sido un gusto verlo otra vez por acá, pero antes de irnos explíqueme: ¿cómo es eso de que estamos jodidos por culpa de Kennedy, la CIA y la Guerra Fría?

Yo sabía que con esas palabras al menos lograría volver al tema para que Genaro no se fuera con la sensación de que le había mentido y no sospechara que tenía algo más entre manos, aunque se tratara de una completa locura, de esa obsesión que me perseguía…

—Está bien claro, Genarito, pues si Kennedy se hubiera amarrado los pantalones, negándose a seguir con la locura aquella de la invasión a Bahía de Cochinos que le dejaron Eisenhower y la CIA, y se hubiera reunido con Fidel en 1961 para limar asperezas y darle el billete que necesitaba la isla, la Revolución cubana no se habría declarado comunista, los soviéticos no habrían metido las narices en América y los socialistas del continente estarían ahora abanderados por los suecos o por los franceses, serían cultos y más o menos serios, y no estarían cerrando diarios y metiendo presos a los periodistas...

Genaro estalló en una carcajada y, golpeando la mesa, dijo:

—Usted tiene toda la razón, hermano, toda la culpa es de los gringos, una vez más, sin duda...

Antes de salir del restaurante, mientras Genaro esperaba la factura, a propósito del tema de la Revolución cubana me dijo que era amigo de uno de los famosos barbudos, un anciano que había adquirido la nacionalidad colombiana años atrás y que vivía en Bogotá. De modo que ese viaje que había hecho a Colombia para entrevistar escritores, descubrir libros y seguir la huella de Kennedy cambió de curso aquel día, cuando me encontré en el camino con las pisadas de uno de los ochenta y dos expedicionarios que llegaron a Cuba el 2 de diciembre de 1956 para derrocar a Fulgencio Batista.

Siempre he creído que existe una ley implacable que gobierna a quienes caen en la tentación de contar historias. La imagino como una ley magnética e irresistible que transforma esa tentación en adicción, y así convierte al narrador en un ser vulnerable que ya no puede detenerse jamás, pues lo acometerán sin piedad, constantemente, nuevas historias.

Gracias a esa ley llegué aquella tarde, dos días después, a conocer a César Gómez Hernández, uno de los combatientes de la Revolución que, de un modo u otro, había alterado mi vida para siempre.

Así, luego de que la hija hiciera la presentación correspondiente, ella salió del local y dijo que volvería en una hora. Nos dejó solos, sentados frente a frente en una pequeña mesa a la que pronto llegaron las dos tazas de café humeante que habíamos pedido. Entonces el hombre arrancó:

—Mi hija me habló de usted, dijo que se conocieron a través de un amigo en común y que estaba interesado en hablar conmigo y saber algo sobre mi historia y la historia de Cuba, ¿verdad?

Respondí que sí, y estuve a punto de explicarle de modo general que siempre me había atraído la historia de la Revolución cubana, que nunca había tenido la oportunidad de conocer directamente a uno de los expedicionarios, cuando él aclaró:

—Mire, caballero, ya un par de periodistas me hicieron entrevistas antes y creo que ninguna se llegó a publicar porque ellos estaban buscando en mí a un traidor que hablara mal de la Revolución, y eso yo no lo voy a hacer jamás.

Luego de una breve pausa en la que tomó otro sorbo de café, insistió:

—Quiero que usted sepa, en primer lugar, que yo soy un auténtico revolucionario, y soy además profundamente antiimperialista, liberal e independentista. Y debe saber usted también que yo jamás traicioné a mi país...

Entonces el hombre me miró con fijeza, sin hacer ningún gesto que revelara lo que estaba pensando, levantó la taza de café y dio otro sorbo muy corto. Sus ojos me escrutaron. Dejó la taza sobre el plato. Sus manos, surcadas por unas gruesas venas azuladas que se entreveían debajo de la piel, temblaban ligeramente. Su voz había sonado autoritaria, pero al mismo tiempo caballerosa. Conservaba todavía la fuerza melodiosa del acento cubano, pero también detecté en sus palabras el dejo ceremonioso de los bogotanos. Intenté decir algo otra vez, confirmar quizás de una manera hipócrita que creía en lo que me decía y que me gustaba aquella forma valiente y sincera de iniciar su historia, pero no alcancé a hacer ningún gesto, o al menos no me di cuenta de haberlo hecho, pues él continuó llenando aquel espacio entre ambos con el vigor de su voz:

—Los verdaderos traidores fueron ellos, Fidel y los que se quedaron en el Gobierno luego de entregarse a los soviéticos. Ellos fueron los que nos engañaron a todos los cubanos, que creímos que habíamos alcanzado por fin la independencia. Nos traicionaron a los que luchamos por liberar la patria del sanguinario de Batista. Nos traicionaron cuando, poco tiempo después de haber llegado al poder, de haber participado en una gesta que resultaba casi imposible, se vendieron a los comunistas.

Ya no intenté interrumpir aquellas palabras vibrantes que salían de la garganta de Gómez, palabras cargadas de pasión y también de un dolor profundo. Apenas asentía brevemente al escuchar al viejo que me tenía hipnotizado con la potencia de su voz carrasposa. Y aunque me resistía a admitirlo, pues frente a él aún me encontraba del otro lado de la mesa, estaba sorprendido por la inteligencia y lucidez de un hombre de noventa y seis años que iba desbrozando con fluidez y claridad, poco a poco, los preludios de una Revolución en la que había participado de forma activa y de la que se había apartado al sentirse traicionado ideológicamente después de ser acusado de traidor por sus compañeros…

—La frustración del cubano durante muchos años fue la falta de libertad. No fuimos libres cuando nos independizamos de España, y tampoco durante la primera mitad del siglo xx. Por muchos años Cuba fue tan sólo el traspatio de los norteamericanos, su burdel tropical y su casino. Fuimos apenas una parcela de tierras fecundas para el cultivo de la caña de azúcar. Y aquella dictadura siniestra de Batista, obviamente, estaba sostenida por los yanquis que no nos permitían ser libres, soberanos… Por esa razón, la Revolución trajo tanta esperanza al pueblo. Debe usted saber que el temperamento del cubano es muy emocional, ilusorio y musical, y allí estuvo cifrado el éxito de nuestra Revolución. Toda la historia del Granma, de los barbudos recluidos en la Sierra Maestra y de la victoria sobre el régimen asesino de Batista terminó por encandilar al pueblo. Al principio todo era algarabía, fiesta, sueños, pero lentamente se instauró en el pueblo entero el desencanto y, poco tiempo después, cuando Fidel se declaró comunista, marxista y leninista en su famoso discurso en la Plaza de la Revolución, en abril de 1961, algunos comprendimos que todo lo que habíamos hecho se estaba convirtiendo en una quimera, que pronto volveríamos a ser la colonia de algún otro poderoso, que en un amargo truco de magia nos iban a cambiar el águila por el oso estepario…

En este punto me atreví a interrumpir y pregunté:

—Pero entonces, si ustedes no hicieron una Revolución comunista, si en su gran mayoría los revolucionarios no eran comunistas, ¿en qué momento cambió todo hacia esa corriente ideológica?

—Usted se está adelantando a los acontecimientos —respondió él mientras levantaba una vez más la taza de café y se la llevaba a los labios—. Es importante que conozca la historia de Cuba desde sus inicios, desde el proceso de independencia de los españoles y esos primeros años del siglo XX en que nos convertimos en una supuesta república autónoma. Sólo entonces se puede comprender la Revolución cubana…

Y antes de que pudiera interrumpirlo otra vez con un nuevo comentario, él mismo respondió la pregunta que le había hecho, sin duda, de forma apresurada:

—En todo caso le voy a confirmar que los revolucionarios jamás fuimos comunistas, fuimos independentistas y antiimperialistas. Salvo Raúl que estuvo afiliado a las juventudes comunistas desde muy joven, y el Che que siempre se orientó por esa ideología, los demás, incluido Fidel, buscábamos la libertad de Cuba, el derrocamiento de Batista y la instauración de un Gobierno democrático sin influencias externas. Esos eran nuestros fines políticos, nuestros ideales…

En ese punto intenté recordar las palabras de Fidel Castro a propósito de su primer encuentro con el Che Guevara: «Él sabía que en nuestro movimiento también había una pequeña burguesía; que íbamos a una Revolución de liberación nacional, una Revolución antiimperialista, no se vislumbraba todavía una Revolución socialista».

Mientras tanto, César Gómez, en aquel café bogotano, afirmaba:

—… todo se torció cuando Fidel pactó con los soviéticos en 1961, y los cubanos sabemos que aquello fue un acuerdo económico.

En ese momento llegó la hija de César y se sentó a la mesa con nosotros. La entrevista estaba a punto de terminar y yo sólo pensaba que me quedaba un día más en Bogotá y que, con suerte, quizás podría volver el año siguiente.

Entonces él dijo:

—Para avanzar hasta la Revolución y a nuestra participación en ella es necesario volver atrás, a la Cuba rebelde del proceso de independencia española, y luego a nuestra niñez y juventud, a la época en que, sin que nosotros supiéramos, se empezaba a gestar en los espíritus de varios jóvenes rebeldes la más importante Revolución del siglo xx. Si usted quiere, lo espero mañana en mi casa para seguir charlando…

Cuba, siglo XIX

Permítame que le aclare algo, caballero: la historia de la Revolución cubana, la primera gran revolución, empezó en realidad a finales del siglo XIX con las batallas por la liberación de Cuba del dominio español. La revolución de Fidel y los barbudos, en la que yo participé y que es sobre lo que usted quiere hablar conmigo, fue en realidad una continuación de la revolución de Martí, De Céspedes y Maceo, de los mambises y mucha gente valerosa que vivió para luchar por la independencia. Así que, si usted me lo permite, voy a empezar por la historia de mi país en la época en que todavía éramos una colonia española, la última colonia española en América…

Esa primera gran revolución cubana tuvo muchos aspectos similares a la nuestra. Esto no es casualidad, por supuesto, pues Fidel, que siempre fue un extraordinario lector, conocía como pocos la historia de Cuba y de algún modo siguió los pasos que más de sesenta años antes habían marcado los héroes cubanos, y en especial la época de ese primer levantamiento que empezó con la fundación del Partido Revolucionario Cubano en 1892, en los Estados Unidos de Norteamérica, nada más y nada menos que por iniciativa de José Martí. Este partido, creado por el gran héroe de nuestra patria, tenía como principal objetivo la liberación de Cuba. Martí logró en aquella época conseguir la ayuda de un pequeño ejército estadounidense para luchar por la independencia de España y evitar así un nuevo fracaso secesionista como el que se produjo en la llamada Guerra de los Diez Años, que entre 1868 y 1878 terminó con el ejército nacionalista cubano capitulando ante las tropas realistas. Por esta razón, Martí, Maceo, De Céspedes y otros héroes, junto a los mambises, que eran un grupo combatiente formado por cubanos y filipinos, en su mayoría esclavos negros y campesinos, organizaron un nuevo ejército rebelde, encabezado por el propio Martí, que viajó a Cuba desde Haití, en 1895, y que desembarcó de forma clandestina en las playitas de Cajobabo en la zona suroriente de Cuba, hacia el lado del mar Caribe. Fíjese usted cómo la historia de esta primera revolución se parece a la nuestra, con desembarco sorpresivo y todo.

En febrero de 1895 se llevó a cabo la sublevación de treinta y cinco localidades del oriente de la isla por órdenes de Martí. Aquel levantamiento fue conocido como el Grito de Oriente, y aunque fue reprimido y controlado por el ejército español, se constituyó en realidad en el detonante de una guerra que sólo terminaría en 1898 con la rendición española. Las consecuencias más graves de aquella primera derrota del ejército de liberación de Cuba fueron las muertes de José Martí, en mayo de 1895, y la de Antonio Maceo, en diciembre de 1896. La desaparición de los líderes revolucionarios cubanos, lejos de ablandar al pueblo, lo empujó hacia el frente y desde ese momento los combates nunca cesaron hasta que se obtuvo la victoria. El costo que pagó el ejército rebelde por su afrenta contra los conquistadores había sido muy caro al perder en pocos meses a sus líderes, ambos en combate, acribillados por los españoles sobre sus respectivos caballos, pero el objetivo final estaba cerca. Ante el avance incontenible de los rebeldes, España decidió enviar a la isla, en febrero de 1896, al general Valeriano Weyler, uno de los criminales más atroces que se haya conocido en la historia latinoamericana.

Este general de origen mallorquín llegó a Cuba con la consigna de exterminar todos los rescoldos revolucionarios en un plazo no mayor a dos años. Para el efecto, una de sus primeras decisiones fue la de conformar los tristemente célebres campos de concentración rurales, que tenían por objeto impedir que los campesinos cubanos se adhirieran a los rebeldes a lo largo de la isla. Los crímenes que se cometieron en aquellos campos fueron espantosos. La gente, entre ellos una parte importante de niños y mujeres, moría especialmente de hambre y enfermedades, y a los hombres más fuertes los desaparecían por temor a un amotinamiento.

Se dice que en los campos de concentración cubanos, o de reconcentración, como los llamó el propio Weyler, entre 1896 y 1898, murieron más de cien mil personas. Para poner esta cifra espeluznante en su verdadera dimensión hay que saber que en aquel momento Cuba tenía algo menos de un millón seiscientos mil habitantes, de los cuales casi doscientos mil eran españoles, y había otro tanto igual de haitianos, jamaiquinos y de otros países cercanos. Es decir que en aquellos campos de la muerte, el asesino Valeriano Weyler eliminó a un siete u ocho por ciento de la población criolla, un crimen masivo del que se ha hablado poco en la historia.

También es importante poner en contexto la situación que vivía la población cubana en aquella época. La esclavitud era un negocio muy importante en América, en especial en Cuba, desde la llegada de la gran oleada de haitianos tras la rebelión de los esclavos en aquel país en 1791. Durante la segunda mitad del siglo XIX, los esclavos se concentraban en las zonas productoras de café y, especialmente, en los grandes cultivos de caña de azúcar. Pero además hay un hecho curioso en la Cuba de esa época, y es que desde la Conquista española hubo una gran migración de esclavos provenientes de China y más tarde de África, cuando se exterminó casi por completo a los nativos de la isla. Este hecho no deja de ser relevante, pues en la guerra de independencia contra España una gran parte del ejército rebelde estaba conformada por esclavos haitianos, chinos y africanos.

Yo recuerdo que cuando era muy pequeño, allá en la década de los treinta, se decía que había más de dieciséis mil chinos viviendo en Cuba, y esto era real, pues uno los veía casi siempre en las calles y para ese entonces ya habían formado el famoso barrio Chino de La Habana. Es fácil imaginar, por tanto, la cantidad de antecesores chinos que lucharon por la liberación y la independencia de Cuba. Ellos, al igual que los africanos, haitianos, filipinos y gente de otras nacionalidades centroamericanas, combatieron en la guerra de independencia y se ganaron con su valor el derecho de vivir en Cuba.

En todo caso, la larga guerra que libró la población contra las huestes españolas por la independencia sólo llegó a su fin luego del hundimiento del famoso acorazado Maine, que las fuerzas norteamericanas habían dispuesto frente a las costas de La Habana para precautelar los intereses de sus compatriotas en Cuba. Mire usted, caballero, de lo que eran capaces los americanos ya desde aquella época, agazapados y dispuestos a meterse en cualquier territorio para llevarse lo que pudieran y arrasarlo todo en su propio beneficio, unos verdaderos piratas; pero claro, en aquel momento eran aliados de Cuba porque ya tenían varios negocios importantes en marcha en la isla y, sobre todo, porque estratégicamente les interesaba Cuba en el futuro. Entre esos negocios de los yanquis también estaba el de los esclavos y, por supuesto, la tentadora industria de la caña de azúcar.

De modo que la misteriosa explosión del Maine, en febrero de 1898, desató la furia de los yanquis, que les habían dado una mano a los cubanos en el asalto final para la derrota definitiva del ejército español. Pese a esta ayuda, yo siempre he sido antiamericano, pues no recuerdo un solo momento de la historia de Cuba en que los gringos no hubieran estado inmiscuidos en nuestros Gobiernos, mandando y ordenando como en su casa, poniendo gobernantes sátrapas, sacándolos cuando no favorecían sus intereses, y así, siempre, hasta que llegamos nosotros y los desalojamos. Recuerdo incluso que José Martí hizo fuertes críticas a los norteamericanos por su afán expansionista. En la guerra de Estados Unidos con México, si no estoy equivocado, Martí vapuleó a los yanquis por su posición imperialista. Era un hombre brillante, un visionario.

En 1898 Cuba ganó finalmente la guerra de independencia, pero para ese momento ellos ya debían haberse imaginado que esa «colaboración» yanqui les iba a costar unos cuantos años más de subordinación imperial. Tras la firma del Tratado de París, a finales de 1898, que daba fin a la guerra con España y, en consecuencia, terminaba con el colonialismo en Cuba, Filipinas y Puerto Rico, Estados Unidos —que para ese entonces ya empezaba a mostrar sus garras colonizadoras— renunció graciosamente a la soberanía y propiedad de Cuba, pero ocupó el país bajo el pretexto de que debía «velar y proteger las vidas de los cubanos y las haciendas», como reza el primer artículo del Tratado.

Una de las cosas más frustrantes y tristes de nuestra historia es el famoso desfile de la victoria que se llevó a cabo en La Habana. Allí, los mambises, esos luchadores nativos que habían peleado con machete en la guerra, desfilaron como andrajosos detrás del ejército americano en febrero de 1899, e iban pisando el estiércol de los caballos, como unos mendigos recluidos al final de la caravana. Este, a pesar de haber sido un hecho conmemorativo y patriótico, es en realidad uno de los episodios lamentables de la historia de Cuba.

Aunque la situación de Cuba no era tan mala como la de Puerto Rico, cuya soberanía se les entregó directamente a los norteamericanos —al igual que la del archipiélago de las Filipinas, que los gringos «compraron» a España—, nosotros tampoco fuimos independientes, pues desde el primer momento en que Estados Unidos puso un pie en la isla, ya estaban ellos organizando la industria azucarera y las empresas tabacaleras, y manejando la educación e imponiendo condiciones aquí y allá. Cuba nació como república con las condiciones impuestas por los gringos, y como si esto fuera poco, quedó establecida la famosa Enmienda Platt, que dejó al país con una cuña yanqui metida hasta hoy en Guantánamo.

Desde el momento en que subió Estrada Palma al Gobierno de la nueva república, y más tarde con los individuos que lo sucedieron, José Miguel Gómez, Mario García Menocal, hasta llegar a Gerardo Machado, todos fueron siempre manejados al antojo del embajador americano de turno. Y si había cualquier movimiento extraño o se producía alguna intentona de rebeldía, llegaban de inmediato los acorazados, los barcos americanos, y ahí, frente al muelle, frente al malecón de La Habana, aguardaban amenazantes para ocupar la isla. ¿A usted le parece que eso era ser independiente? No, señor, independientes y soberanos no fuimos nunca.

Cuba, principios del siglo xx

Yo nací en 1918, cuando Cuba estaba todavía bajo el mando de García Menocal, otro títere de los yanquis que, como se veía venir, se apoderaron de los principales negocios que ofrecía la isla: el turismo, el azúcar y las mujeres más bellas del Caribe. Fue una época boyante para Cuba, pero especialmente para los gringos, gracias al extraordinario crecimiento de la industria azucarera y los precios exorbitantes que alcanzaba el producto en todo el mundo.

Mi padre era asturiano y mi madre cubana, nieta de unos inmigrantes castellanos que llegaron a Cuba a finales del siglo xix. Mi padre había llegado a la isla también en esa época para trabajar en una tienda de ropa de unos parientes suyos que habían recalado en La Habana años atrás. Desde que empezó a trabajar, siendo muy joven, quizás tendría entre once o doce años, se dedicó al diseño de ropa. En esa tienda se conocieron mis padres. Ella iba con frecuencia allí para recoger cajetines de hilo y telas para las personas mayores que cosían en su casa: su madre, su abuela y sus tías.

Mi padre le llevaba quince años a mi madre, pero a pesar de la diferencia de edad, se enamoraron perdidamente cuando ella tenía apenas dieciséis años. Él era más reservado en esas cosas, pero recuerdo haber escuchado decir a mi madre alguna vez que el suyo había sido un amor a primera vista, un amor no exento de líos, eso sí, sobre todo por la diferencia de edad, pero que al final fue consentido por ambas familias. Al principio, cuando se conocieron, los paseos de mi madre hasta la tienda se incrementaron notablemente y siempre tenía un pretexto para volver, ya fuera porque se le olvidaba algo del mandado o porque alguno de los hilos no correspondía con el color exacto que había sido requerido. Ni mi padre ni mi madre habían tenido antes ningún compromiso con nadie, ni novias o novios, ni siquiera amores platónicos, pues en esa época, en especial para las mujeres, el control parental era recio. Mi padre fue siempre un hombre muy serio y formal. Asumo que esa inquietud de los dos, por no haber experimentado el amor, fue la que desencadenó de tal forma el flechazo.

Poco tiempo después, siete u ocho meses, y una vez que ambos consiguieron los respectivos permisos parentales y realizaron el cambio de anillos, se casaron y de inmediato viajaron juntos a México por el trabajo de mi padre. La idea de su familia era montar allí un almacén importador de telas. Residieron en Tampico de Tamaulipas, en donde nacieron sus primeros hijos, mis hermanos, que eran bastante mayores que yo. Al principio todo salió bien, vivían con comodidad y los negocios les daban cierta tranquilidad económica, pero pronto empezarían los problemas. Mi padre, además de ser un gran trabajador y un hombre justo y honesto, fue también un tipo muy rebelde. De hecho, esa rebeldía que yo cargo en la sangre, la que me llevó a involucrarme en todo tipo de empresas revolucionarias desde mi juventud, la heredé de él. Aquella rebeldía y su pasión por la política en esos años fueron otros de los motivos que condujeron a mi padre al exilio de México, pues aquel país se encontraba en plena revolución y él apoyaba de forma abierta a Francisco Ignacio Madero. Tras la caída de Madero, en 1913, mis padres debieron abandonar el país por las amenazas que recibieron y regresaron a Cuba.

Mi infancia fue feliz, pero todo en mi familia se quebró cuando papá falleció de cáncer en 1931, en Jaruco, un municipio de la provincia de Mayabeque, que está a unos treinta kilómetros de La Habana. Yo tenía entonces trece años.

Pocas semanas antes había salido a vacaciones del colegio, y como su estado de salud se venía agravando de forma acelerada, estuve con él hasta el final. Lo acompañé incluso cuando expiró, una tarde en la que el calor y la humedad nos tenían atontados a todos los habaneros. Es muy duro ver morir a un ser querido, pero al mismo tiempo, quien asiste a ese acto de la muerte se lleva de forma privilegiada la imagen del último instante de esa persona. Por supuesto que yo en ese momento no pensé en esto, pues con mis trece años y todo caí a los pies de su cama, destrozado, cuando él lanzó aquel suspiro ronco y su cabeza se ladeó ligeramente sobre la almohada. Sus ojos, cristalizados, enormes, se abrieron un instante en medio de aquel extraño suspiro, para luego cerrarse para siempre. Allí, delante de su cuerpo inerte, aún caliente, sentí que todo se derrumbaba, que las piernas se me habían vuelto tan aguadas que nunca más podría ponerme de pie. Pero con el tiempo uno comprende que haber estado allí con él había sido todo un privilegio. Que su muerte, a pesar de los dolores que lo atacaron los últimos días, se produjo en medio de una agradable calma, y que lo rodeó, por fortuna o por un acto deliberado del destino, la serenidad de los que se apartan del mundo habiendo cumplido su misión.

Y decía que en ese instante se quebró todo en nuestra familia porque, tras la muerte de mi padre, nuestra vida dio un vuelco completo. Por primera vez sentimos lo que era tener problemas económicos, carencias, ajustes severos y cambios radicales, pero en especial porque mi madre no logró superar su ausencia y cayó en un pozo depresivo, negro y profundo, al que todos sus hijos fuimos arrastrados inexorablemente. Mi madre logró sobrevivir a mi padre algo más de dos años, aunque por momentos parecía que ella misma era ya un espíritu que vagaba por la casa a la espera de su llamado definitivo. Su fragilidad se acentuó tanto esos últimos meses que, al final, lo que quedaba de ella era apenas un ser al que la vida se le apagaba en cada segundo.

La tarde en que murió, sólo yo estaba en casa con ella. Después de almorzar, mientras tomaba un café en una sobremesa que se había tornado demasiado silenciosa, como sucedía casi todos los días, le pregunté si no tenía ganas de salir a la calle a dar un paseo, de vestirse y arreglarse un poco, de visitar a alguna amiga o simplemente de caminar por el malecón, de oler el aire marino, de escuchar las olas que rompían en los muros y expulsaban aquella espuma blanca que a ella le gustaba tanto… En fin, le propuse varias opciones para que saliéramos juntos y pudiéramos hacer las cosas que a ella siempre le habían gustado, pero se quedó mirándome un rato con sus ojos perdidos, como si no estuviera enfocando mi imagen delante de él sino algo más allá de mí mismo, algo indescifrable, y de pronto me respondió que ya no tenía una razón para vivir, que extrañaba demasiado a su esposo y que se estaba preparando para irse con él. Me dijo entonces, con su voz dulce, que los dos hablaban en sueños y que él le pedía que lo acompañara pronto, que no lo dejara solo.

Las depresiones ya la habían llevado en algunas ocasiones a intentar suicidarse, pero siempre hubo alguien que llegó a tiempo para salvarla. Sin embargo, esa tarde, a pesar de que yo me encontraba allí con ella y de que estaba prevenido por lo que podía suceder, mi madre se quitó la vida. Poco antes de que sucediera, luego de aquella charla en la sobremesa, ella había despedido antes de la hora usual a las empleadas que aún teníamos en casa. Cuando aquel silencio extraño invadió todo el lugar, me sobresalté y salí de mi habitación y la llamé. Tardó en responder pero, algo sobresaltada, nerviosa, salió a mi encuentro en el pasillo que conducía a su dormitorio. Me dijo que no eran horas para que yo estuviera metido en casa, que debería salir a jugar béisbol o a despejar la cabeza. Obviamente yo me negué y me quedé rondando por allí. He pensado muchas veces que yo tuve la culpa de lo que sucedió un poco más tarde, que no le presté la atención debida cuando ella más lo necesitaba, y que si yo hubiera estado más pendiente, quizás aquello no habría pasado. Pero también he pensado que, de algún modo, mi descuido fue deliberado, que esas palabras que ella pronunció en la sobremesa del mediodía me habían convencido, tal vez de forma inconsciente, de que lo mejor sería que se fuera con mi padre, que estuvieran juntos como tanto lo anhelaban.

En un descuido, ella salió de su habitación con las chancletas de palo puestas, unas sandalias que tenían la suela de madera y las tiras de tela o de paja entrelazada, que era lo que se usaba en esa época en Cuba. Sus pasos resonaron sobre el piso de tablón de la casa. Yo la escuché desde mi dormitorio. Tenía la puerta abierta y oí cuando se metió en el baño y se encerró con pestillo. Recuerdo que estaba escuchando la radio, un programa vespertino de son cubano que me gustaba mucho, cuando escuché un golpe seco, muy fuerte. Fui hasta el baño y golpeé la puerta, grité: «¡Mamá!, ¿qué te pasó?, ¿te resbalaste?», pero ella ya no respondió. Entonces entré por la otra puerta del baño, por la que daba al comedor de la casa, y me la encontré tirada en el piso de baldosa, muerta. Había tomado oxicianuro de mercurio, que es un veneno potente y de efecto muy rápido. Su rostro, blanco como el de las muñecas chinas que se vendían en La Habana, se mostraba plácido, feliz. Sus ojos celestes permanecieron abiertos, enfocados en el tumbado alto del baño, y en ellos había todavía una luz cuando cerré sus párpados.

Yo había estudiado la primaria en el colegio Metodista Central, y después el bachillerato lo hice en el Candler College, el colegio que seguía las enseñanzas secundarias de la misma entidad. Sin embargo, tras la muerte de mi padre el asunto se complicó económicamente, y entonces tuve que empezar a trabajar vendiendo radios puerta a puerta. Con la muerte de mi madre todo se enredó y no sólo debí trabajar más tiempo, sino que mis hermanos y yo tuvimos que alquilar algunos cuartos de la casa para poder sostenernos. Ese ingreso de los arriendos duró hasta que pudimos vender la casa y pagar todas las deudas acumuladas durante la enfermedad de mi padre y la depresión de mamá. Al final nos quedó un poco de dinero con el que cada uno de los hermanos continuó su camino por vías distintas. Yo tenía algo más de quince años. De algún modo ya había emprendido una carrera como comerciante y en eso seguí con las radios. Vendía sobre todo los aparatos RCA, en especial uno que se puso de moda en aquel momento, se llamaba *clipper*, y era una radio pequeña de onda corta, quizás una de las primeras de este tipo que llegaron a Cuba. Con esos ingresos pude sostenerme y pagarme los estudios de Contabilidad en un pequeño instituto de La Habana. Lo del comercio se me dio fácil y resultó que fue, casi siempre, incluso luego de la Revolución, mi principal fuente de sustento en la vida. Recuerdo que hacíamos esas primeras pruebas con las radios de onda corta y la gente se quedaba asombrada cuando escuchaba las emisiones de España o Inglaterra, las noticias en español desde Nueva York o algunos programas de tango de Argentina. Con eso el cliente se convencía y adquiría el aparato en cuotas mensuales, que luego debía ir a cobrar yo mismo.

A pesar de las circunstancias que me habían sorprendido a temprana edad, me sentía lleno de vida y con el ánimo intacto para salir adelante. Era feliz con lo que hacía. El trabajo diario me sostenía emocionalmente y me brindaba satisfacciones, pero siempre estaba pensando en el futuro, en nuevos negocios con distintos productos para no estancarme en una sola línea. Así, por ejemplo, llegué a vender ollas de presión importadas de Estados Unidos, ventiladores General Electric, máquinas de coser Singer y otros productos novedosos para la época. Gracias a ese trabajo de comerciante puerta a puerta me compré mi primer vehículo, una camioneta Chevy que me hizo la vida mucho más fácil pero que, irónicamente, también me trajo problemas más tarde, cuando yo ya estaba vinculado con grupos de jóvenes revolucionarios y empezábamos nuestra lucha contra las dictaduras.

En esa época conocí a Raúl Castro y a Fidel, ambos menores que yo, en la Universidad de La Habana, adonde iba con frecuencia con varios amigos que ya habían incursionado en la rebelión armada. Allí comenzó la aventura de la revolución que, casi veinte años después, viviría uno de los capítulos más gloriosos y delirantes con la travesía y desembarco del Granma.

Bogotá, 2014

Sentado frente al viejo revolucionario en un pequeño departamento de la zona T, una tarde bogotana de lluvia pertinaz y vientos fuertes, revivo parte de la historia cubana relatada con la paciencia y las pausas que sólo se alcanzan con los años. Como si se tratara de un viejo pescador de manos y piel curtidas, César Gómez tira una y otra vez las redes en el vasto y sereno lago de su memoria. El anciano se toma su tiempo, descansa y se hunde en silencios no muy prolongados, seguramente para reorganizar las ideas en esa cabeza en la que rondan noventa y seis años de memorias, pero de inmediato reanuda la charla recogiendo fragmentos de relatos o episodios completos con los que arma lentamente su propia historia ligada siempre a la de su patria.

Durante estas horas que he tenido la oportunidad de compartir con él, en dos días distintos, me han acribillado de forma silenciosa varias imágenes de la niñez. En ellas aparece mi padre, siempre serio, vistiendo aquel uniforme gris que luego fue sustituido por el traje azul que lo vi lucir los últimos tiempos que vivió con mamá y conmigo; la casa de El Vedado donde nací y pasé mis primeros años; mi madre con el cabello largo, recogido en una cola, sonriendo sobre un fondo sepia que, intuyo, se trata de alguna fotografía que no he vuelto a ver; el mar cálido, transparente, de las playas cercanas a La Habana, quizás Cojímar en uno de esos fines de semana en que los tres éramos felices; la escuela de Belén de los Jesuitas donde cursé los primeros años de preparatoria, y también allí, entre esas imágenes, da la vuelta incesantemente el rostro de este hombre que avanza en su historia y que estoy más seguro de haberlo visto antes.

Gómez sigue desanudando las redes que han arrastrado años de historias de luchas, victorias, derrotas y enormes frustraciones, desde los prolegómenos de la emancipación de España, pasando por las onerosas batallas independentistas, hasta la consecución de lo que se creía fue la tan ansiada república soberana, para luego adentrarse en los períodos sucesivos de Gobiernos títeres, hasta recalar, más temprano que tarde, en el período de Batista que, como conozco bien, tampoco se libró de ser una marioneta teledirigida desde Washington.

Por lo poco que he podido conocerlo, y por algo de lo que me adelantó Genaro, sé ahora que este hombre recio al que los años no parecen pesarle en su cuerpo ni en su mente es un hombre franco y honesto que al entrar en confianza se abre como los mangos maduros que caían de los árboles sobre las tibias aceras habaneras. Cómo añoro esos tiempos en los que junto a mis amigos del barrio recogíamos los mangos dulces que se estrellaban en el piso y los devorábamos en el parque antes de enfrascarnos en esos extenuantes y fratricidas partidos de béisbol. Aún conservo en mi memoria, con la complicidad del paladar y del olfato, el sabor almibarado de los mangos de cáscara gruesa y pulpa fibrosa, amarilla, y su aroma que evocaba necesariamente la época de mi niñez entre marzo y septiembre de cada año.

De algún modo, remolcados por sus palabras, esta tarde ambos hemos viajado desde las frías alturas de Bogotá hasta las húmedas y soleadas playas cubanas. Y allí vamos, alentados por el aroma del café que me ha ofrecido Gómez, persiguiendo los recuerdos que vagan por su mente desde la época de la infancia, incluso desde los años anteriores a través de los textos que leyó con voracidad en la escuela, en especial aquellos que relataban las aventuras de los héroes de la independencia cubana, o aquellos episodios que le llegaron por medio de la voz gruesa de su padre, esa voz marcada por ciertos tonos castizos que, con el tiempo, se confundieron con la jerga habanera de principios del siglo XX. Así avanza él por su historia, despojado de egoísmos y afanes personales de figuración, aunque por momentos hace ciertas digresiones para dibujar una escena cotidiana de su vida infantil, como aquella en la que se ve a sí mismo caminando descalzo por una extensa playa —de la que no recuerda exactamente su nombre, aunque piensa que pudo ser Santa María— en la que iba marcando con los pies desnudos, durante un largo tramo, las pisadas de alguien más que lo había precedido en el mismo camino. Y allí reproduce con su voz la escena que le dicta su memoria; aunque quizás por momentos deba apelar a algún artificio, no lo hace notar en su relato:

En esa playa casi deshabitada encontraba uno todas la razas que había en Cuba: negros de piel lustrosa; mulatas sonrientes de cuerpos esculturales; un racimo de niños trigueños, rubios tostados, mestizos, todos alborotadores y vocingleros, que llevaban una pelota deshilachada y un bate de madera desgastada; un blanco barbado que revoleaba un hilo de nailon con un pequeño anzuelo herrumbroso en la punta; o los descendientes de los primeros hombres de esas tierras, los aborígenes guanahatabeyes, siboneyes, taínos, y más adelante, casi al final de la playa, al llegar a un recodo formado por palmeras bien cargadas de cocos, se decía que aparecían en la tarde, poco antes de ponerse el sol, los espectros de esclavos africanos, criollos, chinos y haitianos que cayeron en las batallas de la independencia de España.

Esa tarde, escuchando el relato del anciano, una suerte de moviola de su vida, pude comprender con mayor claridad dónde germinaba la rebeldía natural de los cubanos contra Estados Unidos, sus aliados en la guerra de independencia y sus conquistadores en la posguerra. Era simple deducir también que aquel afán colonialista de la potencia que apenas empezaba a desplegar su enorme sombra sobre el mundo occidental echaba las primeras raíces en aquella nación recién florecida en la que había descubierto enormes oportunidades para la expansión de sus negocios con productos como el azúcar y el tabaco, además de la inigualable posición estratégica de la isla caribeña.

Allí, con la voz del viejo, van desprendiéndose de las redes de la historia cubana, entre colgajos de corales rojizos y restos de algas oscuras, las primeras frustraciones de un pueblo que soñó con la independencia, que luchó denodadamente por ella, y al final sólo recibió el salvoconducto para embarcarse en una nueva travesía colonialista. En ese punto pienso: ¿cuál era el sentimiento del cubano de la calle en esos primeros años del siglo xx, cuando se desembarazaron finalmente de la España monárquica y se vieron sometidos de pronto a los designios de un Gobierno militar de Estados Unidos bajo el mando del primer procónsul, el general Brooke? ¿Qué sentían los cubanos que lucharon por la independencia cuando el viejo y experimentado soldado que los gobernó en ese período de supuesta transición siguió al pie de la letra las palabras del presidente McKinley ante el Congreso en su mensaje de 1898, al afirmar que el Gobierno militar estadounidense seguiría en Cuba «hasta que hubiese completa tranquilidad en la isla y existiese un gobierno estable»?

El viejo recoge con su voz recia y acompasada el descontento entre la población cubana de la época, en especial entre los patriotas rebeldes, que se instalaba en las calles al mismo tiempo que lo hacía el Gobierno militar norteamericano:

Mientras el general Brooke mantenía en la isla la esperanza de que los cubanos muy pronto accederían por voluntad propia a anexarse a los Estados Unidos, y así lo informaba constantemente al presidente William McKinley, este, conjuntamente con Theodore Roosevelt, su vicepresidente, conspiraba para sacar de Cuba a Brooke e instalar allí en su reemplazo al general Leonard Wood. En diciembre de 1899 esta conspiración dio resultados y el general Brooke fue sustituido por Wood, un médico y militar estadounidense que llegó a la isla con la consigna de preparar a ese pueblo para tener un Gobierno republicano con un sistema educativo y judicial como el de Estados Unidos.

Mientras el viejo revolucionario transita entre sus recuerdos familiares y entre ciertos episodios históricos de Cuba, lo imagino cuando acababa de cumplir sus quince años y se quedó huérfano de padre y madre. Y a pesar de la tragedia que envolvía a su familia, a los que quedaban de ella, sus dos hermanos mayores, lo veo entero y lleno de fortaleza, tirando para adelante con esa fuerza espiritual que heredó de su padre, una mezcla de enjundia y rebeldía que resultaría tan explosiva; haciéndose cargo de su vida desde el primer día, poniendo el pecho ante la ansiosa acometida de los acreedores que no respetaban el luto familiar. Lo imagino también una mañana muy temprano saliendo de su casa —de la que sería su casa durante un tiempo muy corto, lo que iba a durar el proceso de venta y liquidación de deudas y gastos pendientes—, enfilando las calles del barrio, envarado, la frente en alto, aunque llevara por dentro el alma encogida, con el cabello abundante todavía húmedo peinado hacia atrás; vestido con una camisa blanca de manga corta, impecable, el pantalón recién planchado por él mismo, el semblante serio, imperturbable, pero con el ímpetu intacto. Lo veo como uno de esos hombres que no se atemorizan con nada, que no se achican ante nadie y jamás se dejan someter por las circunstancias más extremas. Lo imagino llevando en su mano derecha, al vaivén de sus pasos presurosos, un enorme y pesado maletín negro con muestras de radios, catálogos, fotografías y su cuaderno para el registro de las ventas; recorriendo las calles de tierra de los barrios de La Habana —hoy El Vedado, mañana Miramar de principio a fin, la semana siguiente Siboney y luego la ciudad vieja—, siempre atravesando de un lado al otro el malecón recién pavimentado, amplio, hermoso, salpicado por la frescura de la brisa que escupe permanentemente diminutas gotas salinas. Imagino que a media mañana su paso iba cediendo por las altas temperaturas que aprietan con mayor fuerza entre las doce y las cuatro de la tarde. La camisa transpirada en el pecho, en las axilas y en la línea vertical de su columna. La frente empapada por el sudor que no cede nunca, a pesar de que en un gesto instintivo se la seca cada tanto con un pañuelo blanco que lleva en su mano. Lo veo esquinándose en las aceras para agarrar la línea de las sombras que alivia un poco el bochorno, y agradeciendo en silencio con una inclinación cortés de cabeza cada vez que una puerta se abre y le permiten pasar al interior de las casas visitadas, a la sombra amplia de un portal o al salón modesto de una vivienda. Allí, con verdadero deleite, él muestra el último modelo de radio transoceánica de la RCA Victor y anuncia con orgullo y cierta ingenuidad que lo que se viene pronto, en poco tiempo, es la radio portátil, el nuevo artículo de la compañía en un insólito tamaño, *para que usted se lo pueda llevar a cualquier sitio...* Y mientras se concentra en rotar el dial de perilla del modelo que está mostrando, un poco hacia acá y otro poco hacia allá, abre sus ojos y enarca las cejas cuando se suspende aquel susurro arenoso y los pitidos agudos para entregar al asombrado cliente —normalmente a toda la familia que se mantiene a la expectativa— las primeras voces en la CMKC, de la CMQ, de La Voz de las Antillas, o el ritmo embrujado de un son o de una salsa que brotan de ese mágico artilugio.

Tras un largo paréntesis silencioso en el que parecía organizar los recuerdos que revoloteaban en su cabeza, a propósito de las noticias que llegaban a Cuba por la radio, César retomó la idea:

En 1936, cuando acababa de cumplir dieciocho años, al poco tiempo de perder a mi madre, me presenté en la embajada de España en La Habana para enlistarme y viajar al país de mis antecesores a pelear con los anarquistas en la guerra civil. Por la edad y por las apretadas condiciones económicas de los republicanos, no fui escogido entre los cubanos que lograron viajar a España para unirse a los combatientes. A pesar de este rechazo, o quizás por fortuna, tuve que seguir el desarrollo de la guerra civil a través de las noticias. En los cafés de La Habana Vieja se reunían por las tardes los vascos, los asturianos y los castellanos migrantes con varios descendientes de españoles que compartían las noticias más recientes de la guerra. En esa época, alentado por el recuerdo de mi padre y atento al desarrollo del conflicto español, se forjaron mi carácter rebelde y mi ideología liberal. De hecho mis lecturas favoritas de la época eran: Dumas, Lin Yutang, Balzac, Zola… Yo sentía en esos tiempos que la juventud cubana, siempre rumbera y fiestera, en general se alejaba de las ideologías y de todo tipo de pensamiento político, pero un grupo importante de estudiantes universitarios, de revolucionarios en ciernes, eran los que mantenían encendida la llama de la libertad en el pueblo que, poco a poco, se había adormecido con el tránsito irrelevante, entreguista, de varios presidentes a los que los gringos mangoneaban sin pudor.

Así se me habían pasado los primeros años de juventud, como comerciante, y al mismo tiempo empezando mis estudios de contabilidad en la Escuela Profesional de Comercio, que complementé con todos los cursos de verano que encontré en la Universidad de La Habana: Comercio, Recursos Humanos, Administración de Negocios.

Tenía avidez por aprender, por instruirme, pues sabía que estaba solo en el mundo, que ya nadie iba a velar por mí… En esa época comenzó también mi vida como revolucionario, una vida de sobresaltos, luchas y sacrificios por conseguir la ansiada independencia de Cuba, la libertad que nos había sido esquiva tantas veces a lo largo de la historia. Eran los años treinta, caballero, cuando me uní al grupo Joven Cuba de Antonio Guiteras Holmes. Y debo confesarle, sin remordimientos, que con ellos participé en varios atentados que sacudieron La Habana esos años.

La Habana, 1930

El descontento popular frente a la gravísima situación económica del país, una réplica telúrica inevitable de la gran crisis de los años treinta en Estados Unidos, se manifestaba en las calles con todo tipo de revueltas, protestas, y en innumerables ocasiones durante el convulsionado año de 1933, con explosiones de bombas caseras y atentados contra centros comerciales y varios edificios públicos que hicieron tambalear al gobernante y a sus funcionarios.

El principio del fin de la presidencia de Machado, más allá de las continuas violaciones a los derechos humanos y su innegable vinculación con Estados Unidos, algo que se había tornado en una persistente molestia del pueblo, que no veía el día de la llegada definitiva de la libertad, fue la decisión del presidente de intentar reformar la Constitución para poder ser reelegido, contrario a lo estipulado por la norma suprema. Para ese momento, el grupo extremista ABC, por un lado, e individuos como Antonio Guiteras, Paulino Pérez Blanco, Manuel Dorta, entre otros, habían surgido en las calles, claramente, como los líderes de los grupos rebeldes.

Déjeme decirle que el pensamiento político de Cuba en aquel momento estaba concentrado en la independencia económica del país. La revueltas de las calles, normalmente originadas en las universidades pero sobre todo entre el campesinado, buscaban básicamente liberarnos del problema del monocultivo y del mercado único que se aprovechaba de todo su producto. Me refiero, por supuesto, a la caña de azúcar que se producía en Cuba para ser vendida exclusivamente a los yanquis. De hecho, en todas las manifestaciones callejeras de la época, la consigna casi unánime era «*Yankee go home*». Para nosotros esa independencia económica era una cuestión vital, pues aunque los norteamericanos pagaban cinco centavos de dólar más que cualquier otro país por cada libra de azúcar que les vendíamos los cubanos, ellos jamás han dado puntada sin hilo, como dice el refrán popular, y por ese «favor» que nos hacían, exigían que todos los productos que no se daban en la isla se los compráramos a ellos, y claro, cada mañana llegaban a Cuba dos ferris que salían por la noche desde Key West cargados de manteca, leche, quesos, cereales y, en general, de todo de lo que no podíamos abastecernos internamente. Por eso decía que este tema de la independencia económica era cuestión de vida o muerte, pues sin ella jamás íbamos a lograr desarrollar las industrias de otros bienes de primera necesidad.

Para nosotros vender azúcar en cualquier lugar del mundo habría sido relativamente fácil, pues en esa época el producto era uno de los más cotizados y los cubanos teníamos la mayor producción y calidad. Ese pensamiento económico que regía las protestas no sólo implicaba cuestiones de pura soberanía e incluso del antiimperialismo reinante en Cuba, el cual yo ya suscribía desde esa edad, sino que también pretendía erradicar la pobreza en el campo, algo que ha sido, y me temo que sigue siendo hasta hoy, uno de los terribles problemas que hemos afrontado los cubanos. Y también fue desde la época de la independencia española, y más tarde se reafirmó con nuestra revolución, un pilar fundamental para las grandes conquistas políticas de la lucha armada cubana.

Los campesinos, contando entre ellos también con los pobres haitianos que llegaban a Cuba en condiciones de semiesclavitud, fueron la fuerza básica de todos los ejércitos populares desde la época de la colonia. Y el gran problema de esos campesinos cubanos que básicamente sembraban, cortaban y cosechaban la caña, pero vivían recluidos como animales en establos y covachas situados en los grandes cañaverales, era justamente el salario miserable que recibían y las pocas oportunidades de trabajo que tenían frente a esos haitianos que llegaban en barco y que eran capaces de trabajar igual que los nacionales pero por la mitad del salario que los nuestros. Esta situación, que era de una injusticia tremenda, trajo más adelante, en el Gobierno de Ramón Grau San Martín, en 1933, la tristemente célebre Ley de Nacionalización del Trabajo, que obligaba a todas las personas jurídicas o naturales establecidas en Cuba como patronos para la explotación agrícola, industrial o mercantil, a tener en su nómina al menos un cincuenta por ciento de trabajadores nativos de Cuba.

Esto, que obviamente resultaba lógico y justo para la fuerza laboral del país, ocasionó la expulsión masiva de haitianos de la isla en uno de los episodios más desoladores que habíamos presenciado hasta ese momento. Recuerdo aún con verdadera impresión haber visto en el puerto las largas filas con miles de esos hombres que habían sido forzados a abandonar el país en grandes buques para regresar a un lugar que era todavía más pobre que Cuba, y mirarlos allí resignados, abatidos, con esos ojos brillantes que sólo podían mostrar su desesperación y su tristeza, y se nos partía el alma pero no había ninguna solución para ese problema, pues eran ellos o nosotros. ¿Se imagina usted lo dramático que resulta ver a un hombre que ha sido prácticamente un esclavo derramar lágrimas por tener que dejar esas condiciones de vida?

La verdadera tragedia de Cuba siempre estuvo en el campo allí donde los niños se morían con la barriga hinchada de parásitos o de gripes comunes, y donde casi todos caminaban descalzos y vestían harapos. Lo que sus padres ganaban al día apenas alcanzaba para comer una vez, siempre y cuando estuvieran en la temporada de trabajo estable, pues al terminar la zafra esa pobre gente se pasaba tres meses sin nada que hacer, y entonces debían consumir lo que les daban su vaquita o sus gallinas, o deambular por allí rogando para que alguien les ofreciera algún trabajo ocasional. La situación era muy dura y ni los gringos ni los gobernantes de aquella época fueron capaces de corregirla, de hacer algo por esa pobre gente. Allí, entre esos campesinos condenados a la miseria, nació en realidad la revolución mucho antes de que nosotros estuviéramos en capacidad de pensar en ella. Por eso justamente, Fidel, muchos años después, pensó en refugiarse en la Sierra Maestra, porque él decía, con mucha razón, que donde podíamos encontrar apoyo, y donde se sentía de verdad el dolor grande de Cuba, era en el campo. Y así fue: con ayuda de los campesinos de la Sierra, que fueron decisivos en la guerra que libramos contra la dictadura de Batista, pocos años más tarde se logró la victoria.

La situación de Gerardo Machado se complicó en 1933. Allí entraron entonces, por primera vez, los comunistas cubanos con su idea delirante de apoyar al Gobierno del tirano Machado en lugar de plegarse al descontento del pueblo que estaba pasando momentos angustiosos. La locura de los comunistas consistía en divulgar en las calles la idea de que si caía Machado, Estados Unidos ocuparía inmediatamente el país. De hecho, la Confederación Nacional Obrera de Cuba, que estaba dirigida por varios hombres alineados con el comunismo, suspendió la huelga general por el temor a la intervención norteamericana si el presidente dejaba el poder. Más tarde se supo en Cuba que en agosto de 1933, cuando el problema interno se había agudizado, el embajador yanqui, Benjamin Sumner Welles, que desempeñó un papel trascendental en la caída de Machado, había informado a Roosevelt sobre la grave situación interna del país y la ausencia de apoyo popular al presidente, y entonces habría sugerido a su mandatario que se analizara la posibilidad de una intervención estadounidense amparada en el Tratado de 1902, que les imponía a los gringos «ciertas obligaciones» sobre Cuba.

A mediados de agosto, la presión del pueblo logró su objetivo y Gerardo Machado dejó el poder. Allí se habló de las maniobras del embajador Sumner Welles y de la clase media que había liderado el derrocamiento para colocar en el Gobierno a otro monigote al que los gringos pudieran manejar. Ciertamente, Carlos Manuel de Céspedes y Quesada, quien gobernó provisionalmente Cuba por unos días, era la carta del embajador americano, pero el momento político y económico era tan crítico, y las necesidades del pueblo tan grandes, que en todo el país se produjo una ola brutal de linchamientos en contra de los machadistas orquestada especialmente por las organizaciones populares. Recuerdo que las hordas de manifestantes destruyeron el palacio y asesinaron de la forma más brutal a cualquier persona vinculada con el Gobierno caído. La tensión en las calles fue tremenda, y los crímenes que se cometieron, espantosos. Pero Machado, por su parte, como siempre suele pasar en estos casos, salió de Cuba escoltado y bajo un gran despliegue de seguridad, cargando armas y seis maletas repletas de oro. Al menos eso fue lo que se dijo siempre en la isla sobre su salida. Los saqueos de casas, oficinas y espacios públicos continuaron, y en medio de esos desmanes murieron cientos de porristas, que eran los miembros de la fuerza represiva de Machado, unos gamines brutos que se habían cargado a miles de cubanos. Sobre ellos recayó la venganza más sanguinaria que se le conoció al pueblo cubano hasta aquel entonces. A diario, durante varias semanas posteriores al derrocamiento de Machado, se produjeron ejecuciones en distintos barrios de La Habana. La acusación de haber sido «porrista» bastaba para que las turbas sometieran a cualquier persona y la fusilaran en plena calle. La cacería, los linchamientos y saqueos a las viviendas de los porristas, promovidos en buena parte por los miembros del ABC

—que, se decía, tenían en su poder la famosa lista de los principales porristas—, fueron despiadados y sólo cesaron cuando al cabo de un mes del Gobierno provisional de Carlos Manuel de Céspedes, un grupo de sargentos liderado por Fulgencio Batista Zaldívar se hizo con el control del ejército y forzó la formación de un nuevo Gobierno al mando del catedrático universitario Ramón Grau San Martín, quien en recompensa por los servicios prestados ascendió a Batista a general y lo nombró nuevo jefe de las Fuerzas Armadas.

Bogotá, 2014

Acordamos hacer una pausa que aproveché para llamar a Genaro. Necesitaba pedirle que me permitiera quedarme dos o tres días en su casa de Bogotá. La amistad que nos unía daba para ese tipo de confianza, pues, en momentos complicados, más los míos que los de él, había acudido a su ayuda, recibiendo, dentro de sus posibilidades, el favor de un amigo que siempre había estado dispuesto a tenderme una mano:

—Con mucho gusto, hermano —respondió Genaro, solícito—. Quédese usted el tiempo que necesite, ya sabe que Martha Lucía y yo estamos encantados de que nos visite.

—Gracias, mi hermano…

—No tiene que agradecerme. Es más, salga esta noche de una vez de ese hotel y véngase para acá, prepararemos algo rico y así me cuenta qué tal le ha ido con don César Gómez.

—Gracias, yo le cuento más tarde, todavía estoy por acá con él…

—Bueno, hermano, me lo saluda y nos vemos más tarde…

Cuando nos volvimos a sentar en la sala, César Gómez tardó un tiempo en retomar la historia. Aproveché entonces para reflexionar sobre los argumentos de Gómez acerca del origen de la Revolución. Aunque pudiera disentir sobre lo que pasó más tarde en ese Gobierno revolucionario que tumbó a Batista —arguyendo que se trataba de derrocar a una dictadura criminal, aun cuando luego ellos mismos se convirtieron en un régimen todavía más sangriento e inmoral—, no podía discutir que el fundamento de su rebeldía, el germen de la lucha armada, había caído en suelo fértil, y que esa revolución o cualquier otra eran inevitables ante la miseria en la que habían vivido por años los campesinos cubanos y ante la corrupción que había imperado en casi todos los gobiernos durante el siglo xx. Más allá del dolor íntimo y del odio que podía sentir hacia los responsables de la persecución y los crímenes que se cometieron contra los allegados al dictador —entre ellos mi padre—, soy consciente de que la revolución era necesaria, y que yo mismo, secretamente, en mi ingenuidad de niño, admiraba a esos intrépidos barbudos que habían llegado a la Sierra para combatir al régimen.

En casa, hablar de Castro, del Che o de Cienfuegos era como invocar al mismo demonio, en especial mientras mi padre estuvo cerca, pues cuando se hablaba de política, mamá se refugiaba instintivamente en el silencio y así controlaba la vehemencia y la efervescencia de él. ¿Cuántas veces le escuché decir que los tenían acorralados, que los habían acribillado en una emboscada, que era tan sólo cuestión de horas para que los últimos rebeldes se rindieran? Y, sin embargo, más tarde, días o semanas después, las batallas continuaban y los revolucionarios ganaban espacio lentamente, centímetro a centímetro.

El temor de que su mente se pudiera empañar y que le jugara una mala pasada cayó otra vez sobre mí como una sombra. Pensé entonces que no era extraño que a los noventa y seis años una persona se bloqueara por completo o al menos cayera en profundos vacíos. Pero en el fondo también intuía que no estaba delante de un hombre corriente. El pasado que llevaba César Gómez sobre su espalda lo había convertido en un ser fuera de lo común.

Siempre he pensado que los hombres extraordinarios no son necesariamente los que intentan demostrar su grandeza en cada acto de la vida, sino aquellos que se muestran humildes, incluso cuando han logrado verdaderas hazañas. La historia está plagada de fanfarrones y exhibicionistas y, por desgracia, es algo morosa en cuanto a héroes anónimos. Estoy convencido de que hacen falta más personas dispuestas a poner el hombro y empujar el carro sin constar en la foto, que presuntos héroes modélicos o figuras decorativas ansiosas por ser la imagen de primera plana del día siguiente. Aunque me pesaba la historia que me unía a él, presentía en ese momento que el viejo era uno de aquellos hombres que se aparta de la media de los mortales pero que, de todos modos, siempre permanecerá en un sombrío anonimato. Allí residía de algún modo su fortaleza, en la humildad y el desprendimiento que traslucía, y aunque su extenso relato bien podía entenderse como un acto de pura vanidad, hasta ese instante me había quedado la sensación de que lo hacía por aligerar el cuerpo hacia el final de su viaje, tal como procedería el capitán en la última travesía de su nave hacia el desguazadero.

Después de un intercambio corto de impresiones sobre asuntos relacionados con su salud, que aún hoy sigue siendo casi mejor que la mía, Gómez volvió a la carga preguntándome en qué parte de la historia se había quedado. Comenté entonces que llegamos hasta los días de venganza contra los machadistas. Con ese pequeño aliento, él no tuvo problema en seguir el camino de la historia durante aquel conflictivo año de 1933 en el que irrumpiría con fuerza la figura de Fulgencio Batista.

Cuba, 1933

En agosto de 1933 se produjo el famoso discurso del sargento Fulgencio Batista, a la sazón un ilustre desconocido en Cuba, exigiendo mejores condiciones para las fuerzas armadas. Pocos días después, en septiembre, se produjo la «sublevación de los sargentos» en contra de los oficiales cómplices de Machado. Para ese entonces, yo había hecho contacto con un señor que se llamaba Paulino Pérez Blanco, un vecino del edificio de apartamentos en el que estaba viviendo desde que se vendió la casa de mis padres, un par de meses antes. En ese piso de treinta metros cuadrados, que estaba dividido por una pared que separaba la sala-cocina del dormitorio y el baño, se efectuaron las primeras reuniones clandestinas en las que participé. Allí me enrolé definitivamente en la lucha armada por la nueva independencia de Cuba. A pesar de que contaba apenas con quince años de edad, el sólo escuchar a los dirigentes de Joven Cuba me provocaba salir en ese mismo instante a pelear por la libertad, a sacar a Machado del poder y cortar de una vez por todas el cordón umbilical que nos unía a los gringos.

La situación política de Cuba era algo que preocupaba enormemente a la juventud, algo que se vivía en las calles, que se podía sentir en la piel; era una cuestión que marcaba la vida de cada uno de nosotros. Lo que le quiero decir es que no fue en mi caso particular solamente que sentí el contagio de la lucha política, pues se podría pensar que en mi situación, huérfano de padre y madre, sin mayor cosa que perder, me podía haber vinculado a esos grupos como un acto de rebeldía, casi un suicidio, pero no: la realidad es que en Cuba, por la misma razón de haber sido un pueblo dominado desde sus orígenes, la juventud en general siempre ha estado mucho más comprometida con las cuestiones políticas.

Así que al poco tiempo de haber perdido a mi madre y de haber cumplido los quince años, yo ya era parte de Joven Cuba y me sentía orgulloso de serlo. Cuando no nos reuníamos en mi apartamento nos juntábamos en el de Paulino, o en la casa de otros militantes. Cada día las reuniones eran un poco más amplias, con uno o dos miembros nuevos para el grupo. Allí conocí a Antonio Guiteras Holmes y a todos los demás directivos de Joven Cuba, un movimiento que fue fundamentalmente antiimperialista, y que alcanzó notoriedad con el tiempo gracias a ese líder extraordinario que resultó ser Guiteras, hasta su muerte prematura.

Es fundamental que se tenga muy claro el aspecto ideológico sobre Guiteras y Joven Cuba, en especial para lo que fue en el futuro la Revolución cubana, pues desde su nacimiento este grupo se constituyó en un enemigo declarado del intervencionismo americano en nuestro país. Guiteras, el ideólogo del movimiento, siempre mantuvo una férrea oposición y profundas contradicciones con todos los jóvenes que se sumaban a las filas del comunismo. Recuerdo que en varias ocasiones se desataron en distintos foros políticos, especialmente universitarios, discusiones tremendas en las que Guiteras y los demás miembros del grupo se enfrentaban a los comunistas, restregándoles en la cara las aberraciones que en ese entonces ya se conocían de Lenin, los crímenes, los campos de concentración (de los que también se hablaba en esa época, aunque fueron creados oficialmente en 1930, si es que no estoy equivocado) y más horrores que se cometían en la Unión Soviética. Es importante que se sepa que en esos años los comunistas no eran bien vistos en Cuba, y poco tiempo después su imagen quedó aún más deteriorada, cuando apoyaron abiertamente a los títeres del imperio en contra de las manifestaciones generales de estudiantes y sindicatos obreros.

Guiteras se convirtió desde muy joven en un político apreciado por el pueblo. Su carácter combativo y su altísimo nivel intelectual lo llevaron a ser designado como ministro de Gobernación en el llamado Gobierno de la Pentarquía de Ramón Grau San Martín, el Gobierno provisional que sucedió a Machado tras su caída en agosto de 1933, después de los brevísimos regímenes de Herrera y De Céspedes. En ese Gobierno también entró con mucha fuerza el asesino Batista, que hasta ese entonces apenas había mostrado sus garras, pero que pronto les asestaría a la democracia y a la independencia de Cuba un nuevo golpe.

Durante el Gobierno de la Pentarquía, como ministro de Gobernación, Antonio Guiteras tomó medidas a las que el pueblo cubano nunca había estado acostumbrado, como por ejemplo intervenir y fiscalizar empresas norteamericanas, mostrando de esta forma sus profundos sentimientos antiimperialistas y marcando claramente las reglas de lo que iba a ser el nuevo país sin colonizadores ni capataces. También redujo la jornada laboral a ocho horas diarias; permitió el voto femenino, algo insólito en Latinoamérica para la época; abolió el trabajo infantil; liberó a varios presos políticos, y promulgó la famosa Ley de Nacionalización del Trabajo. El enorme nivel intelectual de Guiteras y su carácter dominante, pero al mismo tiempo sus marcados valores democráticos, humanistas y patrióticos, aumentaron pronto la admiración que sentía el pueblo cubano por él, en especial cuando puso en su sitio, y varias veces, al embajador americano de la época. También se decía en las calles que Guiteras había mandado al carajo en varias ocasiones al propio Batista, con el que mantenía algunos desacuerdos de carácter político. Estos enfrentamientos quizás fueron parte de las acreencias que Batista mantenía con él y que terminaron con la sangrienta venganza del dictador que, una vez se quitó la máscara y se mostró como el tirano que era, eliminó a sus principales opositores políticos, utilizando para el efecto al presidente Mendieta, su marioneta.

Guiteras era un muchacho de gran inteligencia, estrábico, rebelde, extraordinario lector y buen jugador de ajedrez; profundamente antiimperialista, humanista hasta el tuétano y liberal irredimible, que cayó acribillado por las balas del ejército comandado por Fulgencio Batista en la zona de El Morrillo, un cuartel colonial de la zona de Matanzas, cuando preparaba su viaje a México con un centenar de militantes de Joven Cuba que buscaban reorganizar en aquel país la revolución contra los Gobiernos tiranos de la isla. La idea que motivó a Guiteras y a varios miembros de la organización a exiliarse en México para emprender una nueva aventura rebelde resultaba tan similar a la del Granma y la revolución de 1959 que a nadie le quedan dudas sobre la fuente de inspiración que tuvo Fidel Castro para organizar su Revolución.

En Joven Cuba estuve dentro de los grupos de acción que salíamos desde la mañana, muy temprano, a colocar bombas en la zona comercial de La Habana. La fabricación de estos artefactos explosivos era muy artesanal, pero hacíamos ruido y con ellas causábamos estragos entre los militares y la policía. Las bombas se hacían en nuestras viviendas con el rodillo de cartón del papel higiénico: allí metíamos un poco de pólvora y la mezclábamos con limalla, tuercas, clavos o tornillos, lo que tuviéramos a mano según el día. Una vez que las llenábamos casi hasta el borde, las cerrábamos con papel periódico, las taqueábamos y las sellábamos con engrudo.

Antes del asesinato de Guiteras, a pesar de mi edad, yo ya ejercía un activismo rebelde en Joven Cuba. En aquella época se cuestionó mucho al naciente grupo por la violencia con la que respondíamos a las huestes de Batista, pero la gente no comprendía que en esa época, y con ese enemigo de por medio, no había otra alternativa que usar la violencia contra los violentos. De hecho, casi todos los opositores al nuevo Gobierno cayeron en las provocaciones y la violencia: el ABC, los sindicatos obreros, los estudiantes y nosotros, por supuesto…

Y aunque resulte curioso o anecdótico, debe saberse que todos estos grupos, independientemente de su filiación política (pues allí había de todo: socialistas, liberales, conservadores, incluso algunos comunistas menos radicales), estaban conformados por gente instruida, intelectuales, artistas, profesionales, personas que no habrían incurrido en prácticas violentas si no hubiera sido indispensable.

A pesar de que nos acusaron de pistoleros, de terroristas en algún caso también, ese activismo que yo acababa de descubrir fue grandioso. Imagínese usted a un jovencito de quince años, que además no tenía nada, ni compromisos, ni responsabilidades familiares, ni nada que me impidiera el derecho a participar en la vida política de mi pueblo en un momento tan trascendente. En ocasiones incluso no tenía para comer, pues descuidé muchas veces las ventas de radios o aspiradoras por el activismo, pero en el fondo no me importaba tanto mi vida, sino el destino de mi país. A pesar de que yo estaba en esa edad en la que se suele comer como fiera y nada es capaz de saciar el hambre, a mí me bastaba con un pan y alguna fruta para soportar días enteros mientras planificábamos un ataque o hacíamos labores de espionaje contra funcionarios o miembros del ejército. De algún modo, para mí todo aquello era parte de un juego real, de un juego en el que sabía que podía terminar muerto pero que, al final, estaba obligado a jugarlo aun a mi corta edad a causa de un verdadero compromiso con mi patria.

Pero Joven Cuba tuvo, además de una participación activa en atentados y famosos enfrentamientos a tiros de la época, una incursión ideológica alineada con la socialdemocracia, es decir, libertad con justicia y equidad social. Otros grupos estudiantiles se dividían entre esta socialdemocracia con la que nosotros nos alineamos y la izquierda democrática, también de ideología progresista. Allí estaba, por ejemplo, Eduardo Chibás, un reconocido político cubano que fundó años más tarde el Partido del Pueblo Cubano o Partido Ortodoxo, en el que militó Fidel Castro. Orientado más a la izquierda estaba el Partido Comunista, cuyo secretario era César Vilar. El enemigo común era Batista, o al menos así lo creíamos nosotros, pues pocos años más tarde nos daríamos cuenta de que los comunistas, sin ningún reparo o vergüenza, comían de la mano del dictador.

Mientras la lucha armada se desataba en las calles, el Gobierno se reforzaba con el apoyo de los embajadores norteamericanos de turno, primero Sumner Welles y luego Jefferson Caffery. Este apoyo incondicional a un criminal como Batista, algo que también sucedió en el continente con otros dictadores de derecha como Somoza, Pinochet o Videla, es en mi opinión uno de los puntos más reprochables de la política exterior norteamericana. Eso le demuestra a usted que con los yanquis no hay más alianzas que aquellas en las que están en juego sus propios intereses, sus negocios. Y que aquello de su defensa planetaria de la democracia no es sino un discurso de boca para afuera, pues a lo largo de la historia no han tenido ningún empacho en transar y alinearse con los peores criminales si eso conviene a sus intereses...

En 1935 se produjo una gran huelga general que tuvo a Cuba paralizada. Los gringos se dieron cuenta de que aquello no podía durar mucho tiempo, pues iba afectar sus intereses, especialmente los que tenían en las plantaciones de caña de azúcar, así que el embajador Caffery desempeñó un papel muy importante al apoyar de modo incondicional a Batista para que este pudiera tomar el poder y evitar de esta forma que aquel caos creciera. Precisamente en ese estado de conflicto brutal yo participé en mis primeros actos revolucionarios, colocando bombas de bajo impacto en cuarteles, en calles comerciales durante horas nocturnas e incluso intentando cometer un verdadero atentado contra Francisco Tabernilla, el general del ejército que estaba bajo el mando de Batista. Ese atentado no se llegó a dar porque el hombre, al que habíamos seguido durante algún tiempo y de quien conocíamos los lugares que frecuentaba, se ausentó del país justamente la semana en que debíamos colocar la bomba en el club de Frontón Habana Madrid, donde él jugaba con sus amigos. En todo caso, la situación durante esos meses fue tremenda y se agravó en mayo de 1935 con el asesinato de Tony Guiteras. Esto encendió aún más los ánimos de las protestas. Antonio Guiteras, un líder joven y de enorme trascendencia para la liberación de Cuba, se convirtió así en uno de los símbolos fundamentales para la lucha de Joven Cuba y de los futuros revolucionarios de la patria.

Los siguientes mandatarios, simples títeres al servicio de Batista y de los yanquis, José Agripino Barnet, Miguel Mariano Gómez y Federico Laredo Brú, solamente allanaron el camino de lo que se veía venir en Cuba, la dictadura inminente de Batista, algo que se consolidó también por la división entre los partidos de centro izquierda y los comunistas, que nunca se entendieron con el fin de evitar que un asesino como él tomara el mando de la patria. Y, claro, con Batista en el poder, incluso en los cortos períodos de Ramón Grau y de Carlos Prío, teníamos claramente definido al enemigo, y todos nuestros esfuerzos se concentraron en él durante casi veinte años, entre 1940 y el triunfo revolucionario de 1959.

Con este relato terminó aquella extenuante charla. Las palabras de César Gómez habían calado en mi pecho como si me hubieran acribillado con agujas de hielo. Sabía que muy pronto entraría en la historia Fulgencio Batista, y que Gómez no podía referirse a él en palabras distintas a las que había usado. Si bien es cierto que en 1933 mi padre aún no formaba parte de sus fuerzas de seguridad, luego sí lo hizo, y aunque nunca se pudo demostrar fehacientemente su participación en los hechos que se le imputaron, en secreto siempre he sabido que él fue uno de los represores de aquel régimen. Pero, entonces, ¿de dónde había venido ese estremecimiento que sentí en esos momentos, sino del llamado de la sangre que entró en ebullición cuando uno de los míos fue atacado? ¿Acaso es posible escindir los sentimientos de la razón? Y yo, como periodista y escritor, ¿podría mantener la imparcialidad que requería esta historia irrigada por vertientes tan distintas?

Quedamos en vernos al día siguiente en su apartamento para continuar con su historia. Esa misma noche, durante la cena que prepararon Genaro y su mujer, les comenté con emoción el resultado de mis entrevistas con el viejo, el proyecto de libro que tenía en la cabeza y esa renovada e imprevista ilusión de vivir que había encontrado en este viaje a Colombia. Esa misma noche también me enteré por Martha Lucía de que a mi exesposa, Rita, le habían encontrado un tumor maligno en el páncreas y le habían dado seis meses de vida. Aunque no había vuelto a hablar con ella desde el divorcio, sentí mucha pena por lo que estaba pasando y decidí que al día siguiente la llamaría.

El efecto de las buenas noticias nunca duraba mucho tiempo en mi entorno. Siempre había algo que, por algún motivo, enturbiaba mis ratos de alegría. ¿O acaso Genaro tenía razón y yo solo, sin ayuda, me hundía en las sombras por mi enconado pesimismo? En todo caso, aunque la noticia me provocó pesar y tuve la seria intención de llamar a Rita, al final no lo llegué a hacer, ni al día siguiente ni en ninguna otra ocasión. Dejé que el tiempo pasara sin remedio, como casi siempre, y ya no volví a saber de ella.

La Habana, 1930-1951

La Habana de los años treinta y cuarenta era una ciudad muy movida y alegre. Los americanos siempre la consideraron como un lugar de distracción, no sólo por aquello del clima, sino por el ambiente de rumba, que ya entonces tenía reconocimiento mundial, y, claro, por sus hermosas mujeres. Los cubanos siempre hemos estado orgullosos de nuestras mujeres, de su belleza, de sus cuerpos, de esa forma de ser tan jovial y entradora. Para los yanquis, en cambio, las cubanas, además de bellas, eran fáciles, y de allí que se hubiera fomentado en esa época un turismo de fiesta y juego en la isla. Más adelante, con la Revolución, eso cambió, por supuesto, pues se eliminaron los casinos del país y se intentó erradicar la prostitución, aunque esa es otra historia que le relataré más adelante, pues aquel tema nos llevó bocabajo durante mucho tiempo.

Sobre las mujeres debo comentar algo que en Cuba es un secreto a voces, pero que hacia fuera no se ha divulgado mucho. En esos años, la mayoría de los hombres de Cuba, aunque tuvieran compromisos formales, tenían, además de sus novias o esposas, casi siempre, una amante mulata. Esto de la amante era de lo más normal en todo el país. Las mulatas en realidad eran mujeres muy bellas, despampanantes, dueñas de una piel trigueña, brillante, y de unos cuerpos de envidia para las otras mujeres. Y además de toda esa belleza que la naturaleza les había dado, eran muy simpáticas. En esa época estaba de moda una broma que todos los hombres se hacían entre sí, y es aquello de «Oye, blanco, muéstrame a tu abuela, dónde está que quiero verla». Se decía esto porque casi todos los cubanos teníamos ancestros mulatos y no todos estaban orgullosos de esa ascendencia. En esa época se mantenía todavía en la isla un problema de segregación racial hacia los negros. De hecho, en algunas playas consideradas exclusivas estaba prohibido el acceso para la gente negra. Esto que comento no sé si resulta contradictorio, pero es real, pues por un lado había una admiración especial por las mulatas y mulatos, pero a los negros todavía se les tenía en un estrato inferior. En fin, esas cosas que hoy resultan vergonzosas todavía pasaban allí durante esas décadas posteriores a la colonia.

La Habana siempre fue una ciudad voluptuosa, tal como lo eran sus mujeres. Las costumbres de la juventud de entonces eran bastante sanas. La mayor diversión de aquellos años estaba en ir a la esquina más importante de La Habana, entre San Rafael y Galeano, donde se encontraban las tiendas El Encanto y La Zarzuela; los jóvenes nos parábamos ahí a ver desfilar a la gente, mirar a las chicas, reírnos un poco entre nosotros, siempre con mucho respeto y en un ambiente muy familiar, porque allí todos nos conocíamos. La Habana tenía en ese entonces las costumbres de ciudad pequeña, doméstica.

Los clubes más famosos de la ciudad, los más exclusivos y elegantes, eran el Miramar, el Habana Villa Club, el Vilmur, el Vedado Tennis Club y el Country Club; esos eran los lugares de la *gente bien*, como se les decía en la época a los miembros de las clases sociales y económicas más altas. Los españoles tenían su propio club, que era el Casino Español, y algunos otros tenían sus lugares de reunión dependiendo de las regiones de las que provenían: los asturianos tenían su Centro Asturiano, los gallegos su Centro Gallego, los catalanes el Centro Catalán y los vascos el Centro Vasco. Había una cosa muy interesante a propósito de las entidades españolas, y es que en aquella época cualquier persona de la isla podía pagar dos dólares para recibir en esos centros regionales cierta atención médica, clínica y disponer de espacios de recreación y deporte.

Otra cosa interesante era la gastronomía cubana: la ropa vieja, los moros y cristianos, la vaca frita, el congrí, el ajiaco —que es muy distinto al que se come acá en Bogotá, pues el cubano tiene carne de cerdo y arracacha—, en fin, disfrutábamos de verdaderas delicias culinarias. Pero entre 1935 y 1940, con todo lo que sucedió con Guiteras y el movimiento Joven Cuba, con mi activismo delirante, yo supe de verdad lo que era pasar hambre. Cuando mi situación económica era ajustada, acudía mucho a la fonda del Chino, que estaba en la calle Neptuno. El propietario era justamente un chino que se llamaba Luis y cobraba diecisiete centavos por un plato de arroz, fríjoles y un pescado que era como una sardina abierta en mariposa con papitas fritas. El plato de arroz con fríjoles valía diez centavos. A veces yo iba adonde Luis y le decía que no tenía dinero, que al día siguiente le pagaría, y él siempre me aceptaba el trato; pero muchas veces yo ya estaba debiendo allí dos o tres comidas y me daba vergüenza volver a pedirle el favor. Entonces, cuando ya el crédito estaba agotado con el chino de Neptuno —aunque él nunca me lo hubiera negado—, me tocaba esperar hasta las seis de la tarde, hora en la que cerraban las tiendas de frutas o los lugares de frituras de otros chinos más alejados de mi barrio, para poder comprar por tres centavos lo que no se había vendido, o comprar por uno o dos centavos unos bollitos medio duros o algún plátano Johnson, que era el plátano de exportación. Muchas noches, demasiadas, y también algunos días que se me hacían larguísimos, los pasé con poquita cosa en el estómago. Entonces yo de alguna forma volvía a mirar mi propia realidad y me decía: «Vamos a vender esos aparatos de radio, debo volver al negocio para poder comer bien», pero la cordura y la compostura me duraban unos cuantos días en los que ganaba algo de dinero y le pagaba al chino, comía mejor, y muy pronto volvía a las andanzas cuando me proponían una nueva misión, la organización de una marcha e incluso la preparación de algún atentado contra un destacamento militar o policial. Siempre podían más mi espíritu revolucionario, mi dolor de patria y la política, que mi propia vida.

Muchas veces cuando no tuve para comer me busqué la forma de ganarme unos centavos haciendo cualquier cosa. Por ejemplo, me encontraba con amigos en la calle y les preguntaba: «¿Oye, tú pa' dónde vas?». Y me decían: «Voy hasta el correo, tengo que mandar una carta». Entonces yo les decía: «Mira, chico, yo te hago el viaje, si me das para el autobús te hago el favor, pues yo voy cerca de allí», y ellos me daban para la estampilla y para el bus, y obviamente yo iba caminando para ahorrarme esos centavos y así tener algo para comprar comida. Recuerdo una ocasión en que, tras una racha bastante larga sin mayor cosa que comer y con mucho trabajo en la organización, un buen amigo que se llamaba Ramón y que estaba con nosotros en el grupo me llevó un plato de comida y yo se lo rechacé y le dije enérgicamente: «No, Ramón, el día que yo tenga hambre de verdad le quitaré un plato de comida a alguien más, pero no acepto bajo ninguna circunstancia que me regalen comida». Ramón comprendió y se llevó el plato, y yo me quedé con los ojos desorbitados mirando cómo se iba esa comida y yo allí, pasando hambre, pero, claro, en esas ocasiones me ganaba la soberbia, aunque también me ganó siempre la dignidad.

Uno de los temas que a mí más me gusta recordar sobre Cuba es la música, algo esencial para mi pueblo. Por supuesto, en la vida habanera la música es vital. En esos años estuvo de moda Beny Moré o Lecuona, un pianista extraordinario; Tomasita Núñez; la Borja, una cantante fabulosa. La música era parte del día a día. En los barrios siempre había algún evento musical: verbenas improvisadas, bailes, clubes nocturnos… Yo tuve la suerte de vivir muy cerca de la casa de Miguel Matamoros, en la calle Gervasio. Era un cantante de son muy famoso, al que se le escuchaba practicar desde la acera. Alguna vez lo acompañé en sus ensayos y lo vi actuar en vivo muchas veces. A otro que conocí bien fue a Miguelito Valdés, que vivía en la esquina entre la calle San Rafael y la calle Soledad. A mí me gustaba mucho bailar, aunque en realidad no llegué a ser muy bueno, más bien diría que fui un bailarín decente de son y danzón... Con algunos amigos de la época, también rebeldes, revolucionarios, cuando estábamos en las épocas altas y contábamos con algo de dinero íbamos a ciertos lugares de La Habana que tenían un aire algo pecaminoso y que eran muy famosos: Marte y Belona, y el otro recuerdo que se llamaba Galathea. Lo simpático de estos sitios es que eran clubes donde ibas sólo a bailar, no se trataba de prostíbulos ni nada parecido, pero en todo caso tenían un aire como de lugar prohibido. Las funciones comenzaban a las nueve de la noche y terminaban a la una de la mañana. Tú llegabas al establecimiento y pagabas cinco centavos de dólar por un *ticket* para bailar. Cada uno de nosotros, en las buenas épocas, cuando había dinero, comprábamos cinco *tickets*. Entonces buscábamos a las chicas que nos gustaban, las más bellas, las de mejores cuerpos, y les entregábamos el *ticket*. Un tipo que estaba contratado en el sitio se acercaba entonces y pinchaba el *ticket*. Uno bailaba con la chica una pieza y si te gustaba ella le dabas otro *ticket* más, en caso contrario buscabas otra muchacha. Al final de la noche nosotros salíamos tan alegres con el son que se nos quedaba de los cuatro o cinco bailes, y las chicas cambiaban el *ticket* en la caja del bar y recibían a cambio un porcentaje del valor pagado. Esa era La Habana de mi juventud.

También en esos años se incrementó la corrupción en Cuba. Como siempre sucede en esos casos, la podredumbre se origina arriba, en el Gobierno, en las autoridades, y luego desciende hasta el pueblo y lo inunda todo. Yo estoy seguro de que los hombres más honestos y decentes se corrompen cuando llegan al poder. Eso estaba pasando en aquella época, y venía sucediendo desde antes, desde la colonia, cuando llegaron los españoles, principalmente a saquear nuestros países, y luego los yanquis que no se quedaron atrás, por supuesto... Siempre tuvimos muy malos ejemplos entre las autoridades, y nosotros caímos fácilmente en lo mismo cuando nos tocó estar ahí y ser parte del Gobierno.

Cuba ha sido un país lleno de frustraciones, todas las que uno pueda imaginar: primero la independencia que no se logró, después vino la república y fue un completo desastre; más tarde triunfó la revolución contra Machado y lo que llegó fue una nueva decepción con la época terrible de inmoralidad, de corrupción gubernamental y pagos de favores políticos en todos los estratos para poder gobernar... Entre los Gobiernos de Machado y de Carlos Prío, en un lapso de veintisiete años, pasando por allí los titiriteros de Batista y el propio Batista en su período «democrático» —que de democrático no tuvo nada más que la fachada—, el asunto de la corrupción se hizo cada vez más complejo. Los hombres buenos de la patria, los verdaderos líderes con calidad moral, habían desaparecido: Martí, Maceo, Máximo Gómez, el propio Guiteras y los que quedaban como gobernantes sucesivos nunca quisieron solucionar el tema de la corrupción porque su gente y ellos mismos eran parte del sistema. Entonces el inconformismo y la protesta en Cuba sólo iban en aumento y se gestaba allí, de manera silenciosa, esa bomba de tiempo que estallaría años después con nuestra revolución.

En ese tiempo, años cuarenta y cincuenta, se formaron partidos políticos democráticos como el Partido Auténtico de Grau San Martín, que ganó las elecciones en 1944, y el Partido Ortodoxo de Eduardo Chibás, que fue en donde coincidimos ideológicamente varios de los revolucionarios que una década después lograríamos derrocar a Batista, entre ellos Fidel Castro, que en esos momentos cursaba su carrera de Derecho en la Universidad de La Habana. Sobre Eduardo Chibás hay una historia interesante, pues aunque él a mí me pareció siempre un populista y demagogo, fue el que más pelea le dio a la corrupción durante esos años a través de su programa de radio, un programa muy famoso que se transmitía los domingos a las ocho de la noche. La lucha de Chibás le dio mucha popularidad y se decía en ese entonces que él habría sido el virtual triunfador de las elecciones de 1952, pero claro, antes llegó el golpe de Batista y antes de eso, en agosto de 1951, vino el suicidio de Chibás, que fue un hecho dramático, pues lo ejecutó en vivo en su programa radial luego de su última alocución contra el Gobierno de Prío Socarrás.

El suicidio de Chibás se produjo precisamente por una de sus denuncias contra el ministro de Educación de entonces, Aureliano Sánchez Arango. Esa denuncia no contó con las pruebas suficientes para destapar un aparente acto de corrupción de aquel comunista que estaba colaborando con el Gobierno; esto hizo que el periodista entrara en una profunda depresión. Recuerdo que esa noche yo estaba escuchando por radio el programa de Chibás y él dijo algo así: «La Tierra se mueve, pero yo no puedo demostrar que la Tierra se mueve, o sea, yo no puedo demostrar que el ministro es un ladrón, pero sí lo es, y como ustedes no creen en mí…». Entonces tomó el arma y se disparó al aire. Claro que al principio todo fue confuso porque se dijo que el disparo había sido en la ingle, y sin embargo él murió como consecuencia de la explosión de la bala. En ese momento, cuando sonó el disparo, yo me dije: «Ahí está otra vez con su demagogia, ya está armando teatro», pero enseguida se supo que aquello fue real y que se encontraba grave. A partir de este hecho trágico, y de lo que vendría pocos meses después con el golpe de Batista, se destapó nuestra lucha armada a muerte en contra de la corrupción y más tarde en contra de la tiranía. Para nosotros ese era el momento ideal, nuestro momento para cambiar a Cuba de una vez por todas. Y allí entran en esta historia, en la mía y en la de todos los que luchamos por la independencia de Cuba, Fidel Castro y su hermano Raúl.

Quito, 2015

Muchos de los vacíos que pudiera haber dejado el relato de un hombre de noventa y seis años, por más lúcido que se mostrara, debían ser completados con las referencias de la época en función de ciertos acontecimientos más o menos públicos. Sin embargo, los vacíos que se produjeron a lo largo de las charlas sobre ciertos momentos de su vida íntima, ya sea porque su mente los había olvidado o porque él mismo prefería no tocar algún tema, se quedarían inexorablemente guardados en su memoria sin que nadie pudiera nunca sacarlos a la luz. A pesar de las horas que pasé escuchando su historia, intercambiando ideas o interrogándolo sobre tales o cuales hechos, sobre todo al principio tuve la impresión de que iba a encontrarme en ese camino con varios obstáculos que me obligarían a rodear de vez en cuando el sendero para dejar atrás, muy a mi pesar, algún tema importante de su vida. Pero después de haber compartido con el personaje varias horas de monólogos, diálogos y silencios, me di cuenta de que César Gómez era un hombre transparente y sincero que no pretendía ocultar ninguna información, aunque esta pudiera resultarle incómoda, sino que en ocasiones su mente pasaba por alto ciertos detalles (nos pasa a todos, a algunos más que a otros, pero a los noventa y seis años asumo que es natural que suceda), y sin embargo, esos detalles perdidos eran recuperados más tarde por la fuerza de su mente con motivo de algún otro relato.

De esta forma comprendí pronto que no sólo había que investigar y leer mucho para entrar en el entorno del personaje que tenía delante, sino que había que escuchar con atención las cosas que él decía. Y sobre todo, debía escuchar una y otra vez, durante varias ocasiones, las grabaciones de esas conversaciones para no perder aquellos detalles que al principio podían parecer imperceptibles o poco importantes, pero que, de pronto, cobraban una inusitada relevancia en la historia del país o en la de su vida. Por esa razón, varios meses después de que me vi con él, cuando volví a Quito y me metí en el túnel de la trama, rodeado de libros y de información relacionada con Cuba y su proceso histórico, escuché otra vez un fragmento de una anécdota que Gómez me había contado. En esa historia habló sobre el mar de La Habana, que era quizás lo que más extrañaba de su patria, y también habló allí sobre la violencia reinante en Cuba en todas las épocas, desde que se instituyó la república, una violencia que no había cesado jamás pero que en su época originó el apelativo del gansterismo.

La Habana, 1949

Desde que salí de Cuba lo que más extrañé siempre fue el océano, y en particular la playa de Santa Fe, el lugar al que yo iba cuando era joven. Recuerdo que cuando las cosas mejoraron, con el producto de mi trabajo logré comprar un bote de remos y lo tenía allí fondeado para escaparme los martes y los jueves a remar o a nadar en esas aguas cálidas y cristalinas. Durante muchas semanas de aquella década convulsionada, fui a relajarme en las playas de Santa Fe. Y por esa manía mía de hacer deporte, además de la pasión que sentía por el mar, pasé uno de los momentos más complicados de mi vida tras un incidente que se produjo con un tipo de apellido Triviño, un matón de barrio que en esa zona se había acostumbrado a exigirle dinero a la gente. Era en definitiva un chantajista que buscaba pleito y luego se hacía entregar monedas a cambio de dejar tranquilas a sus víctimas. Un día en que yo había terminado de remar y regresaba caminando por la playa, el tipo se me acercó y me pidió dinero. Yo ya sabía de quién se trataba y se lo negué. Seguí caminando y el tal Triviño volvió a ponerse delante. Entonces vi que llevaba un puñal en la mano. Me amenazó colocando la punta filosa del puñal muy cerca de mi cara. Yo le aparté el brazo de forma violenta, le dije que no le iba a dar nada y seguí mi camino tratando de conservar la calma. Sabía que si él insistía iba a tener un problema e incluso era posible que me hiriera, pero me mantuve firme y no le hice caso mientras me seguía a pocos pasos, insultándome. Poco a poco noté que el hombre se alejaba. Creí que se había acobardado y que yo ya estaba fuera de peligro, pero de pronto me di cuenta de que él volvía a ponerse detrás y que se acercaba cada vez más. Estaba dispuesto a enfrentarme con él y por esa razón me detuve súbitamente y me di vuelta. Entonces Triviño se paró también, sorprendido por mi actitud. Se volteó y arrancó con otra andanada de insultos entre los que se refirió expresamente a mi madre: «Eres un hijo de puta, la perra de tu madre, la puta que te parió». La cosa es que me hirvió la sangre con esos insultos y no me quedé tranquilo, pero tampoco estaba dispuesto a dejarme matar allí por ese bestia. Regresé a mi casa en La Habana y saqué un pequeño revólver que tenía guardado, lo cargué con seis balas y volví más tarde a Santa Fe a buscarlo. Lo encontré pronto en un punto no muy alejado de la playa en la que habíamos tenido el problema, y lo enfrenté con el revólver. Triviño vio el arma que yo tenía y sacó su puñal poco antes de abalanzárseme. Yo estaba dispuesto a defenderme y traté de disparar, pero por alguna razón la primera bala se encasquilló cuando yo ya tenía al tipo encima mío intentando apuñalarme, así que lo golpeé con fuerza con la cacha del revólver y también con los puños, hasta que lo sometí. En pocos minutos lo dejé tirado, sangrando profusamente por la cabeza, balbuceando aún varios insultos pero desarmado y sin ganas de seguir abusando.

Al regresar comenté el incidente con varios amigos de Joven Cuba y me sugirieron que me alejara unos días de La Habana para evitar que el tipo cobrara venganza, pues tenía fama de ser rencoroso y cruel. Un conocido me aconsejó que me fuera a cayo Diana, frente a Varadero, durante algunas semanas. Allí me podían conseguir un trabajo para sostenerme mientras los ánimos con el tal Triviño se calmaban. De hecho, esa misma noche, a las pocas horas del incidente, mis amigos ya sabían que el tipo me andaba buscando por La Habana para matarme.

En efecto, fui a cayo Diana y estuve allí trabajando como peón de albañil durante tres meses. Junto a dos hombres más —el farero y su hijo— trabajábamos en los arreglos del faro, que además nos servía de vivienda. El único problema que había era que los fareros vivían para emborracharse, y como el lugar era tan solitario y no había nada que hacer aparte del trabajo, los dos dedicaban el resto del día al trago. Yo nunca he sido bebedor, así que el tiempo que me sobraba lo dediqué a pescar en las rocas que rodeaban el cayo. Pescaba con una vara larga a la que había atado un cuchillo. Así lanceaba a los peces y lo que sacaba durante el día lo comíamos en las noches con los borrachitos, que siempre estaban agradecidos, y de este modo yo les ayudaba a pasar la cruda. Otra de mis ocupaciones durante esos tres meses en el faro, además de leer unos pocos libros que había llevado, era lavar la ropa con el golpe de las olas. No teníamos agua dulce sino la justa y necesaria para beber de un tonel que se llenaba cada semana cuando la barca regresaba con nuestros alimentos y el agua, así que la ropa la lavábamos atándola a una vara larga que colocábamos en los lugares donde rompían las olas más fuertes, y salía verdaderamente limpia, aunque un poco tiesa por la sal…

A los tres meses decidí volver a La Habana. No aguanté más esa especie de reclusión en un peñón que sólo tenía un faro y unas cuantas rocas. Apenas llegué, en mi barrio los amigos me dijeron que el tal Triviño me seguía buscando y que esperaba mi regreso para ajustar cuentas. Entonces decidí cortar por lo sano el tema aquel y otra vez lo fui a buscar. Llevé una pistola que me prestó un amigo al que pedí que me acompañara como testigo, porque mi intención era desafiar al tipo a duelo y arreglar de una vez por todas el lío. Así que en la tarde fuimos hasta Playa Blanca y encontramos a Triviño. El hombre se asustó cuando me vio, se puso pálido. Yo sabía que era un matón con más lengua que valor así que le dije que lo retaba a duelo, pero él enseguida se achicó y me dijo que las cosas no debían resolverse con armas sino a puñete limpio. Acepté su oferta, le entregué la pistola a su dueño y me enfrenté con Triviño a puñetazos.

En un breve intercambio lo tumbé. Le partí la nariz y el tipo empezó a sangrar como una vaca en el matadero mientras yo lo sujetaba contra el piso. Yo también recibí un buen golpe en un pómulo que se me puso negro, pero con eso los dos habíamos zanjado para siempre el incidente. Y nunca más Triviño volvió a molestarme.

A propósito de este hecho que Gómez me contó, repasé en varios libros y en algunos documentales la historia de esos años convulsionados de Cuba, y comprendí que la violencia había sido una constante en la lucha política del país, una forma cotidiana de acción política. Hablar del gansterismo era normal en todas las épocas posindependentistas. Algunas veces se acusaba a los que detentaban el poder con base en la tiranía, pero casi siempre se aplicaba a los grupos rebeldes, entre ellos Joven Cuba, al ABC en su momento, al Partido Comunista o a las organizaciones sindicales y de estudiantes universitarios. Casi cincuenta años después de la independencia cubana de España, el estado de violencia en la isla era tal que el presidente Carlos Prío Socarrás aprobó la Ley contra el Gansterismo, un cuerpo legal que reprimía los actos violentos y vandálicos en las calles. A pesar de esta innovadora intención de calmar los ánimos, la guerra política no tuvo tregua, y las muertes violentas entre opositores eran el pan de cada día en la isla. Así, en ese mismo período, murieron asesinados personajes como Manuel Castro, secretario de Estado del expresidente Grau; el estudiante Gustavo Ortiz, que fue hijo adoptivo del propio presidente Grau; Jesús Menéndez y Aracelio Iglesias, dirigentes comunistas; Óscar Fernández, sargento de la policía universitaria; Justo Fuentes, vicepresidente del sindicato de estudiantes, a quien habrían asesinado en represalia por la muerte de Manuel Castro, y cuyo cadáver fue descubierto en el aula magna universitaria, en el mismo lugar donde cayó Manuel Castro varios meses antes. La situación se hizo verdaderamente insostenible, hasta el punto en que el presidente Prío intentó fundar una fuerza especial de la policía para reprimir a los violentos. Esta idea no tuvo aprobación en un país que acababa de salir de una época de tiranías en las que se habían conculcado de forma alarmante los derechos civiles de las personas. Fueron legendarios en esos años los duelos en los que se batieron el propio Carlos Prío Socarrás y Eduardo Chibás, políticos insignes, presidente el primero, candidato y figura descollante de la crítica y la denuncia el segundo. Los duelos, según las crónicas de esos años, se realizaban más bien de forma romántica, con el correspondiente reto y aceptación, señalamiento de lugar, día y hora, acompañamiento de testigos y designación de armas, entre las que prevalecía el elegante florete que se llevó, gracias a sus puntas afiladas, a varios activistas políticos de la época, y que tajó, hirió y desnudó también el honor de otras tantas figuras que resolvieron sus disputas con el honorable acero.

Dada la insistencia que noté en César Gómez sobre el tema de la violencia que se vivía en Cuba alrededor del tema político desde la época de la independencia, le pedí que me diera su opinión al respecto. Él, sin tomarse mucho tiempo para reflexionar, comentó:

La violencia, en mi criterio, se originó desde el inicio de la república gracias a la inmoralidad política que se ha vivido siempre en Cuba. La corrupción de los Gobiernos, unos más que otros, fue el detonante de esa ira que se gestaba en la universidad, en los sindicatos obreros, en los políticos de oposición, en la calle, es decir, en todos aquellos miembros de la sociedad que son llamados a enfrentar el poder cuando este se sale de la órbita de su gestión. En realidad, lo que hubo siempre, como ya le he dicho antes, fue una frustración constante. Salíamos de un Gobierno, era derrocado, se respiraba el presunto aire de la libertad y justicia social, y de pronto, sin más, de nuevo el torbellino de saqueos y desfal-

88

cos. Y también estaba, por supuesto, el tema de las tiranías. Pocos Gobiernos de esa época, entre 1898 y 1956, fueron verdaderamente democráticos, respetuosos de los derechos del ser humano, protectores de las libertades individuales, y por eso el pueblo se rebelaba, y como esas rebeliones eran repelidas por la fuerza, todo se volvía un círculo vicioso. Por supuesto que había muchas personas que eran verdaderos demócratas, librepensadores y gente dispuesta a batallar con sus ideas, pero ellos no podían lograr nada contra esos Gobiernos plagados de tiranos y ladrones. Contra la tiranía no hay otra forma de luchar que no sea con las armas. Los tiranos jamás responden a un ataque con filosofía, conceptos ideológicos y debates: lo hacen con la fuerza, con la sangre del pueblo que se ve sometido por esa fuerza desmedida, irracional e ilegítima.

El uso de la fuerza es legítimo en tanto sea utilizado con fines sociales, en beneficio del pueblo al que las tiranías suelen aplastar sin pudor… En una dictadura como la de Batista era absolutamente necesario el uso de las armas. Mucha gente opina que a Cuba le ha faltado tiempo para constituirse en una verdadera democracia, y es probable que tengan razón, pero se debe tomar en cuenta que el pueblo cubano no fue lo suficientemente maduro en aquella época, pues veníamos de una lucha constante contra un sistema perverso, corrupto, instaurado desde la época colonial; veníamos de falsas democracias, de dictaduras encubiertas… Es cierto que en Cuba no existía un pensamiento político estructurado y dinámico, sino que todas eran respuestas frente a los distintos delitos y abusos que se cometían. Ellos llegaban al poder apoyados casi siempre por los yanquis, sometidos a sus designios, y nos engañaban, y nosotros respondíamos, una y otra vez. En el fondo sólo ansiábamos la libertad y la justicia social, es decir, poder gobernar nuestro país con nuestra gente, sin intervenciones de ningún Gobierno extranjero y sin que otras personas distintas a los cubanos tuvieran ninguna ventaja sobre nuestros bienes; y nuestra meta fundamental en el campo práctico era acabar con la corrupción y lograr la independencia y la libertad aunque hubiera sonado a utopía. En esa época, cuando éramos jóvenes, nadie podía detenernos, nadie pudo detenernos, ni siquiera el gran ejército de Batista cuando llegamos a Cuba apenas ochenta y dos expedicionarios...

Cuba, años 50 y 60

Escuchando a César Gómez me ubiqué mentalmente, por un instante, en el contexto mundial de los años posteriores a la Segunda Guerra, y en especial en las décadas de los cincuenta y sesenta. En Europa la situación política era de tensiones y forcejeos por implantar los modelos que les convenían a los distintos aliados. Por un lado, Estados Unidos pugnaba por difundir su idea de estado ideal de puro capitalismo en los territorios vencidos, y, por otro, la Unión Soviética acometía con fuerza para consolidar su modelo socialista en la zona oriental del continente europeo. La Guerra Fría se desataría esos años, especialmente por las tensiones acumuladas en esta «repartición» territorial y en las discusiones que giraron en torno a la reconstrucción de Europa. La Revolución rusa, consolidada por la Unión Soviética, buscaba entonces extender sus raíces hacia Latinoamérica. Los Partidos Comunistas crecían en varios países del continente ante el asombro y el temor de Estados Unidos que, por su parte, luchaba por empujar aquellos ideales de la extrema izquierda lo más lejos posible de sus fronteras.

Precisamente en Cuba durante esos años, el Partido Comunista intentaba mantenerse alejado de Batista, al menos de cara al sol, pues en la práctica, tras bastidores, sus principales miembros se habían vinculado al régimen a través de varios funcionarios que se ubicaron muy bien en el Ministerio del Trabajo y en otros cargos relacionados con el poder ejecutivo.

En este entorno histórico volví a tomar el hilo de la historia de César Gómez alrededor del comunismo, que en esos años florecía en Cuba y en otros países de la región alentado por la nueva potencia, la Unión Soviética, en su intento por poner cierto equilibrio en el orden mundial frente a los estadounidenses.

Sobre el comunismo en general y sobre los comunistas cubanos debo decirle que estaban muy lejos de nuestra ideología, especialmente de los que conformábamos Joven Cuba. Yo he sido liberal toda mi vida. La mayoría de los que conformamos Joven Cuba en un inicio éramos liberales. Nosotros luchamos siempre por la libertad y estábamos convencidos de que el derecho más importante del ser humano y su mayor anhelo, sin ninguna duda, es ser libre. Dígame usted, en esas circunstancias, ¿cómo podíamos estar del lado de los comunistas? Obviamente ellos no eran bien vistos entre quienes estábamos comprometidos con la lucha independentista. Y no sólo se los veía mal por lo que sucedió con el Partido Comunista cubano de los años cuarenta y cincuenta, que siempre estuvo alineado con Batista y con los presidentes títeres, también de rasgos autoritarios como su titiritero, sino porque además de estar sacando provecho del poder cuando les convenía, se alejaron de la lucha popular en una etapa trascendental para el país y dieron la espalda a los que de verdad buscaban un cambio: sindicatos, estudiantes, organizaciones gremiales, campesinos… Durante la Segunda Guerra Mundial y unos años más tarde, antes de que se desatara la Guerra Fría, el comunismo en Cuba estaba asociado con los horrores que habían cometido Lenin y Stalin, y de ahí que muchos de nosotros lo combatiéramos.

De alguna forma, en esa época los bandos de la extrema izquierda se dividían entre los trotskistas y los leninistas, los primeros de carácter más intelectual, de mayor nivel cultural, y los segundos menos preparados, menos instruidos y leídos, y en consecuencia más luchadores de barricada. En esas circunstancias, en aquel ambiente, nosotros jamás podíamos estar cerca de los comunistas, por el contrario, éramos profundamente libertarios, y eso fue lo que varios años más tarde me alejó de forma definitiva de la Revolución, de nuestra revolución...

Aunque se ha intentado echar humo sobre este aspecto esencial de la Revolución, es un hecho cierto que se debe conocer que, hasta bien entrado 1960, cuando ya nosotros estábamos en el Gobierno, nunca se mencionó siquiera la posibilidad de convertirnos en un país comunista y, por el contrario, sólo en el famoso discurso de Fidel Castro en la Plaza de la Revolución el 16 de abril de 1961 se proclamó el carácter socialista de la Revolución cubana ante la indignación del país por los ataques norteamericanos en Bahía de Cochinos el día anterior.

De modo que la Revolución jamás tuvo una ideología comunista, por el contrario, todos fuimos siempre liberales, antiimperialistas e independentistas. Nosotros seguíamos la filosofía de los próceres de la independencia, de Martí y Maceo, y nunca se consideraron por ninguna circunstancia en nuestra lucha las ideas de Marx, Lenin o Stalin, jamás... Sin embargo, también es importante decir que el Che siempre se mantuvo firme en sus ideas de izquierda extrema. También Raúl Castro tenía esta ideología, pues había sido miembro de las juventudes comunistas, y desde que yo lo conocí fue un hombre de izquierda. Los demás éramos liberales, muchos, como Fidel y como yo mismo, afiliados al Partido Ortodoxo, y otros eran parte del Partido Revolucionario Cubano Auténtico, que fue fundado por Ramón Grau San Martín con un corte ideológico nacionalista y liberal, bajo el lema «Cuba para los cubanos». Quizás otros combatientes comulgaban con ciertas ideas del socialismo, pero entre los que iniciamos la batalla y viajamos en el Granma no había más comunistas que el Che y Raúl, que para ese entonces ni siquiera soñaban con que Cuba se convirtiera en un refugio de ideas marxistas. Lo que sucedió con la invasión a Bahía de Cochinos le dio a Fidel el pretexto ideal para romper relaciones con los norteamericanos y de este modo entregar el país a los soviéticos, convirtiéndose en el refugio comunista de América.

La Habana, 1952

La última charla con César Gómez debía abarcar los sucesos acontecidos en Cuba entre 1952 y 1961. Aquella era, sin duda, la parte más intensa de la Revolución, los años de la lucha terrorista contra Batista, las persecuciones, los encarcelamientos y su primer exilio; la expedición del Granma hasta el derrocamiento de Batista; los actos preliminares del nuevo Gobierno, su nombramiento como funcionario ministerial, los primeros gestos autoritarios de varios compañeros, las sombras siniestras que se desplegaron sobre una población que creía en los barbudos y en su proyecto político, pero que muy pronto se daría cuenta de que la anhelada libertad y la paz habían pasado lejos de la isla sin aproximarse siquiera a sus costas.

Por la historia personal que conservaba aún en secreto, me interesaba empezar la entrevista abordando la nueva era de Fulgencio Batista, la que había comenzado el 10 de marzo de 1952 y que concluyó con su huida el 1 de enero de 1959. Durante ese período mi padre había ingresado a las fuerzas de seguridad del régimen, y en poco tiempo se convirtió en uno de los hombres de mayor confianza del dictador. Había llegado el momento clave de la historia para mí, el instante en que mi padre, probablemente como una sombra espectral, atravesaría cada una de las imágenes que Gómez iba a relatar, cada uno de los crímenes que la dictadura de Batista iba a cometer, cada una de las gotas de sangre que se derramarían durante esos años hasta la caída del régimen. Finalmente, de enfrentarme a mi pasado.

Así, comencé haciendo una pequeña introducción al período que nos correspondía tratar. El viejo me escuchó con atención. Sus dedos rugosos tamborilearon irregularmente sobre la mesa que tenía a su lado. En la mano izquierda, ligeramente temblorosa, sostenía el asa de una taza blanca que rebosaba un hirviente y oloroso café recién colado.

Le pregunté sobre cómo vivieron ellos esa época inicial de la dictadura de Batista del año 1952.

Gómez, relajado, dejó la taza sobre la mesa sin haber probado todavía el café y expuso:

Fue para todo el pueblo cubano una especie de sacudón que nos dejó alelados, en especial a sus opositores, pues Batista tenía seguidores pero no tantos como para ganar las elecciones en las que los Auténticos aspiraban a ser ganadores frente al desastroso Gobierno de Prío Socarrás. Por eso se produjo el golpe, porque Batista sabía que en unas elecciones regulares no contaría con el favor de la gran mayoría del pueblo cubano. En fin, el asunto es que una nueva frustración se asentó entonces en la sociedad, que sufrió una especie de depresión generalizada. El pesimismo se tomó las calles de La Habana y de otras ciudades importantes durante varias semanas después del golpe. Todos nos preguntábamos durante ese tiempo lo mismo: ¿hasta cuándo íbamos a soportar esos Gobiernos? ¿Algún día lograríamos salir de la tiranía? ¿Qué futuro nos esperaba en manos del criminal de Batista? Sin embargo, debo decirle que algunos superamos esa etapa depresiva y volvimos a creer que la lucha armada era la única posibilidad que teníamos. Nos juntamos otra vez de forma clandestina y reorganizamos poco a poco los grupos rebeldes para demostrarle a Batista que no nos habíamos rendido...

Sabíamos que la única opción que nos quedaba era la lucha armada. No se le olvide que Batista tenía el apoyo de Estados Unidos y del ejército cubano. Ante un Gobierno de facto con el que los yanquis colaboraron de forma incondicional, de qué otro modo habríamos podido combatir. Tampoco hay que olvidar que Batista se quedó en el poder de manera ilegítima durante más de siete años, mientras mantuvo el apoyo de los gringos, y cuando se lo retiraron y dejaron de venderle armas, nosotros ya estábamos encima...

Durante los primeros años de la dictadura, además de la libertad, aspirábamos a vivir en un lugar en el que reinaran la moralidad y la igualdad de oportunidades. Para eso la independencia era indispensable, separarnos de los colonizadores de siempre: británicos, españoles y norteamericanos, que fueron desde el descubrimiento nuestros verdaderos gobernantes, para lograr por fin un Gobierno con los mejores hombres, y equivocarnos mil veces si era necesario, pero hacerlo nosotros sin tener que rendir cuentas a ningún Gobierno extranjero... Y tampoco dejarnos someter por el gran mal de la corrupción que nos tenía ahorcados desde la época de la colonia.

Durante varias semanas juntamos armas en distintos depósitos que manteníamos en casas o lugares de trabajo de compañeros, amigos o simpatizantes de la causa. Corrimos muchos riesgos, por supuesto, pues a los que agarraban en esas labores conspirativas los pasaban de inmediato por las armas. Todos los miembros de estos grupos, la mayoría conformados por universitarios, entre ellos Fidel y Raúl, que ya estaban comprometidos con la lucha, hablábamos de una rebelión contra Batista para derrocarlo, pero también sabíamos que esa iba a ser una lucha muy desigual y muy larga, y que debíamos tener todos un plan alternativo para los momentos más peligrosos. En esos años iniciales en los que acopiábamos armas y nos preparábamos para la revolución, muchos ya teníamos en la mira a México o Venezuela como nuestros destinos en caso de que nos viéramos obligados a huir. En aquella época estos dos países abrían las puertas a los exiliados de las dictaduras, por esa razón allí habían recalado varios amigos y familiares nuestros. Además, Venezuela se había convertido en un país apetecido porque ahí daban muchas facilidades a los inmigrantes para que montaran una industria o un negocio, tenías exenciones de impuestos, visas comerciales e incluso te ofrecían terrenos para la agricultura o agroindustria.

Recuerdo que quien había sido jefe de la casa militar del presidente Carlos Prío Socarrás, coronel Vicente León, me buscó y me dio la responsabilidad de sacar las armas de la casa de Paquito Cairolt, un senador que estaba en Miramar frente al océano. Las armas habían llegado en lanchas metidas en sacos, protegidas con grasa para que no se dañaran con el salitre. En esa casa tenían un sótano con las armas. Ahí trabajaban distintos exmilitares que las arreglaban y las ponían a punto. Bajo el nombre de América como contraseña me encontré con el coronel Vicente León en una casa del barrio Luyanó. Me explicó que necesitaba a alguien ajeno al presidente para mover las armas que se utilizarían en una revolución y en el ataque al palacio presidencial de Fulgencio Batista. No querían aparecer y debía comprometerme a no decir quién me había nombrado para el trabajo.

La instrucción era repartir las armas en casas de gente de total confianza del presidente Carlos Prío Socarrás. Yo acaba de terminar un contrato con Mitchell, una empresa de aires acondicionados, y por lo tanto tenía personas a cargo en la instalación de aires en las residencias. Hablé con Aurelio Fernández, un amigo español, quien estuvo de acuerdo en ayudarme a mover las armas y a incluir a personas que trabajaban conmigo. El coronel me ofreció dinero, pero le dije que no era necesario. El coronel me dio la dirección del lugar en que se encontraban las armas. Nos demoramos quince días en llevarlas de Miramar a Luyanó.

En algún punto nos recomendaron que no siguiéramos con el traslado porque eran muy sospechosas las vueltas de la camioneta todo el día durante varios días. Sabía que la cosa se estaba poniendo fea y que la seguridad de Batista estaba pisándonos los talones. Tomé entonces la decisión de irme de Cuba y para esto renové contacto con los comerciantes venezolanos que había conocido tiempo atrás por mi negocio.

Días después, mientras tramitaba mi posibilidad de irme, salió en *Prensa Libre*, el periódico de La Habana, la foto de la policía sacando las armas de la casa de Paquito Cairolt. Cuando vi esta foto, en la que se veían las cajas de los quemadores que me implicaban de cierta forma, estaba con Enrique Núñez de Villavicencio, dueño del hotel Pasaje, hablando de su intención de irse a Venezuela a montar un hotel. Enrique me dio posada en su hotel por si la policía me conectaba a través de las cajas que importé y que tenían las armas. Apuré entonces los preparativos para salir hacia Caracas.

De este modo conseguí la representación comercial de una fábrica de cuchillas de afeitar y también de una empresa de muñecas que pertenecía a una familia de judíos a la que yo había conocido por mis negocios. Todo se me dio con tanta facilidad y rapidez que, sin darme cuenta, me encontré a pocas horas de viajar a Venezuela en la compañía Transatlántica Española, en un barco que se llamaba el Marqués de Churruca. Los días anteriores, ya con el viaje preparado, había vendido mis muebles y sólo me quedaba el colchón en el suelo donde dormí varias noches sin el resto del mobiliario. Una semana antes anuncié a mi arrendadora que iba a devolver el departamento.

Al final, cuando estaba apenas a un día del viaje y ya tenía listo mi equipaje, el pasaje del barco y mi maletín con todos los documentos, me despedí de todos los amigos tomando unas cervezas en el apartamento vacío. Algunos se sorprendieron por lo imprevisto de la noticia, porque no todos ellos habían estado al tanto de mis planes. Esa noche, entre los tragos, las despedidas de rigor, los encargos y la palabrería, hicimos planes para nuestros próximos encuentros. Hablamos de los depósitos de armas, de los contactos que podrían servirnos mutuamente, hasta que, cerca de las doce, se fueron todos y me pude acostar en el colchón. Recuerdo que me quedé dormido casi de inmediato, agotado por el ajetreo de aquellos días por los preparativos del viaje. Debí haber dormido un par de horas, hasta que en la madrugada escuché que tocaban la puerta. Pensé que era algún amigo más que venía a despedirse y me levanté algo aturdido. Abrí la puerta aún somnoliento y me encontré de frente con la policía, que le apuntaba con su arma a Aurelio Fernández, quien hacía tan sólo un par de horas había salido de mi casa. Eran tres tipos del Buró de investigaciones de Batista, unos asesinos a sueldo, que entraron a patadas a mi casa y me sometieron. Yo, en pantaloncillo y camiseta, sorprendido y asustado, les dije:

—¿Qué pasa?, ¿por qué entran así a mi casa?

Uno de ellos, mal encarado, visiblemente alterado, me dijo:

—Usted es el encargado de las armas que encontramos en casa de Paco Cairolt, hágame el favor y vístase…

Traté de responder con calma, aunque en ese momento supe que todo estaba perdido:

—Pero mire, cómo usted me va a decir esto, yo me voy mañana de viaje, soy comerciante… —dije, tratando de parecer tranquilo, pero el tipo me respondió sonriendo:

—¿Cómo que se va?, se iba, viejo… —y soltó una risotada coreada por los otros dos.

Más tarde supe que habían atrapado a varios de mis amigos esa misma noche, algunos de nuestro grupo y otros de distintos movimientos rebeldes que pertenecían a la universidad y que también hacían labores clandestinas de forma paralela a las nuestras.

Recuerdo que esa madrugada me sacaron esposado con las manos en la espalda y me llevaron en un carro de la policía al Laguito en Miramar, que era inicialmente un enorme descampado situado a las afueras de La Habana, y que más tarde, en los años siguientes de Batista, se convirtió en un lujoso barrio con mansiones y vías propias en el que vivieron funcionarios de alto rango y poderosos empresarios del azúcar. Pocas semanas antes habían asesinado en ese lugar a algunos «revoltosos», como ellos nos llamaban. Cuando llegamos y me bajaron del vehículo, reconocí aquel lugar y pensé que no iba a salir con vida, que todo había llegado hasta ahí... Dos de los hombres me escoltaron en aquel terraplén mientras el otro caminaba delante de nosotros, a pocos pasos de distancia. Súbitamente, el que iba al frente se detuvo, se dio vuelta y sacó su pistola diciendo: «Hasta aquí llegaste, hijo de puta, me vas a decir ahora mismo dónde está el resto de las armas...». En ese momento, no sé por qué, pensé que me había salvado, que no me iban a ejecutar en ese lugar mientras yo no revelara el lugar en que escondíamos el armamento o mientras ellos no lo supieran por otra fuente. Durante unos segundos me quedé en silencio y pensé: hoy estoy vivo, pero el día en que ellos sepan dónde están las armas, estaré muerto. Supe entonces que me tocaba aguantar lo que se vendría, callarme la boca y aguantar... Efectivamente, el tipo que me apuntaba, ante mi silencio, rastrilló la pistola y me acercó el cañón a la frente, y en lugar de disparar me descargó un golpe tremendo en la cabeza con la cacha del arma. Entonces uno de los otros que estaba a mi lado me agarró del brazo y me encaró preguntando:

—¿Dónde está su camioneta?

No tuve tiempo de pensar nada porque el tipo de inmediato me tiró de las manos esposadas hacia arriba y me produjo un dolor que casi me provoca un desmayo.

—La camioneta la vendí hace algunos días —atiné a responder antes de que los tres se enfurecieran y me cayeran a golpes por todos lados.

Después de la zurra que me propinaron, me montaron casi inconsciente en el carro otra vez y me llevaron al

Buró de investigaciones que quedaba en una torre gris y tétrica de la calle 23, al lado del puente de Pastizales. Allí, en la torre del buró, me encontré con mi amigo Aurelio Fernández, al que también le habían dado una buena paliza. Entonces el hombre me dijo delante de Aurelio:

—Ahora es usted quien tiene que declarar, ¿dónde están las armas?

Yo respondí que no sabía nada, pero en eso alcancé a cruzar una mirada con Aurelio y me di cuenta de que algo no estaba bien. Entonces Aurelio, acobardado, me dijo:

—César, dilo, porque ya lo saben todo…

La verdad es que en ese momento yo no sentí rabia ni tampoco decepción por la actitud de Aurelio. De alguna forma comprendí que él nos hubiera delatado, porque en esas circunstancias, cuando te torturan y te golpean, hay momentos en los que cualquier hombre flaquea, y Aurelio, aunque siempre siguió siendo mi gran amigo, no era precisamente el más fuerte de carácter. Yo lo miré fijamente y le dije:

—Tú estás equivocado, Aurelio, saben todo lo tuyo, porque de mí no saben nada, yo no tengo nada que decir ni qué hablar con estos señores…

Por supuesto, ahí me dieron otra buena paliza de la que no salí consciente.

Más tarde me llevaron a una habitación en la que me desperté con un baldazo de agua helada que me tiraron sobre la cabeza. Cuando abrí los ojos y logré enfocarlos, me di cuenta de que había alguien más tirado frente a mí, y que detrás estaban todavía los criminales de Batista hablándome. Escuché entonces que me preguntaban:

—¿Conoce usted a este hombre? ¿Lo reconoce?

Y claro que lo reconocí, era amigo de Aurelio Fernández, una de las personas que había trabajado con él en las instalaciones del aire acondicionado que hacían en La Habana. El pobre diablo estaba tirado en el suelo, hecho trizas, con moretones en toda la cara y en el torso, que estaba descubierto. Noté que el hombre apenas gemía.

—No lo conozco de nada —respondí.

Y entonces me cayó otra golpiza en medio de la cual apenas alcancé a escuchar que alguien me decía:

—Así mismo va a terminar usted, hijo de puta…

Como a las seis de la mañana me desperté en un hoyo en el que apenas cabía mi cuerpo de pie, magullado, adolorido, sin camisa, vestido sólo con calzoncillos. No sé cuánto tiempo pasé metido en ese hueco, pero recuerdo que me sacaron dos guardias y me tuvieron que subir nuevamente a la torre a rastras porque mis piernas no respondían. Entre el grupo que me esperaba en una habitación estrecha había dos militares bien uniformados. Uno de ellos habló:

—Bueno, llegó la hora de cantar, ¿o usted se quiere morir de una vez?

—Yo no me quiero morir —respondí.

—Entonces, ¿por qué no habla? —dijo el militar.

—Es que yo no tengo de qué hablar, no sé nada de lo que me preguntan, no tengo ninguna relación con esas armas sobre las que ustedes me preguntan.

—Usted sabe muy bien de qué le estamos hablando porque la camioneta es suya —insistió el hombre.

—Es que yo vendí la camioneta, se la vendí a un señor que se llama René.

En ese momento no recordé el apellido del tipo que me había comprado la camioneta, aunque me esforcé por recordarlo porque, hacia mis adentros, pensé: aquí estos lo único que tienen contra mí es la camioneta, quizás nos habían seguido en alguno de los traslados de armas, pero como yo, en efecto, la había vendido varias semanas atrás, tal vez podía salir bien librado de esa situación en la que me encontraba. Entre las últimas palabras que pronuncié y el silencio que hice cuando intentaba recordar el apellido del comprador, debo haber hecho mucho aspaviento, porque de inmediato el militar les dio una orden a otros dos de sus subordinados y estos me empezaron a golpear con los puños hasta que me tumbaron. En el piso me ovillé para protegerme la cara. Una de las patadas que me dieron me fracturó un disco lumbar y hasta ahora, sesenta años después de aquella paliza, sigo con las molestias en la espalda y no puedo sentarme sino en superficies duras. Me tuvieron incomunicado durante dos días más. No volví a encontrarme con Aurelio Fernández y tampoco me golpearon de nuevo. Ya había tenido suficiente con la última paliza que me había dejado casi postrado. Al tercer día, de pronto abrieron la puerta de mi celda y me llevaron a otra habitación. Allí estaba también Aurelio. Apenas me vio sonrió aliviado y me dijo:

—Nos vamos, hermano…

Yo no sabía de qué me hablaba, por qué nos íbamos, adónde. Entonces uno de los guardias lo confirmó:

—Ustedes están en libertad porque presentaron un *habeas corpus* y tenemos que sacarlos.

Esa tarde, apenas salimos, supimos que un senador del Partido Ortodoxo, Fico Fernández Casas, y un representante del partido, Eduardo Corona, habían presentado el recurso que nos dejaba libres.

A la salida del buró, le pregunté con voz de acusación a Aurelio por qué había cantado todo y los había llevado a mi casa, sabiendo que sólo me faltaban cuatro horas para salir de la isla. Aurelio me explicó que quien había dado nuestros nombres y nos había vinculado a las armas había sido la esposa de un amigo suyo que me parece que se llamaba René, que al tener una pelea con su esposo fue a la policía diciendo que él sabía todo sobre el traslado de las armas.

Al salir, entre todos los trámites de rigor, nos dieron más de las siete de la noche. Nadie nos esperaba afuera del edificio, ni siquiera los amigos que nos habían ayudado con el *habeas corpus*. Esta soledad que encontramos por supuesto nos puso más nerviosos, así que cada uno cogió camino por su lado. Al despedirnos ambos coincidimos en que debíamos permanecer ocultos por algún tiempo, pues la situación no estaba para andar de revoltosos a la luz del día cuando ya nos tenían fichados. Yo tomé el primer bus que apareció en esa calle y me fui al Vedado a buscar a un grupo de amigos que trabajaban conmigo en la célula de Joven Cuba de aquella zona. Llegué a la casa de Manuel Fernández García, hermano del secretario del cardenal Arteaga de La Habana, y le pedí que me buscara un lugar donde esconderme.

Manolo, trotskista consumado y excelente persona, y que años después se convertiría en ministro de Trabajo del Gobierno revolucionario, me dijo que debía ocultarme en algún sitio que no despertara sospechas. Yo le comenté que ya no tenía nada, que había vendido mis cosas y desocupado el apartamento antes del viaje que debía realizar a Venezuela. Entonces él se quedó en silencio y luego desapareció un momento en una de las habitaciones de su casa. Al volver me dijo: «Tranquilo, cámbiate de ropa y ponte estas cosas...». Me entregó entonces algo de su ropa, pantalones, una chaqueta, camisa, unos lentes y un sombrero... Al terminar de vestirme yo parecía más un funcionario de ministerio que un revolucionario. Así, Manolo me llevó esa noche a un apartamento que tenía como refugio en el edificio Astor, que estaba ubicado en la calle Amistad, en toda la esquina con la calle Industria. Era un edificio ocupado en un noventa por ciento por prostitutas que vivían y tenían a sus hijos y a sus familias ahí y trabajaban en esa zona elegante de San Rafael. El refugio de Manolo, por la zona en que se encontraba y por lo discreto del lugar, era perfecto para ocultarse, pero claro, en aquellos tiempos la situación igual no estaba para confiarse demasiado, pues la seguridad de Batista tenía ojos y oídos en todas partes, así que de todos modos tuve que guardar las mayores precauciones para evitar ser aprehendido otra vez. De hecho, sabíamos que Aurelio y yo debíamos estar en la mira de la agencia de seguridad y que nos estarían siguiendo de cerca. Por esa razón, aquella noche salí disfrazado y logré llegar al apartamento de Manolo sin mayores inconvenientes.

En el día a día las normas de seguridad que me impuso el propio Manolo para evitar problemas fueron muy duras: no podía hacer ningún ruido durante el día, debía caminar descalzo, no soltar el agua de los baños ni encender la radio ni las luces. Cuando Manolo volvía en la noche para visitarme, podía hacer la vida normal, bañarme, por ejemplo, pues ya se justificaba que el propietario del apartamento estuviera allí. Permanecí escondido en ese apartamento tal vez seis o siete días.

Durante este período, Eduardo Corona realizó las gestiones para mi ingreso a la embajada de México en calidad de asilado. Yo fui uno de los primeros exiliados de la dictadura de Batista. Estuve dos semanas, aproximadamente, en la embajada de México, y salí directamente al aeropuerto, y desde ahí al Distrito Federal. La verdad es que corrí con mucha suerte porque esos días, entre mi asilo en la embajada y mi viaje, hubo mucho jaleo en el país. Esos días justamente descubrieron un cargamento de armas del grupo al que pertenecía. En el operativo que hizo la guardia de Batista se encontraron las cajas de madera que yo había aportado para ocultar el armamento, así que habían ido a buscar al dueño de las cajas, preguntando por ellas, y él se salió del tema justificando que se las vendía a varias personas, pero que no tenía los datos de nadie en particular que se las hubiera llevado, sólo comerciantes de paso. De esto me enteré por Manolo la noche anterior a abandonar Cuba, pues la noticia del cargamento aprehendido había aparecido en toda la prensa.

Finalmente, en diciembre de 1952, salí de La Habana hacia el Distrito Federal en un vuelo de KLM. Aquel fue mi primer exilio, pero yo sabía en esa ocasión que volvería muy pronto a Cuba.

Cuba, 1952-1953

Aquel año de 1952 terminó en Cuba con los ánimos políticos caldeados, con arrestos y desapariciones diarios de rebeldes e insurgentes que veíamos enfrascarse en batallas verdaderamente desiguales. Batista había llevado hasta el límite todos sus recursos, los lícitos y también los tiránicos, para reprimir las persistentes revueltas de los que nos oponíamos a su dictadura. El encarcelamiento de los principales líderes de la insurgencia, que en realidad eran opositores políticos comprometidos con los partidos tradicionales como el Ortodoxo y los Auténticos, era casi siempre noticia diaria, pero también lo eran las siniestras ejecuciones que se cometían contra ciertos personajes a los que el Gobierno consideraba de «peligro extremo». Uno de los casos más sonados de aquella época fue justamente el de la paliza brutal que le propinaron a Mario Kuchilán, periodista del periódico *La Calle*, que fue golpeado hasta casi matarlo mientras se le interrogaba por el paradero de varios rebeldes a los que la seguridad les seguía la pista, entre ellos Aurelio Fernández y yo.

En el plano económico, ese año se obtuvo la mejor cosecha de azúcar de la historia de Cuba. El incremento de producción se había originado en la gran demanda creada por la guerra de Corea, pero al finalizar el conflicto, como consecuencia lógica del cese de las hostilidades, Cuba se encontró con un excedente enorme y con la disminución inmediata del precio del producto a nivel mundial. Pese a esto, los ingresos del país se incrementaron, y con ellos creció también la corrupción. Entre los casos más sonados de aquel año estuvo precisamente el que denunció la revista

Bohemia en contra de la central azucarera que era de propiedad de Batista y estaba dirigida por Francisco Blanco, quien fue descubierto en esos días por el periodista Pelayo Cuervo, editor de *Bohemia*, manteniendo tratos inescrupulosos con los representantes del Gobierno en el Comité de Venta del Azúcar. La denuncia de Pelayo Cuervo le valdría a este varias amenazas que, por suerte, se quedaron solamente en eso, pero tan pronto como comenzó 1953, Batista cobró venganza de la misma forma en que lo hacen todos los tiranos que deben ocultar sus fechorías y sus actos de corrupción: endureciendo la censura de prensa y silenciando a quienes denunciaban los actos corruptos.

Entretanto, la oposición, muy dispersa, protagonizaba escaramuzas de poca trascendencia contra un Gobierno que, por su parte, se fortalecía con una política represiva y de constante confrontación. En distintas ciudades de Estados Unidos, en especial en estados como Florida y Nueva York, se descubrieron varios centros de acopio de armas destinadas al derrocamiento de Batista en 1953. También se incautaron decenas de miles de dólares de colaboradores que simpatizaban con uno u otro de los bandos opositores a la dictadura.

Los primeros días de 1953, un estudiante de nombre Rubén Batista cayó muerto por un disparo mientras participaba en una manifestación estudiantil en memoria de Julio Antonio Mella, el periodista y revolucionario cubano que había sido asesinado en México, en 1929, en circunstancias que nunca fueron esclarecidas del todo.

Los meses siguientes proliferaron en todo el país las manifestaciones no autorizadas. Uno de los grupos que ingresó a la lucha armada con mayor ímpetu fue el MNR (Movimiento Nacional Revolucionario), liderado por Rafael García Bárcena, un exprofesor de la Escuela Superior de Guerra que pretendía organizar una conspiración de oficiales contra Fulgencio Batista. García Bárcena, anticomunista recalcitrante, nacionalista radical y acusado de tener incluso ciertas tendencias fascistas, encabezó aquel año la oposición más fuerte contra la dictadura. En abril, más exactamente el Domingo de Resurrección, los del MNR, dirigidos por su líder y armados con cuchillos y unos pocos fusiles, se dirigieron al cuartel Columbia para persuadir a los militares de que se rebelaran contra Batista, pero el alzamiento fue frustrado por el servicio de inteligencia del dictador, y todos, incluidos García Bárcena y José Pardo Llada, fueron doblegados y arrestados.

El movimiento MNR perdió su fuerza y casi desapareció pero, curiosamente, años más tarde, Fidel Castro reivindicaría a este grupo político como uno de los precursores de lo que sería en su Gobierno el Partido Comunista de Cuba. Este hecho resulta increíble y poca gente lo conoce, pues precisamente el fundador del MNR siempre se había declarado de ideología anticomunista y profundamente liberal.

Una de las tantas facciones rebeldes que batallaban contra el régimen de Batista fue la comandada por Fidel Castro con la colaboración de su hermano Raúl. El antecedente inmediato del asalto al cuartel Moncada, uno de los hitos de la revolución castrista, fue precisamente aquel intento de ataque al cuartel Columbia.

El cuartel Moncada había desempeñado un papel importante en la defensa de Santiago de Cuba durante los combates independentistas en contra de la Corona española. Denominado originalmente cuartel Reina Mercedes (en honor a María de las Mercedes de Orleans y Borbón, reina consorte de España, esposa de Alfonso XII), fue un lugar de acuartelamiento de infantería y sanatorio de soldados reales en los tiempos de las batallas de la independencia. Tomó el nombre de Moncada en honor al general Guillermón Moncada, que estuvo preso allí durante más de seis meses en 1894 y que, tras la toma y liberación de la ciudad de Santiago de Cuba por parte del ejército estadounidense, lo tuvo a su cargo hasta 1902, año en que se le entregó oficialmente al Gobierno cubano.

Fidel Castro afirmó varias veces que la lucha armada fue la única salida que le quedó al país para liberarse de la dictadura. De modo que esa beligerancia permanente sólo se incrementó en la nueva dictadura de Batista y, después del frustrado ataque al cuartel Moncada, se desataría una verdadera persecución rabiosa y criminal contra todos los opositores al Gobierno.

Esa generación, inspirada por una parte en el gansterismo y por otra en las glorias independentistas de José Martí y Antonio Maceo, se preparaba especialmente para la batalla porque estaba convencida de que ese sería el único camino posible. Entre los opositores más representativos se encontraba, por supuesto, Fidel Castro.

El asalto al cuartel Moncada se produjo el 26 de julio de 1953 tras una minuciosa preparación que concluyó con los últimos detalles ajustados en una granjita de Siboney a la que llegaron la noche anterior Castro y los principales actores del ataque. Fueron ciento cincuenta y ocho hombres y dos mujeres quienes se dividieron entre los que debían atacar el destacamento de Bayamo, cuyo objetivo era prevenir un contraataque por la carretera central, y los que atacarían el Moncada, objetivo primordial de la misión. La mayoría de ellos se dirigieron al cuartel, mientras los veinte restantes enfilaron a Bayamo. Los atacantes iban todos con uniformes del ejército de Batista, emulando lo que había sido la revolución de los coroneles en 1930. Esos uniformes, fabricados por ellos mismos, servirían para no despertar sospechas al ingreso al cuartel, y como se trataba de uniformes idénticos a los de los miembros del ejército que estarían acuartelados, ellos podrían reconocer a sus compañeros por el calzado, pues los rebeldes no tenían botas militares.

El grupo de ciento cuarenta hombres que debían atacar el Moncada se dividió entre los que tomarían la parte del hospital civil que colindaba con las barracas del cuartel, los que debían tomar el edificio de la Audiencia, el Palacio de Justicia (al mando de Raúl Castro), y un contingente de noventa hombres que irían directamente al Estado Mayor y a las barracas bajo el mando de Fidel Castro. En teoría, todo estaba bien calculado y no debían generarse mayores riesgos pues, apelando al factor sorpresa, los rebeldes esperaban someter a los soldados y tomar control del cuartel y sus instalaciones en pocos minutos, mientras amanecía. El ataque comenzó de madrugada, cerca de las 5:15, cuando empezaba a clarear en la zona de Santiago y había ya luz suficiente para realizar el asalto. Los dos pelotones más reducidos en hombres lograron sus objetivos de inmediato y tomaron las instalaciones del Palacio de Justicia y del Hospital Militar, pero el grupo grande, cuando llegó al cuartel en varios vehículos, se encontró con una patrulla del ejército apostada a pocos metros, afuera del cuartel, que estaba en vigilancia. Cuando los que iban en el primer vehículo intentaron someter a los centinelas de la puerta principal, los integrantes de esta patrulla se percataron del movimiento y empezaron a disparar. Entonces el vehículo de Fidel Castro, que iba en segundo lugar, se enfrentó con ellos y se desató una balacera en los exteriores del Moncada. Con el tiroteo se dispararon las alarmas, y los soldados, que en ese momento estaban recién levantándose, tuvieron el tiempo suficiente para uniformarse y repeler el ataque. Los grupos que inicialmente tuvieron éxito fueron sometidos por numerosos miembros del ejército que habían alcanzado tanto el Palacio de Justicia como las barracas contiguas al hospital, y aunque el tiroteo continuó durante unos treinta minutos afuera del cuartel, Fidel Castro ya era consciente en ese momento de que había fracasado y ordenó de inmediato la retirada.

El resultado fue trágico: se contabilizaron cincuenta y nueve rebeldes muertos; la mayoría de ellos habían sido sometidos por los soldados y ejecutados pocos minutos después; las dos mujeres fueron retratadas al ser capturadas y ese hecho las libró de una ejecución segura. Fidel Castro y diecinueve hombres lograron huir y trataron de llegar a las montañas, pero los alcanzó un grupo de militares en un pequeño ranchito de las afueras de Santiago y los tomaron prisioneros. Varios años después, ya en México, Fidel nos comentó en una de sus arengas que la verdadera Revolución cubana comenzó ese 26 de julio de 1953, y en los años siguientes, su vida y la de todos nosotros estarían enfocadas exclusivamente en el derrocamiento de Fulgencio Batista.

Fidel Castro y los demás sobrevivientes fueron encarcelados en Isla de Pinos y sometidos a juicio. Fue célebre el alegato de defensa de Fidel cuando dijo: «Termino mi defensa pero no lo haré, como hacen siempre todos los letrados, pidiendo la libertad del defendido; no puedo pedirla cuando mis compañeros están sufriendo en Isla de Pinos ignominiosa prisión. Enviadme junto a ellos a compartir su suerte… ¡Condenadme, no importa, la historia me absolverá!». Dos años más tarde, Fidel Castro, amnistiado, se exilió en Estados Unidos y posteriormente en México, donde nos volvimos a encontrar para emprender la expedición del Granma, una enorme locura que acabaría en enero de 1959 con la dictadura de Fulgencio Batista.

Distrito Federal, 1953

Cuando llegué al Distrito Federal me encontré con una ciudad descomunal, ruidosa y laberíntica. Yo tenía algo de dinero en los bolsillos de lo que me había llevado de Cuba luego de vender mis cosas, unos cien dólares quizás, pero debía cuidarlos mucho porque no sabía cuál iba a ser mi destino en ese país, de qué iba yo a vivir. Por fortuna, había viajado en calidad de exiliado político. Su ayuda llegaba hasta ese momento, así que me subí a un taxi cargando mi pequeña bolsa con dos mudas de ropa, que era todo lo que había podido sacar de la isla. El chofer, con ese acento melodioso de los mexicanos, me preguntó:

—¿Adónde lo llevo, caballero?

Yo no tenía contacto con nadie en México ni conocía a ninguna persona que pudiera darme una mano, así que, tras un momento de vacilación, le dije:

—Mire, hombre, estoy buscando un lugarcito pequeño, una habitación que no sea muy costosa...

El taxista me miró por el espejo retrovisor del vehículo y debió darse cuenta de mi preocupación por el tema económico porque respondió de inmediato:

—Mire, aquí los hoteles son caros. Conozco unas personas que lo pueden recibir en su casa y no cobran tanto. Viven en la colonia Cuauhtémoc, a la entrada del bosque de Chapultepec, detrás del teatro Metropolitano. Son costarricenses. Si usted quiere, lo puedo llevar allá, hace algún tiempo llevé a un señor a ese lugar y lo acogieron, yo no sé si todavía ellos están allí, pero podemos intentarlo...

No tenía ninguna otra alternativa en ese momento, y la verdad es que el chofer me inspiró confianza y le dije que estaba bien, que me llevara adonde los costarricenses. El chofer condujo el automóvil durante un trayecto muy largo en medio de un tráfico pesado mientras me iba describiendo las zonas que pasábamos y me enseñaba ciertas calles o avenidas del Distrito Federal. A mí todo aquello me parecía tan grande y desordenado, que me sentía como una hormiga perdida en la jungla. Finalmente, llegamos a una vivienda muy modesta, de una sola planta, que tenía un pequeño jardín delantero repleto de macetas con flores de colores intensos. Yo nunca había visto en Cuba flores tan bonitas como las que había en esas macetas. El chofer se bajó del automóvil y me abrió la portezuela de atrás. Lo seguí mientras él se acercó a la casa y tocó a la puerta. Nos abrió un señor de cierta edad, entrado en canas y de tez morena que reconoció de inmediato al chofer. Se saludaron amistosamente y el hombre, un periodista también exiliado de su país, le explicó quién era yo, que acababa de llegar de Cuba como exiliado y que necesitaba que me recibieran en su casa. Entonces salieron una señora, la esposa del caballero, y una hija pequeña, de unos ocho o nueve años, que tenía rasgos muy delicados, bastante más bonitos que los de sus padres, y además lucía siempre una sonrisa amplia que dejaba al aire sus dientes blanquísimos recién estrenados. La señora dijo:

—No, señor, nosotros antes sí recibíamos gente en la casa, porque estábamos en una situación difícil, pero ya no, ahora no lo podemos hacer…

Pero antes de que el chofer o yo pudiéramos decir algo, el hombre, que me había estado mirando fijamente, intercedió:

—Imagínese, mujer, cómo no vamos a ayudar a un hermano cubano, hay que hacerlo…

Y entonces me extendió su mano y apretó la mía con fuerza. Ese fue el primer gesto de cariño y de solidaridad que recibí en México, un país que me abrió las puertas tal como lo había hecho con mis padres muchos años antes.

La pareja de costarricenses, los Medina, sin yo tener trabajo y muy poco dinero, me arrendaron un departamentico que quedaba al fondo de su casa. Era en realidad un dormitorio destinado a una empleada doméstica. Tenía tan sólo una cama, un mueble para la ropa y un baño pequeño. Así que allí empecé mi nueva vida como exiliado. Por supuesto, lo primero que hice fue buscar trabajo, pero en un lugar extraño, sintiéndome completamente ajeno, era muy difícil saber por dónde comenzar.

Uno de los primeros días que estuve en México se conmemoraba el natalicio de Benito Juárez, y había entonces varios eventos patrióticos por el centro del D. F. Yo había estado deambulando por la ciudad dos o tres días preguntando aquí y allá si había trabajo para un hombre como yo, que estaba especializado en el comercio, pero nadie me dio mucha esperanza en esas primeras incursiones.

Aquel día de fiesta, a las doce en punto, en el parque de la Alameda Central, iban a tocar el himno y algunos estudiantes de colegios realizarían un desfile recordando el natalicio de Juárez. Yo me fui a pie hasta el parque, picado por la curiosidad de saber cómo sería esa ceremonia. Llegué allí poco antes de que iniciara el acto y me quedé de pie en medio de una gran aglomeración, viendo todo el jaleo aquel. Recuerdo que apenas escuché las notas del himno nacional mexicano sentí como un calor en mi cuerpo contagiado por el fervor de los ciudadanos al entonar su himno, todos con la mano derecha en el corazón, cantando a todo pulmón, y yo, pues, imagínese usted, se me escurrieron las lágrimas… Un señor que había estado a mi lado sin que yo me fijara, me vio y me dijo:

—Usted está emocionado, caballero…

Le respondí:

—Sí, estoy muy emocionado. Acabo de llegar a México, llevo apenas tres días aquí en calidad de exiliado y estas cosas, pues, me desbaratan…

El caballero se dio cuenta de inmediato de dónde provenía mi acento y me respondió:

—Usted es cubano, y yo también; bienvenido a México, compatriota...

Me extendió entonces la mano y me dijo:

—Soy Antonio Pérez.

Y enseguida me comenzó a tutear. Era un hombre delgado y moreno que debía ser un poco mayor que yo, quizá andaría por los treinta y seis o treinta y siete años.

—¿Dónde estás viviendo? —preguntó.

Yo le explique que acababa de alquilar un departamentico, una habitación, en realidad, en la casa de unos costarricenses que me habían recibido con mucha amabilidad.

—¿Y qué piensas hacer en México?

Yo respondí algo apenado:

—Todavía no lo sé, no tengo trabajo.

Usted sabe que los latinos tenemos entre nosotros un trato amable y especial que nos acerca rápidamente a las otras personas, y más aún cuando somos compatriotas, así que en pocos minutos era como si nos hubiéramos conocido de siempre. En medio de esa muchedumbre y del ruido del festejo, Antonio Pérez dijo:

—Yo trabajo en una empresa, en productos Del Fuerte, una sociedad española que distribuye jugo de tomate y diferentes productos alimenticios. Mi jefe en la empresa es venezolano, yo podría hablar con él para ver si te dan un trabajo en algún lugar de la compañía...

No sabe usted cuánto me alegraron en ese momento las palabras de Pérez. Tenía ganas de abrazarlo, y de hecho se me salieron algunas lágrimas más, pero traté de controlar mi emoción. En aquella circunstancia mía de soledad y exilio, este tipo de actitudes humanas realmente me conmovían. Entonces alcancé a decirle:

—Hombre, me haces un favor enorme que no sé cómo podría pagártelo...

—No es nada y no tienes que pagarme, será un gusto poder ayudar a un compatriota. ¿Dónde vives, César?

Le di la dirección y él la apuntó en una pequeña libreta que guardaba en el bolsillo de la camisa. Le dije que no había teléfono en esa casa pero que yo iría a cualquier lugar que él pudiera indicarme para ver si había alguna plaza para mí.

—No te preocupes, César —respondió—. Yo voy a hablar mañana mismo con el señor Eduardo Oropeza Castillo, el propietario de la empresa, que me tiene mucha estima. Le hablaré de ti y en la tarde te voy a buscar a tu casa para comentarte las novedades.

El nombre de aquel caballero a mí no me decía nada pero él lo mencionó con cierta solemnidad, como si se tratara de todo un personaje en la ciudad. En todo caso, eso de que yo no pudiera ir a verlo a la empresa y que más bien tuviera que esperar a que apareciera por casa me desanimó un poco, pero no quise portarme impertinente ni insistir para no molestar a ese hombre tan amable. Luego del desfile nos despedimos y yo regresé al cuartito cuando empezaba a anochecer.

La pareja de costarricenses también era gente muy buena, hospitalaria y generosa, y cuando me veían me invitaban a compartir la mesa con ellos, pero yo me sentía como un intruso en su casa, y además veía que su situación económica tampoco era muy buena, así que en algunas ocasiones prefería excusarme diciéndoles que ya había cenado o que prefería leer o dormir un poco, y de este modo evitaba perturbarlos en su intimidad o incomodarlos.

Esa noche, la verdad es que traté de no pensar en la oferta de Pérez y me dije que al día siguiente saldría a seguir buscando trabajo como si nada hubiera sucedido. Estaba seguro de que algo saldría pronto, pero también me angustiaba no tener ingresos y seguir gastando el escaso dinero que había llevado. Sin embargo, al día siguiente decidí no salir de casa, pues tenía el presentimiento de que el amigo

Pérez iba a cumplir su palabra y, efectivamente, por la tarde, temprano, él llegó con un aire alegre y me dijo:

—César, tienes que presentarte mañana en esta dirección…

El señor Eduardo Oropeza Castillo era hermano del gobernador de Caracas, Alejandro Oropeza Castillo, un político venezolano reconocido por su cercanía con los Gobiernos tanto de Rómulo Gallegos como de Rómulo Betancourt, y también se encontraba exiliado en México desde el derrocamiento del primero en noviembre de 1948. El hombre, de buen porte y elegancia, caballeroso como pocos, se identificó conmigo por aquel tema del exilio y, tan pronto como me vio en la oficina a la que fuimos con Pérez, me dijo:

—Es un gusto conocerlo, señor Gómez. Por ahora no tengo nada mejor que ofrecerle que la distribución de afiches de nuestros productos, pero en un futuro cercano encontraremos algo más para usted…

Yo noté que sus palabras eran sinceras y que había en ellas algo de disculpa, como si se sintiera mal por ofrecerme un trabajo tan modesto. Obviamente yo estaba dichoso con lo que me ofrecía. Le agradecí y le dije que respondería en lo que me necesitara con esfuerzo y honestidad. Entonces se levantó y me dio una escalera de tijera de esas pequeñas, metálica, una pistola de pegamento y una pila enorme de afiches de salsa de tomate Del Fuerte. Yo, entusiasmado con el trabajo, me disponía a salir de forma atolondrada cuando me detuvo:

—César, váyase primero a la plaza de Tepito, luego a la plaza de la Constitución y al Zócalo. Pegue afiches afuera de los bares principales porque ellos venden nuestras salsas y el jugo de tomate para hacer la sangrita…

Efectivamente, esa misma tarde empecé a trabajar en el D. F. poniendo afiches de los productos Del Fuerte.

Cuba-México, 1953-1956

Fulgencio Batista anunció que en noviembre de 1954 se celebrarían elecciones generales en el país. Para este efecto se levantó la censura que imperaba en Cuba y se derogó el decreto que suspendía los derechos civiles de los ciudadanos. Por supuesto, teníamos claro que la primera opción oficialista para esas elecciones era el propio Batista, que lo tenía todo orquestado para ser elegido y así legitimar su Gobierno tirano. Por el lado de la oposición empezó a resurgir de forma tibia la figura del expresidente Prío Socarrás por el Partido Revolucionario Cubano Auténtico. Sin embargo, al final quien intervino con escasas probabilidades fue el expresidente Grau San Martín.

Durante esos meses finales de 1953, la política exterior cubana siguió contando con el apoyo incondicional del Gobierno estadounidense y su presidente, el general Dwight Eisenhower. El nuevo embajador de Estados Unidos en Cuba era Arthur Gardner, que, como era costumbre, apoyaba a Fulgencio Batista y gozaba de su amistad y confianza.

Fidel Castro, encarcelado en el Presidio Modelo de Isla de Pinos, continuaba su lucha contra el régimen de Batista a punta de cartas y pronunciamientos realizados por varios miembros del Partido Ortodoxo que colaboraban con él para la difusión de los mensajes revolucionarios.

A las puertas de 1954, Fidel Castro tenía en su cabeza la Revolución, por supuesto, así como la tenían la gran mayoría de los opositores a la dictadura batistiana; pero la suya y la de los demás, la de casi todos nosotros, era una revolución que buscaba a toda costa la liberación de Cuba, la libertad del país cimentada fundamentalmente en las ideas martianas y la independencia del nuevo Gobierno cubano respecto de cualquier tipo de injerencia extranjera, en especial la de Estados Unidos.

El 1 de noviembre de 1954 se efectuaron las elecciones previstas y, como era de esperarse, triunfó de forma rotunda Fulgencio Batista. Para ese momento la figura de Fidel Castro había crecido enormemente en el país, y a pesar de que no fue candidato a nada por encontrarse en prisión, su nombre surgió en todos los mítines políticos de la oposición, y en la prensa corrieron ríos de tinta con su legendario alegato de defensa. Su voz rebelde, magnética y combativa se propagó por toda la isla con fuerza inusitada. Y ante este evidente crecimiento de la figura del gran líder opositor a la dictadura, Fulgencio Batista, en un alarde de generosidad y escasa visión política, en abril de 1955, cuando su Gobierno se había enrumbado hacia un supuesto cauce democrático, dictó amnistía general para todos los presos políticos, cometiendo así, quizás, el mayor error estratégico de su historia.

Al salir de prisión, Fidel ya sabía que se había convertido en la figura más importante de la oposición cubana, y su lugar en la Cuba de esos años representaba un peligro constante para Batista. En una dictadura, por más disfrazada que estuviera, los opositores y enemigos debían permanecer a salvo para evitar que los tiranos cayeran en la tentación de volverlos a encarcelar.

Semanas después de haber abandonado Isla de Pinos, Fidel viajó a México para reunirse allí con su hermano Raúl y con los cubanos que llevábamos ya un par de años fraguando nuestro regreso. En ese grupo de disidentes apareció un buen día un personaje singular que había llegado por otras circunstancias al país: el médico Ernesto Guevara, apodado desde aquel entonces como el Che.

Tan pronto como Fidel Castro llegó a México, reunió a los disidentes cubanos que nos encontrábamos dispersos en ese inmenso país haciendo todo tipo de trabajos para sobrevivir. Una tarde se presentó en mi casa sin previo aviso. Nosotros ya nos conocíamos a través del Partido Ortodoxo, en donde yo había estado a cargo del área laboral y él de la sección de los profesionales. Así que llegó allí de buenas a primeras y me invitó a trabajar en la reorganización de la revolución contra Batista. De golpe y porrazo, sin más antecedentes, Fidel me soltó lo del grupo que estaba armando en México para regresar a Cuba. Él no perdía un segundo de tiempo, obviamente. En ese momento yo ya no estaba pegando afiches para la empresa, sino que acompañaba a los vendedores que iban a las tiendas con la carretilla llena de cajas de jugos de tomate, revisaba la nevera y determinaba qué cantidad de producto se necesitaba. Aunque no era mayor cosa, obviamente había logrado un pequeño ascenso que me representaba un ingreso algo mayor. Ese era mi trabajo principal, porque además había conseguido ganarme la confianza de los propietarios de la empresa y empezaba apenas a colaborar con ellos en un negocio de distribución de vinos, chiles enlatados, ron y tequila, entre otros productos, a lo largo de todo el país. Así que estaba entusiasmado con la idea de convertirme otra vez en comerciante cuando llegó Fidel y me propuso que me fuera a trabajar con él. Recuerdo claramente que cuando yo le comenté que estaba con trabajo y con buenas opciones de ascender en la empresa, me dijo:

—César, vamos, acompáñame. Te necesito para crear la base estructural de la gente que va a ir conmigo a la invasión de Cuba. Yo quiero que tú seas parte de la Revolución…

Yo, con varias dudas en relación con su propuesta y mi situación en ese momento, le respondí:

—Mira, Fidel, lo que pasa es que estoy en este momento particular en que puedo mejorar mis ingresos, tú sabes que la cosa acá no está bien para nosotros y…

Por supuesto, Fidel, que era perspicaz, notó de inmediato mi vacilación y se aprovechó de ella:

—César, tú eres un revolucionario profesional, y como tal recibirás apoyo en todo sentido de parte de la Revolución; no un salario, porque no estamos en capacidad de pagar salarios, pero hay mucha gente que nos ha ofrecido su ayuda económica, hay aportes de la gente del partido… Lo que yo te ofrezco es que te vayas con nosotros a un campamento de práctica y ejercicio en las montañas, en una propiedad de buenos amigos que están colaborando con nosotros.

En ese momento yo no lo sabía, pero en pocos días ya se había montado el primer campamento para rearmar la base del movimiento militar que debía invadir Cuba y derrocar a Batista. El campamento estaba situado en Pedregal de San Ángel, en la propiedad de la familia Pino, que fue un apoyo fundamental para la Revolución que se armó en México. Así que ese mismo día Fidel me convenció de sumarme al grupo y acepté. En mi decisión pesó mucho el hecho de que yo estaba como exiliado en México, y que ese exilio siempre lo tomé como transitorio. Yo no pensé nunca quedarme a vivir allí ni hacer mi vida en un país distinto a Cuba. Estaba convencido de que en cualquier momento Batista caería y la democracia podría instaurarse de forma definitiva. De modo que al día siguiente renuncié a la empresa en los mejores términos, agradeciendo a esa gente que había sido tan generosa conmigo, y me reuní con los compañeros en el campamento de las montañas.

Mis compañeros de grupo fueron el Che, a quien acababa de conocer; Juan Almeida, uno de los revolucionarios que estuvo más tiempo junto a Fidel en el Gobierno, y un tal Smith, hijo de gringos. Almeida y yo teníamos una tienda de campaña en un lugar de las montañas, y a tres kilómetros, más o menos, el Che y el gringo tenían otra. En ese lugar hacíamos todo tipo de maniobras de guerra, estrategia e instrucción militar. Por la noche, por ejemplo, salíamos a caminar hacia el otro campamento para aprender a desplazarnos a oscuras. Nos amarrábamos un cordón entre los dos para no caernos y avanzábamos entre obstáculos naturales en esas condiciones, cargando sacos de arena, fusiles... Recuerdo que eran unas noches muy frías y lluviosas. El Che y el gringo hacían lo mismo, venían de su campamento al nuestro, pero al argentino lo afectaba mucho el clima por el asma que padecía. De todos modos lo lograba, pero se notaba que ese tema era muy complicado de llevar. Nos turnábamos, una noche ellos hacia nuestra tienda, y luego nosotros a la de ellos. Esas semanas que comenzamos el adiestramiento contábamos con pocas provisiones: chocolate en barra, chorizo seco, leche condensada, enlatados. Si mal no recuerdo, en el tiempo que estuvimos en el campamento, tal vez comimos una o dos veces algo caliente, el resto eran cosas preparadas o frías. En los ratos de ocio teníamos a disposición muchas obras literarias, también algunas relacionadas con guerrillas y adiestramiento para la guerra. La idea era que todos ocupáramos nuestros ratos libres instruyéndonos. El Che, que era un excelente jugador de ajedrez, se la pasaba retando a todos y en las noches se jugaban unas partidas interesantísimas.

Había un hombre al que Fidel contrató como instructor de combate, le decíamos el Coreano por sus rasgos asiáticos, pero en realidad era dominicano. Había sido compañero de Fidel en la expedición de Cayo Confites que, en 1947, buscaba derrocar al Gobierno dictatorial de Leónidas Trujillo en República Dominicana. Con el Coreano aprendimos cómo caminar en la selva sin ser descubiertos, cómo meternos por debajo de las cercas, cómo camuflarnos en terrenos escarpados, técnicas de desplazamiento nocturno, cómo lanzar granadas, y también hicimos con él nuestras primeras prácticas de tiro.

El financiamiento de la revolución que se estaba gestando apenas en esos años provenía fundamentalmente de La Habana, en especial de los opositores relacionados con el Partido Ortodoxo del que éramos miembros algunos de los exiliados. Pero también había gente que desde Venezuela y Estados Unidos ayudaba con recursos para el viaje a Cuba. En 1956 Fidel hizo un viaje a Estados Unidos para unificar a la oposición y conseguir los fondos necesarios para el regreso con las armas y las condiciones que permitieran el derrocamiento de la dictadura. En el mitin organizado en Palm Garden, Nueva York, Fidel pronunció esas palabras que encendieron el ánimo de los opositores y los combatientes que nos habíamos jugado todo por la revolución. Lo que dijo Fidel fue más o menos así: «Muy pronto seremos libres o seremos mártires. Esta lucha apenas ha comenzado y terminará el último día de la dictadura o el último día de nuestras vidas…».

Las prácticas de tiro las realizábamos en el campo Los Gamitos, en las afueras del Distrito Federal, que fue el lugar donde, en junio de 1956, cayeron presos Fidel, Valdés y Universo Sánchez, entre otros, arrestados por la denuncia y el espionaje que habían realizado ciertos elementos batistianos en México con la colaboración de la policía de este país. La preocupación de Batista en la isla era grande, pues a través de los medios de prensa ligados a la oposición se sabía que Fidel Castro y un grupo de rebeldes estaban preparando el regreso a Cuba. Eso alertó al Gobierno, que se puso en contacto con las autoridades mexicanas para intentar someternos. Unas semanas antes del apresamiento de Fidel, este me mandó un recado con su hermano Raúl para que fuera con él hasta el campamento de Los Gamitos. Allí me encontré con el general Bayo, un cubano-español experto en adiestramiento guerrillero que estaba al servicio de Fidel y que también nos ayudaba en las prácticas en el monte.

Recuerdo que el Che, Juan Almeida y yo bromeábamos mucho con el general Bayo, veterano de la Guerra Civil española, hombre de contextura muy gruesa al que le faltaba un ojo y que quería a toda costa ser parte de la expedición que haría la revolución en Cuba. Nosotros, siempre molestando, le decíamos: «Con Bayo ni a pie ni a caballo…». Él se reía y tomaba bien las bromas, pero al final, por su estado de salud y su edad, no viajó con nosotros en el Granma y supo del éxito de la Revolución apenas en enero de 1959. Un poco más tarde regresó a Cuba y se quedó allí hasta su muerte natural que, según creo recordar, se dio allá en 1967…

El asunto es que una tarde, Fidel, en presencia de Bayo, Raúl y el Che, me dijo que tenían información de que la policía mexicana estaba trabajando directamente con infiltrados de Batista para apresarnos a todos. Recuerdo que en esa reunión incluso se mencionó la posibilidad de que hubiera uno o más infiltrados entre nosotros. En todo caso, Fidel me pidió que yo hiciera un trabajo especial que consistía en transportar unas armas desde el D. F. hasta Mérida, Yucatán. La idea original era que desde ese lugar saliera la expedición, que después terminó saliendo de Tuxpan. Como yo había sido comerciante y conocía el movimiento del transporte en varias zonas del país, podía realizar esta encomienda con mayor experiencia. Las armas debían llegar a una base que ya estaba dispuesta para recibirme. Yo debía esperar allí, resguardando el armamento hasta la llegada de los demás revolucionarios antes de preparar la partida hacia Cuba.

En ese viaje me acompañó un joven mexicano de apellido García que estaba adiestrándose con nosotros y que, para disimular un poco, viajó acompañado de una señora, también mexicana, que nos ayudaba con las provisiones que traíamos de la ciudad y que era en realidad una empleada de la familia Pino. La señora, de quien no recuerdo ahora su nombre, debía hacerse pasar como compañera de García o mía para disimular un poco ese viaje a Mérida con aquel cargamento de armas.

Pocos días después, cuando ya todo estaba listo para el desplazamiento, nos embarcamos en un bus en el D. F. y llegamos a un puerto que se llama Guazacualco, desde donde debía salir el avión directo a Mérida. Pero imagínese usted la irresponsabilidad que estábamos a punto de cometer por ingenuos, pues las armas, que consistían básicamente en diez rifles y municiones, las llevábamos en tulas, que no es sino un saco grande de lona con cierre y una manilla grande para cargarla. Logramos embalar las armas en dos tulas y las cubrimos con puros fierros viejos, tornillos, clavos y otros materiales de ferretería que, en teoría, íbamos a vender en Mérida. Para el viaje a Guazacualco colocamos las tulas en la bodega del bus como si nada, pero cuando llegamos al aeródromo para tomar el avión yo me puse muy nervioso pues me dije: es obvio que aquí nos van a revisar el cargamento y se acabó la aventura.

El revisor que nos hacía pasar al avión ni siquiera se molestó en abrir las tulas, sólo se limitó a preguntar qué llevábamos allí, y García y yo respondimos uno tras de otro: «Material de ferretería, puros fierros, señor...». Así que subimos al avión después de superar el primer escollo, pero a mí se me había metido en la cabeza la idea de que en Mérida nos iban a hacer aduana y allí caeríamos inevitablemente. El vuelo de unos pocos minutos se me hizo largo y angustiante sólo de pensar en la posibilidad de que nos agarraran en el terminal aeroportuario. Sin embargo, al llegar a Mérida, antes de tomar el equipaje directamente del pequeño avión, notamos que no había nadie para revisar lo que traíamos. García le preguntó a alguno de los pasajeros haciéndose el bobo si había aduana en el terminal porque tenía mucha prisa por tomar un autobús, y le respondieron que no, que en estos vuelos locales se salía directamente a la calle. Fue así como salimos para tomar un taxi y arrancamos para la ciudad.

Sin embargo, a los pocos minutos de camino, mientras estábamos en la carretera, el taxista se detuvo en una fila de vehículos. Delante de nosotros había un enjambre de policías y militares haciendo revisión. Los tres nos quedamos petrificados, pero no teníamos más alternativa que conservar la calma. Cuando nos tocó el turno se acercaron miembros del ejército por las dos ventanillas del vehículo a pedir documentos y a preguntar nuestro destino. Uno de ellos, bastante suspicaz, al mirar mi pasaporte cubano pidió al taxista que le abriera el baúl del vehículo y nos hizo bajar a los tres para que fuéramos testigos del chequeo. No tardaron demasiado en encontrar los fusiles y las municiones entre los fierros. El militar que estaba a cargo del operativo nos encaró:

—Ustedes son contrabandistas de armas, los estábamos esperando.

Ante la gravedad de la acusación, yo traté de explicarle que no éramos contrabandistas sino revolucionarios cubanos, y que esas armas nos las habían donado en México para el retorno a nuestro país, pero él me hizo callar con un grito fuerte y nos amenazó sacando el arma del cintillo:

—Ya nos mandaron una información del D. F. diciendo que venían tres personas con un contrabando de armas; esas personas indudablemente son ustedes, ¿quién es el responsable de esta situación?

Por supuesto yo me hice cargo del asunto y le dije que ni García ni la señora que nos acompañaba tenían ningún tipo de culpa en este asunto. Y de todos modos traté de persuadir al militar de que no éramos contrabandistas de armas, sólo unos ciudadanos cubanos que intentábamos liberar a nuestro país de la dictadura. El militar me escuchó tranquilamente y, bajando un poco la voz, dijo:

—Yo no puedo hacer nada, sólo cumplo órdenes. Debo llevarlo detenido a usted y todo su cargamento.

Recordé en ese momento que llevaba un poco de dinero en efectivo para el arriendo de un cuarto en el que íbamos a guardar las armas y pasar unas semanas a la espera de los demás compañeros. Le hice saber al militar que tenía ese dinero para que me diera una mano, pero el hombre con toda tranquilidad me respondió:

—No puedo. Ahí está la prensa y está presente el gobernador… No puedo hacer nada, qué pena con ustedes, pero esta situación se alteró porque nos avisaron que venían unos contrabandistas de armas.

Tomaron varias fotos de las armas y de los tres para dejar constancia de la requisa que habían efectuado, y en especial para publicarlas en la prensa sensacionalista de la región. Más tarde, en un lugar al que nos llevaron detenidos, la policía me interrogó. Preguntaron por las armas, su origen y destino, y yo respondí lo que ya había dicho antes a los militares que organizaron el operativo: que éramos revolucionarios cubanos y que aquellas armas estaban destinadas para la liberación de Cuba y el retorno a la democracia. Cuando me preguntaron quién estaba a cargo de las armas respondí que yo, y que ni García ni la mujer que nos acompañaba tenían ningún tipo de responsabilidad en el tema del armamento, pues no conocían de su existencia. Así logré que ellos fueran liberados y que me detuvieran solamente a mí. Pero además, en el transcurso del interrogatorio, uno de los policías me preguntó quién había ordenado el traslado de las armas a Mérida, quién era el jefe de los revolucionarios, y en esas circunstancias no se me ocurrió otra cosa que mencionar el nombre de José Pardo Llada, el periodista y rebelde que estaba en ese momento en Cuba poniéndose de acuerdo con el Gobierno para ir a un proceso electoral. Días antes Fidel me había comentado que le parecía una verdadera desgracia que Pardo Llada, un hombre muy influyente en la prensa, estuviera en Cuba dialogando con el tirano mientras nosotros en México estábamos preparando la Revolución y todo el mundo lo sabía.

De hecho, en la prensa todos los días se recogían historias de los revolucionarios que preparaban el derrocamiento de Batista desde México, la lucha armada como única salida, mientras aquel periodista tendía puentes con Batista. Eso lo consideraba Fidel una verdadera traición a la causa. Así que ante la pregunta de la policía, mi respuesta fue inmediata: «Nuestro jefe es el señor José Pardo Llada, quien está en Cuba dirigiendo la Revolución». Yo sabía que Pardo Llada había estado en México semanas antes, así que no era nada descabellado que él se hubiera reunido conmigo y me hubiera encargado la compra de las armas y el envío de estas a Mérida. Mientras relataba esta historia, que por supuesto era mentira, dos policías me escuchaban y otro tomaba nota de lo que yo decía. El asunto de fondo y la razón por la que dije tal mentira era que José Pardo Llada era un personaje muy popular en Cuba. Imagínese usted que llegó a ser tan popular como Chibás y, por ejemplo, cuando se postuló para representante sacó la votación más alta de toda la vida en Cuba, tanto que arrastró a tres más de su partido en aquellas elecciones. Entonces, sin haberlo previsto, cuando salieron los titulares de mis declaraciones en la prensa se produjo un verdadero escándalo en México y en Cuba. La prensa dijo en ese momento algo así: «Pardo Llada envía armas a Cuba para la Revolución».

Ese mismo día me metieron preso, estuve casi tres meses detenido en una cárcel común y me tocó de compañero de celda un tipo que había envenenado a su esposa con cianuro el mismo día del casamiento. También tuve como compañeros a dos contrabandistas muy simpáticos que me enseñaron a preparar el café soluble batiendo con una cuchara el café y un poco de agua caliente para que se hiciera una crema blanca y luego le terminabas de echar el agua, lo que formaba una deliciosa capa que simulaba un *espresso*. Era la única forma en que ese café horroroso de la prisión tuviera mejor sabor.

En esos mismos días en que yo estaba preso, Fidel acababa de salir de la detención de la que fue objeto en el campo de Los Gamitos, pero yo no podía comunicarme con él ni con nadie porque de hacerlo podía delatarlos y causar aún más problemas.

Pasaron los tres meses aquellos y una tarde me anunciaron visita. Yo ya estaba desesperado en esa situación de aislamiento, así que recibí con mucha sorpresa a Melba Hernández, una de las combatientes del Moncada, persona de mucha confianza de Fidel. Imagínese usted la alegría con que la recibí, y más emoción me dio cuando ella me dijo que estaban tratando de poner una fianza para poder liberarme. Yo le pregunté a Melba cómo estaban por allá, qué novedades había con los compañeros, y ella me dijo que todo iba muy bien y que estaban muy contentos porque mi declaración había sido un verdadero escándalo en Cuba, y que Fidel se encontraba muy agradecido conmigo porque esa ocurrencia mía había armado un alboroto de proporciones mayúsculas en torno a Pardo Llada y su relación con Batista. Así que Melba presentó la solicitud de liberación y acompañó una fianza, ahora mismo no recuerdo el monto en que la fijaron pero no era una cantidad muy apreciable, y con eso ella logró que me dieran la libertad condicional hasta que se celebrara mi juicio. La restricción era que debía estar cerca de la ciudad. Melba regresó al D. F. tan pronto como interpuso la petición y, en efecto, unos días después yo quedé en libertad.

Entonces un miembro de la policía mexicana de apellido Medina, que tenía a su cargo la prisión en Mérida y que había entablado conmigo una relación de amistad, al saber que no tenía adónde ir ni un lugar para pasar los días, me ofreció una choza de la que era propietario en una playa cercana, en la misma península de Yucatán, cerca de la ciudad, para que yo pudiera pasar unos días allí hasta resolver mi problema. La choza en realidad era tan sólo un techo con unas paredes, no tenía puertas, pero pude quedarme allí hasta ver cómo lograba escapar de aquel lugar sin despertar sospechas de las autoridades. El sitio en que pasé esos días era una zona de pescadores que tenían barcas pequeñas para las faenas diarias. Un buen día llegó allá un barco maderero que venía de Isla Mujeres con un cargamento y que recaló en esa playa para abastecerse de combustible. Entonces yo hablé con el capitán del barco y le expliqué que era un ciudadano cubano, que había tenido un accidente en la zona, que estaba sin dinero y que necesitaba viajar al Distrito Federal. El capitán se compadeció de mi situación y me ofreció llevarme hasta el siguiente punto de destino del barco, el puerto de Veracruz.

La travesía en el barco duraba veinticuatro horas. Los tripulantes recogieron pescado directamente de las barcas que habían arribado a la playa, y un par de horas después partimos hacia Veracruz. Al día siguiente, en horas de la tarde, llegamos al puerto y el capitán del barco me ayudó con algo de dinero para poder tomar un autobús hasta el Distrito Federal. Lo primero que hice cuando llegué al terminal de autobuses fue pedir un taxi que me pudiera dejar cerca del campamento de Fidel. Al llegar allí me dijeron que estaba en Lomas de Chapultepec, en casa de Rodolfo Gutiérrez, que en ese momento era gerente general de Petróleos Mexicanos y estaba casado, además, con Orquídea Pino, una vieja amiga de Cuba y hermana de Onelio Pino, quien sería luego capitán del Granma. Llegué entonces a su casa y me dijeron que no era posible ver a Fidel en ese momento, pero que Raúl quería hablar conmigo. Raúl llegó a los pocos minutos y me dijo que Fidel y él estaban muy orgullosos de lo que yo había hecho y de la forma en que manejé el problema de la detención. Se justificó de algún modo por no haberme podido ayudar antes, pues ellos no podían vincularse con un armamento que en teoría iba destinado a Pardo Llada. Yo comprendí sus explicaciones perfectamente, y en realidad no necesitaba que Raúl se justificara conmigo, para mí estaba claro que el proyecto a mediano plazo era nuestro objetivo y que ninguno de nosotros podía hacer correr riesgos a todos los demás en un evento como el que me había sucedido.

Recuerdo que charlamos un rato largo con Raúl, quien me puso al tanto de los avances que habíamos logrado en cuanto al armamento y también sobre la situación política de Cuba, que cada día se agravaba más. Entonces él, por solicitud de Fidel, me pidió que me fuera esa misma tarde al campamento que teníamos en la avenida Insurgentes, cerca de un lugar que se llamaba Los Globos. Allí se encontraba el Che, que siempre llevaba en una mano su mate y en la otra, o al menos en un bolsillo o en un maletín de cuero que cargaba a todo lado, el libro que estuviera leyendo en ese momento. Era un tipo singular, el Che. Independientemente de lo que sucedió después, cuando triunfó la Revolución, y de todo lo que se dijo de él, yo le tuve siempre un aprecio enorme. La verdad es que era un encanto de persona y tenía una personalidad avasalladora. Era muy simpático y generoso. El más grato de los recuerdos que tengo de él fue precisamente ese humanismo que demostró en cada acto suyo mientras yo estuve con él, algo que luego chocó brutalmente con la imagen de un hombre que había sido despiadado con sus enemigos. A mí hasta ahora me resulta tan ajena esa imagen que él se hizo de criminal y asesino, que muchas veces pienso que están hablando de otra persona, no del Che que yo conocí en México y que luego fue mi compañero en el Granma.

En aquel campamento en el que convivimos con el Che, básicamente nos dedicamos a hacer las compras que necesitaríamos para la expedición del Granma. Yo estaba encargado de los víveres y él, por su profesión, se concentró en los instrumentos de sutura, las medicinas y el alcohol.

Algo que es curioso de la relación que mantuvimos en México con el Che es que con él nunca hablábamos de política. Entre nosotros, con Fidel y Raúl especialmente, sí lo hacíamos, pues de algún modo todos proveníamos de la misma línea ideológica que se sustentaba en las ideas libertarias de Martí. Todos los que hacíamos parte del grupo de expedicionarios éramos, por sobre todas las cosas, antiimperialistas y antibatistianos. Sabíamos que el Che era un hombre de convicciones comunistas y él jamás tocaba ese tema con nosotros. No hay que olvidar que en aquel momento el comunismo estaba mal visto entre los revolucionarios por las fricciones continuas que habíamos tenido con el Partido Comunista de Cuba. El asunto en el campo ideológico mientras estuvimos en México fue que, al ser el Che un comunista declarado pero también un hombre que no entraba en discusiones ni polémicas, muy respetuoso de las ideas de los demás, nadie hablaba de política con él, pues eso tal vez habría ocasionado roces en el grupo. Creo que fue una sabia decisión preservar siempre la unión, evitando posibles fuentes de controversia.

Vale la pena señalar también que en esos tiempos el comunismo no se asociaba necesariamente con las ideas de izquierda, sino que se veía como el extremo ideológico del fascismo. Todos nosotros teníamos ideas de izquierda, ideas liberales de justicia social, pero no estábamos ni mucho menos identificados con el comunismo. Esa confusión de la izquierda con el comunismo llegó más tarde, y en particular llegó a Cuba en 1961 con la invasión a la Bahía de Cochinos y la batalla de playa Girón, pero bueno, me estoy adelantando a los acontecimientos, porque esa historia, que es la que a mí me sacó de la Revolución, viene un poco más adelante...

Con Fidel, en cambio, hablábamos mucho de política porque para él ese era un tema de gran disfrute. Con él coincidíamos mucho en las mismas ideas generales: la independencia económica de Cuba, la soberanía en asuntos de Gobierno y la decisión irreversible de hacer de Cuba un Estado vendedor de bienes y no comprador. Y también teníamos los dos nuestras ideas delirantes sobre el futuro de Cuba. Imagínese que planificábamos formar una gran flota mercante para mover nuestros productos independientemente en América. En ese momento no sabíamos la magnitud de lo que significaba tener una flota mercante, algo demasiado romántico, casi absurdo, pero nosotros, en nuestra ingenuidad, creíamos que era posible montar un gran astillero, fabricar nuestros propios barcos y lanzarnos a los mares con nuestros productos, una verdadera locura… También hablábamos mucho sobre la reforma agraria, que era un pilar fundamental en los planes del Gobierno futuro. La idea sobre la que siempre giraba nuestra conversación era que los campesinos de Cuba debían tener tierras para su sustento sin que se les tratara como parias en la sociedad. Conversábamos de estas cosas y estábamos de acuerdo en la mayoría de ellas, como tantos otros objetivos conjuntos que teníamos. Fidel nunca manifestó ninguna idea comunista en ese tiempo previo a la Revolución, lo que sí tenía claro era la realidad del presente en aquel tiempo y lo que debíamos solucionar de inmediato cuando fuéramos Gobierno: la corrupción impresionante en todas las esferas de la dictadura, las prácticas de terror de sus fuerzas de seguridad y las políticas gubernamentales dictadas por los gringos.

Volviendo a los preparativos del viaje de regreso a Cuba y a nuestra larga estancia en México, debo confesar que allí me sentí un revolucionario profesional. Vivíamos entonces de las contribuciones que hacía la gente para la Revolución. Era una época muy romántica en la que teníamos poco para sobrevivir, pero no necesitábamos más porque todos éramos unos jóvenes inquietos e idealistas con sueños desmedidos, pero también con una realidad muy similar de apretura económica. Los fondos que recibíamos venían de La Habana en su gran mayoría. El dinero que nos envió Carlos Prío, que seguramente se había robado del pueblo cubano, lo utilizamos para comprar el Granma. Es importante que se sepa también que Carlos Prío creía que con ese aporte que había hecho a la Revolución, que no era poco, compraba su tabla de salvación con el nuevo Gobierno, pero tan pronto como llegamos al poder, Fidel se deshizo de él y no lo tomó en cuenta, pues ya sabíamos de lo que era capaz.

La última parte de la preparación del viaje de regreso la hicimos en las Lomas de Chapultepec, en la casa de

Teresa Casuso, exiliada cubana que colaboró con nosotros de manera incondicional. En esa casa escondimos una buena parte del armamento que habíamos adquirido para el regreso a Cuba, pero en noviembre de 1956, a pocos días de nuestra partida, alguien nos delató y, en un operativo sorpresa, la policía mexicana requisó las armas que escondíamos allí y detuvo a los que se encontraban en el lugar, entre ellos la propia Teresa, Pedro Miret y Enio Leyva. Este hecho repentino nos obligó a acelerar el viaje. Durante esos días, precisamente, nos visitaba en México Frank País, aquel hombre valiente de ideales sólidos que preparaba el alzamiento en Santiago de Cuba para el 30 de noviembre, fecha en la que nosotros debíamos llegar a la isla aprovechando esa revuelta para sorprender al ejército de Batista desde distintos flancos.

Pero entre todas las locuras que habíamos cometido estaba la de aquella permanente difusión que habíamos hecho, en especial Fidel, sobre nuestro regreso a Cuba y la amenaza a Batista de que íbamos a derrocarlo. Evidentemente, con esto sólo conseguimos que el dictador estuviera siempre al tanto de nuestros movimientos, a la espera de que pusiéramos un pie en la isla para acabar con nosotros. El 19 de noviembre Fidel hizo una declaración a un periodista de *Alerta*, a manera de advertencia a Batista, en la que se comprometía a suspender la expedición de regreso si Batista renunciaba a su cargo de forma inmediata y se disponía a llamar a elecciones generales. Obviamente esto no sería aceptado por el dictador. De este modo, la noche del 25 de noviembre de 1956, el Granma zarpó con los ochenta y dos expedicionarios desde Tuxpan.

Niquero, 1956

A eso de las diez de la mañana, después del bombardeo al Granma, nosotros alcanzamos la costa. Fuimos náufragos en tierra. El primer problema que tuvimos fue ubicarnos en el lugar en el que nos encontrábamos. Para ese momento, no sabíamos que habían asesinado a todo el pelotón de Juan Manuel Márquez. Estuvimos casi cuarenta minutos muy cerca de la playa en una zona de vegetación espesa esperando noticias de Juan Manuel y su gente, y también del grupo de Faustino Pérez con el que nos íbamos a encontrar más adelante. Pasado ese tiempo, Fidel decidió que debíamos internarnos en algún lugar para evitar a las patrullas del ejército cubano, así que empezamos a caminar en una zona en la que había varias fincas de campesinos. Uno de los mayores errores que cometimos desde el primer instante en tierra fue caminar entre las guardarrayas, es decir, en los caminos que separan dos campos de caña de azúcar, marcando con nuestras huellas la tierra floja, pues le facilitamos al ejército nuestra búsqueda; a partir de esas huellas ellos pudieron saber exactamente cuántos éramos los que íbamos en aquel pelotón y adónde nos dirigíamos.

Durante varias horas de caminata sólo logramos comer cañas y tomar agua de los riachuelos que encontramos en el camino. Atravesamos entonces la propiedad de un campesino al que le pedimos que nos ayudara a orientarnos en el lugar. El hombre, un moreno de aspecto sencillo, muy basto en su forma de hablar y expresarse, tuvo temor de colaborar con nosotros y, casi forzado, nos dirigió por unos cañaverales en los que podíamos pasar desapercibidos, pero apenas cayó la noche, ya a oscuras, el hombre desapareció y nos dejó botados en esos campos. Durante la noche seguimos caminando, dando vueltas sin mayor sentido, luego nos detuvimos un rato para descansar y tomar el jugo de las cañas que cortábamos con los machetes que llevaban algunos de los expedicionarios.

Así transcurrieron los tres primeros días, avanzando sin rumbo por aquellos campos, muriéndonos de hambre y a veces de sed. Las bajas que para ese entonces contábamos superaban los veinte expedicionarios, algo que a todos nos tenía desalentados. De los ochenta y dos que iniciamos el viaje y desembarcamos en Cuba, quedábamos algo más de sesenta hombres dispersos en varios grupos. El resto habían sido abatidos de forma criminal por el ejército.

Uno de esos días, la aviación sorprendió al pelotón que iba por delante, encabezado por Fidel y por Faustino Pérez, que habían llegado a la zona denominada Alegría de Pío, donde se refugiaron en unos cañaverales recién cortados en los que una patrulla aérea los había localizado. Imaginando lo que se venía, Fidel ordenó a la tropa que avanzara hasta otro de los sembríos de caña en el que pudieran ocultarse con más facilidad. Así lo hicieron justo a tiempo, pues cuando empezó el ataque aéreo que arrasó con lo que había en esos cultivos, con los cazas en vuelo rasante ametrallando cada espacio de tierra, ellos lograron meterse en el cañaveral de plantas más altas y, tirados en tierra, debieron soportar más de doce horas de ataques continuos de los aviones que peinaban el terreno buscando a los posibles sobrevivientes. Fue tal la intensidad de la balacera que el ejército de Batista se convenció de que allí ya no podía quedar nadie con vida, y no terminaron su trabajo con una incursión en tierra sino que se retiraron pensando que todos los insurgentes habían caído. En efecto, casi todos los que estaban en aquel grupo murieron ese día, salvo Fidel, Faustino Pérez y Universo Sánchez que, días más tarde, llegaron finalmente al punto de encuentro en la Sierra Maestra.

Mientras todo esto sucedía, en las inmediaciones, el grupo comandado por Raúl y por mí se había desviado de curso, extraviándonos en una zona bastante agreste y montañosa. Pasado el cuarto día de caminata, cuando ya sentíamos que nos habíamos alejado lo suficiente de las patrullas del ejército, casi al anochecer, encontramos un bohío, una cabaña de campesinos que había sido abandonada. Allí nos ocultamos para poder dormir con cierta tranquilidad, pues las noches anteriores fueron tremendas: teníamos a los soldados detrás, pisándonos los talones. Esos días no pudimos dormir en paz en ningún momento, salvo por minutos en los que nos deteníamos a descansar y alguien del grupo echaba una siesta, agotado, mientras los demás nos manteníamos alerta. Nos encontrábamos realmente agotados, muertos de hambre y también de sed porque el último día no había llovido y no conseguimos agua para beber sino tan sólo la que quedaba estancada en las maticas de curujey, que tenían unas hojas cóncavas en las que se represaba algo de líquido y de allí la tomábamos sin temor a enfermarnos. En ese momento éramos cinco combatientes en nuestro grupo. No sabíamos qué había sucedido con los demás. A pesar de que Raúl siempre conservaba el optimismo por el grupo comandado por Fidel y también por el grupo del Che y de Camilo Cienfuegos, los demás teníamos una desazón enorme, pues además de las bajas que presumíamos se habían producido tras el desembarco, en especial en el grupo de Juan Manuel Márquez, que nunca regresó al punto en que debíamos encontrarnos, todo lo demás era incierto.

Esa noche, mientras estábamos en el bohío descansando, escuchamos a lo lejos, confundidos con los sonidos de la vegetación y de la fauna de los bosques, unas voces que provenían de un lugar bajo, a poca distancia del sitio en que nos habíamos escondido. Creímos que aquello era un caserío y que podríamos conseguir allí comida y agua. Yo me presté para bajar a buscar algo de alimento. Raúl no estuvo de acuerdo, pero al final resolvimos que yo iría a explorar el lugar para ver si era posible abastecernos con víveres y agua. Casi de madrugada, cerca de las cinco de la mañana, salí de la cabaña y me aproximé de forma sigilosa al lugar del que provenían las voces. Era una noche de luna llena, muy clara. Cerca del sitio en que yo presumía que estaba aquel caserío descubrí un espacio que reflejaba como si se tratara de un espejo de agua. Bajé un poco por una trocha de tierra, con mucho cuidado y en silencio, arrastrándome, y me encontré con un charco fangoso. Me incliné a tomar algo de esa agua y entonces escuché una voz que me decía: «¡Alto, quién vive!», y de inmediato oí que varios hombres montaban las armas. Me incorporé y levanté las manos, y gracias a la claridad que allí había por la luna llena, los soldados no me tiraron a matar sino que me sometieron y me tuvieron allí, bocabajo, apuntándome con sus fusiles hasta que amaneciera del todo para llevarme con ellos. Recuerdo claramente que en esos momentos ya estaba resignado a que me mataran allí mismo, y lo único que me preocupaba era que Raúl o los demás pudieran venir a buscarme y también fueran detenidos. Se me pasó por la cabeza intentar huir aprovechando algún descuido de los soldados, pero el instinto de conservación me detuvo y seguí en esa incómoda posición, esperando las instrucciones del comandante de la patrulla que me había agarrado.

Apenas hubo luz me llevaron al campamento que tenían los soldados muy cerca del sitio en que me apresaron. El que me había descubierto, un soldado mulato, me interrogó durante el camino:

—¿Qué hacía usted en este lugar por la noche?

Yo respondí que estaba perdido, que me había extraviado, pero el uniforme verde de combate era inocultable, así que el hombre insistía preguntando:

—¿Dónde estuvo usted anoche? ¿Desde cuándo se encontraba perdido? —entonces el hombre agravó la voz y me acusó de haber sido uno de los rebeldes que habían matado a dos soldados en un combate que se produjo el día anterior. Como yo no estaba armado, le dije que no tenía nada que ver con ese combate. Al llegar al campamento, el comandante me vio y dijo:

—¡Cómo es posible que un viejo como usted se haya metido en semejante locura!

En efecto, a pesar de que apenas tenía en ese momento treinta y ocho años, mi cabello ya estaba totalmente encanecido, y además en el desembarco y la fuga por los cañaverales había perdido una pieza dental, así que mi aspecto era lamentable.

—¿Dónde está el doctor Castro? —me preguntó el comandante.

—En la Sierra —respondí.

—Eso no es cierto, usted miente —me dijo, encarándome.

Pero yo me mantuve firme y sereno, y le dije que Fidel Castro había llegado a la Sierra dos días atrás. Allí apareció entonces alguien de la Cruz Roja y me llevó a un cuarto para sanarme las heridas que tenía en una pierna, heridas que me hice con los mangles, y también algunas rozaduras en los brazos. Este doctor me revisó y me tomó la presión arterial, que estaba muy baja, y de inmediato me inyectó coramina. Al soldado que me vigilaba mientras me hacía el examen en ese cuarto le dijo que yo me encontraba muy débil y que debía ser trasladado al campamento principal. Entonces me subieron en un camión con cinco soldados que me cuidaban y también con el enfermero de la Cruz Roja, y salimos por unos caminos de tierra. Habían pasado apenas unos cinco minutos cuando un sargento que iba con los soldados dio la orden al chofer de detener el camión. Este sargento se bajó y me jaló por los pies, tirándome al suelo. A pesar de que me di un fuerte golpe en la caída, no me quejé en ese momento porque me dije a mí mismo que ya me había llegado la hora, que esos infelices me iban a ejecutar allí mismo. De pronto los cinco soldados me empezaron a insultar y me despojaron de una cadena de oro que llevaba en el cuello y de un reloj barato que tenía en la muñeca. «Hasta aquí llegó usted», dijo el sargento, y me encaró otra vez diciendo que él me conocía perfectamente, que me había visto en La Habana en actividades subversivas, que yo iba a pagar con mi muerte por tanta sangre derramada, y claro, yo me defendía diciendo que él no me conocía de nada, que yo no había participado en ninguna actividad subversiva en La Habana, hasta que el miembro de la Cruz Roja intervino y les dijo a los soldados que yo era un herido de guerra y que su obligación era entregarme vivo en el campamento principal, y que si ellos luego querían matarme que lo hicieran, pero que él no iba a permitir que me asesinaran en ese sitio cuando yo estaba bajo su responsabilidad. Aquella fue la segunda vez en pocas horas en que salvé mi vida, primero durante la madrugada gracias a la luz de la luna, y luego, en pleno bosque, gracias al enfermero de la Cruz Roja.

Me subieron entonces al camión y me llevaron a Niquero, en donde estaba el campamento principal desde donde se repartían todas las fuerzas del ejército en la zona sur de la isla. Allí fui objeto de todo tipo de burlas por parte de los soldados, agresiones, insultos… Me metieron preso en un calabozo con dos hombres más; uno de ellos era un tipo que había asesinado a su esposa y el otro un demente que jalaba la cadena del sanitario y cuando salía el agua la sacaba con una lata y la tiraba en el piso de tierra del calabozo. Apenas me metieron en esa celda de ocho metros cuadrados en la que habían arrumado tres pequeñas camas de hierro, colombinas cubanas, los guardias me esposaron por un tobillo a la pata fija y por una muñeca a uno de los barrotes de la cabecera. Por la tarde me llevaron algo de comer y a la mañana siguiente me sacaron para que el comandante del cuartel pudiera interrogarme.

Era un coronel que estaba a cargo de la operación del campamento. Lo primero que hizo fue preguntarme mi nombre; yo le dije que era Carlos Fernández, hermano de Valentín Fernández —quien me refugió cuando tuve el problema de las armas en La Habana, antes de mi exilio en México—. Me preguntó entonces si me habían pagado por venir en el barco y yo le respondí que no, que no era un mercenario. Volvieron a preguntarme por Fidel y Raúl, y yo les confirmé lo que había dicho el día anterior, que estaban en la Sierra Maestra. En esa habitación, luego del interrogatorio, me dieron mi número, me sacaron la fotografía y el comandante me dijo que tenía la vida asegurada y que me iban a presentar a la prensa para demostrar que ellos eran respetuosos de los derechos de los detenidos y que no me habían torturado ni maltratado. Fui el primer capturado en aquella zona; algunos de mis compañeros lograron huir y otros fueron capturados días después.

Mucha gente de Niquero y de las poblaciones vecinas se acercó esos días para conocerme en el campamento y para llevarme regalos. Me traían frazadas, comida, ropa, demostrando con sus gestos una enorme simpatía y confraternidad con la Revolución. Fue una verdadera avalancha de gente la que llegó a verme como si fuera una atracción de circo.

Una semana después de haber sido apresado, me llevaron al cuartel de Manzanillo en un bus a cargo del teniente Chineas, quien estuvo realmente interesado en conocer las causas que nos motivaban a pelear y me escuchó con atención durante el recorrido a Manzanillo.

Llegamos al cuartel dirigido por el comandante Caridad Fernández, uno de los peores asesinos del régimen. Al día siguiente fuimos trasladados a Santiago, a la cárcel de Boniato, y al entrar los compañeros que se encontraban presos entonaron el himno nacional en demostración de afecto y admiración por los miembros de la expedición.

Allí me encontré con Frank País, que estaba preso por el levantamiento del 30 de noviembre.

Un mes despúes fuimos juzgados en un tribunal presidido por el doctor Manuel Urrutia, que nos declaró inocentes a todos pero luego fue removido por Batista y el nuevo juez impuesto por él nos declaró culpables y a mí me condenó a doce años de prisión en Isla de Pinos.

En esa prisión coincidimos muchos miembros del grupo de expedicionarios del Granma. Allí, durante casi dos años, se consolidaron los ideales de nuestra revolución con el grupo de combatientes que se nos iban uniendo cuando caían detenidos en las luchas urbanas, y también algunos que habían sido apresados en los primeros combates de la Sierra.

A pesar del fracaso que habían tenido en la revolución del 30 de noviembre en Santiago de Cuba, tanto Frank como Josué País fueron decisivos más adelante en el apoyo a la revolución de la Sierra Maestra. Los dos fueron absueltos en marzo de 1957 y apenas salieron, pocos días después, mientras organizaban las provisiones para los combatientes de la Sierra Maestra, las fuerzas de seguridad de Batista asesinaron a Josué en el Callejón del Muro —un sector popular de Santiago de Cuba— y, exactamente un mes después, el 30 de junio de 1957, Frank fue acribillado en el mismo lugar. Estos dos crímenes desataron una ola tremenda de manifestaciones en todas las ciudades de Cuba, y el 30 de julio de 1957 se llevó a cabo la huelga general más grande que se había visto en la isla.

La vida en la prisión de Isla de Pinos, durante los primeros meses, fue bastante agitada. Los expedicionarios del Granma, además de todos los miembros de otros grupos como el Movimiento 30 de Noviembre y el Movimiento 26 de Julio, luchábamos internamente por mantener la unión y la filosofía original de nuestra revolución. Por otra parte estaban los comunistas, con quienes manteníamos serias disputas ideológicas que en varios momentos llegaron a agresiones físicas y a un distanciamiento definitivo. Había un dirigente comunista que se llamaba Leonel

Soto, que hablaba permanentemente contra Fidel y los expedicionarios del Granma, así que a punta de puñetes tuvimos que callarlo varias veces. En ese momento había tres ministros comunistas en el gabinete de Batista: de Educación, Comunicaciones y Trabajo. Mientras nosotros peleábamos contra la tiranía, ellos eran sus acólitos.

La época de prisión se convirtió en una verdadera universidad revolucionaria. Muchos de los detenidos durante esos dos años fueron campesinos, obreros, gente que había caído en manos de las fuerzas de seguridad por insurgencia. Los que estábamos comprometidos con la independencia del país y con la liberación de la dictadura dábamos charlas y enseñábamos a los demás presos sobre doctrina revolucionaria y también cultura general. Nuestra consigna era estructurar el pensamiento, que la gente que quisiera sumarse a nosotros supiera que lo hacía por un proceso de liberación de Cuba. Por supuesto que esta actividad no era ajena a las autoridades carcelarias, pero tampoco podíamos hacerlo abiertamente en los patios. Lo hacíamos a diario en los calabozos y comedores, cuando no teníamos la presencia de guardias cerca de nosotros.

Mientras esta actividad de adoctrinamiento y culturización de los presos iba para adelante en Isla de Pinos, las fuerzas rebeldes se consolidaban en la Sierra Maestra. Nosotros seguíamos el desarrollo de las batallas y de los hechos a través de una radio que ocultábamos en el calabozo y con la que podíamos estar al tanto de los logros de nuestros compañeros y de las principales noticias políticas del momento.

Sierra Maestra, 1956

Muchas veces se ha dicho que los únicos sobrevivientes de la expedición del Granma fueron los doce que llegaron a la Sierra Maestra, desde donde se dirigió la guerra contra Batista, pero la realidad es que varios expedicionarios, sobrevivientes del desembarco, permanecimos encarcelados hasta el 1 de enero de 1959, cuando triunfó la Revolución y Fidel Castro ordenó que nos liberaran. Pocos días después del triunfo, cincuenta y tres expedicionarios nos reunimos en Santiago de Cuba para iniciar el desfile final de la victoria de las tropas rebeldes. Casi todos fuimos parte del Gobierno de la Revolución, pero en los primeros años del mandato de Fidel Castro, más de la mitad nos convertimos en disidentes y, por tanto, fuimos declarados enemigos de la causa revolucionaria.

Los seis compañeros que estuvieron conmigo en la prisión de Isla de Pinos fueron: Alfonso Guillén Zelaya, Francisco Chicola, José Alfonso, Arnaldo Pérez Rodríguez, José Fernández Fuentes y Carlos Trevín.

Aunque al inicio no supimos exactamente cuál fue el destino de los demás compañeros de travesía, pronto conocimos que apenas doce de los tripulantes del Granma llegaron con éxito a la Sierra Maestra y que los demás estábamos presos, que había algunos desaparecidos y que varios habían sido abatidos en combate o simplemente fusilados cuando se entregaron confiados a las tropas del dictador.

Algún tiempo después, estando en la prisión de Isla de Pinos, nos llegó la noticia del encuentro de Fidel Castro en la Sierra Maestra con los doce compañeros sobrevivientes. Allí, Fidel, Raúl, el Che Guevara y Camilo Cienfuegos, acompañados de ocho combatientes que llevaban consigo apenas cinco fusiles que se sumaban a los dos conservados por Fidel y Universo Sánchez desde el desembarco, tuvieron un momento cargado de pasión y esperanza. Apenas Castro vio llegar a los últimos compañeros, dijo: «Ahora sí ganamos la guerra, los doce somos suficientes para derrocar a Batista». Y no le faltaba razón a Fidel pues los compañeros expedicionarios que llegaron a la Sierra en diciembre de 1956 son los tipos de mayor fortaleza y valentía que yo he conocido en mi vida, y entre ellos el más temerario de todos, el Che Guevara... Yo nunca vi que el Che se hubiera echado para atrás en ninguna circunstancia, era un hombre que no le tenía miedo a nada...

También nos enteramos después lo cruentas que habían sido las batallas de los expedicionarios por alcanzar la Sierra Maestra. Apenas unos pocos hombres, entre los que se encontraban Fidel, Cienfuegos y el Che, junto a sus tropas formadas por dos o tres compañeros, lograron escapar del infierno del cañaveral que fue bombardeado de forma inclemente por la fuerza aérea de Batista la tarde del 5 de diciembre de aquel año. Varios de los combatientes que estuvieron presentes en ese campo de batalla han relatado en diversas obras las peripecias que debieron pasar en aquel bombardeo, y en especial la noche que lo siguió, cuando ellos pensaron que todo se había calmado y que finalmente podían salir, pero que fue, justamente, cuando el ejército envió un pelotón para incendiar la zona con bombas de napalm. De modo que aquella suposición mía que ellos habían logrado salir después del bombardeo porque el ejército pensaba que ya estaban muertos era errónea. De hecho, la consigna de los militares era sacar vivos o muertos a los rebeldes que permanecían allí escondidos y dar el golpe final a los tripulantes del Granma que tantos dolores de cabeza le habían dado al régimen.

En esa situación tan complicada, en medio de un infierno de fuego y sangre, lograron escapar aproximadamente veinte compañeros que alcanzaron los bosques altos de la zona divididos en varios grupos de tres o cuatro personas. El pelotón liderado por Sánchez Amaya cayó muy pronto en manos del ejército, al igual que había sucedido con el de Juan Manuel Márquez apenas desembarcamos en Cuba. Distintas versiones coinciden en que el grupo de Sánchez Amaya se había entregado a los soldados del ejército en las zonas bajas, pero Batista y los militares no se andaban por las ramas en esos momentos y, por esa razón, todos los integrantes de estos grupos fueron fusilados en los alrededores de Alegría de Pío. Sus cadáveres, luego de ser fotografiados para la difusión de sus muertes entre la prensa, habrían sido abandonados en esos lejanos lugares.

Mientras perseguían a los expedicionarios en la zona suroccidental del país, en La Habana las noticias sobre los tripulantes del Granma eran absolutamente contradictorias. La prensa recogía testimonios de personas que aseguraban que Fidel había muerto en esos combates e incluso se llegaron a exhibir documentos personales del líder revolucionario que, en teoría, demostraban su muerte. Por otro lado, una parte de los medios de comunicación aseguraba que Castro y sus hombres habían alcanzado la Sierra Maestra y que contaban con un ejército multitudinario para derrocar a Batista. En una de las noticias más delirantes, al parecer difundida por las hermanas de Fidel, Emma y Lidia, en la capital cubana, se afirmaba que Fidel estaba en Camagüey con cincuenta mil hombres. Este ir y venir de noticias sin confirmar tenía dos fuentes: por un lado, el Gobierno de Batista que intentaba menospreciar la expedición del Granma, arguyendo que Castro ni siquiera había salido de México y que los pobres rebeldes que habían llegado en el barco habían sido abatidos por el ejército, y, por otro, la oposición política que poco a poco tomó las riendas de la información y exacerbó la figura de Castro y de los que alcanzaron la Sierra Maestra.

Lo que en un inicio fue una guerra informativa bastante caótica y desproporcionada en ambos bandos se aplacó con el paso de las semanas cuando se descubrió por fin que Fidel Castro ya estaba en la Sierra Maestra junto a otros compañeros, y que apoyado por campesinos y jóvenes ilusionados por el mito de los barbudos se preparaba una verdadera guerra contra la dictadura de Batista. En este período de formación y agrupamiento de los guerrilleros en la Sierra estuvo quizás el mayor error político y estratégico de Fulgencio Batista, que minimizó las posibilidades de éxito que podría tener un pequeño grupo de rebeldes apostados en un inhóspito lugar de las montañas frente a un ejército de soldados armados y preparados para respaldar al Gobierno.

Uno de los jóvenes que había liderado la oposición política de Cuba desde 1952, y que creció en imagen durante esos meses de fuertes enfrentamientos urbanos contra la dictadura mientras los revolucionarios se armaban en la Sierra Maestra, fue Frank País, aquel dirigente estudiantil, profesor y libertario cubano, martiano por convicción, que creó el grupo Acción Revolucionaria Nacional (ARN), movimiento que lucharía desde 1952 contra Batista.

Frank País había encabezado el levantamiento armado del 30 de noviembre de 1956, supuesto día en que debíamos arribar en el Granma a Cuba. Aquel levantamiento causó gran conmoción en la isla, en especial entre los allegados al Gobierno que veían cómo la situación política se calentaba con la acción decidida de este grupo de jóvenes que apoyaban abiertamente al doctor Fidel Castro en su delirante idea de derrocarlo. Posteriormente, con el retraso del barco por las peripecias que tuvimos que pasar en el golfo de México, los efectos del levantamiento no fueron de tanta ayuda como se había previsto y, sobre todo, al haberse producido el naufragio en los corales de Los Colorados, advertidos como estaban los miembros del ejército de que los expedicionarios llegarían a Cuba esos días, no fue una sorpresa para nadie que nos estuvieran esperando en la zona de Niquero. Así, la masacre de un número importante de compañeros durante el arribo a Cuba y los días siguientes se pudo haber evitado si el Granma hubiera llegado a tiempo y al lugar previsto inicialmente para el encuentro. En todo caso, Frank País supo de inmediato que un grupo pequeño de combatientes había alcanzado la Sierra Maestra y se dedicó entonces a fortalecer la rebelión en ciudades como La Habana y Santiago de Cuba. A mí Frank País siempre me pareció un hombre de ideas democráticas y liberales, un verdadero patriota que estaba convencido de la única salida que tenía el pueblo cubano: el derrocamiento de Batista para instaurar de una vez por todas un Gobierno elegido libremente por el pueblo y, sobre todo, separado de la injerencia norteamericana en asuntos internos. Si Frank País hubiera sobrevivido, muchas de las cosas que luego pasaron no habrían sucedido jamás.

Sobre la muerte de Frank País, acaecida el 30 de julio de 1957, cuando apenas tenía veintidós años, se han dado todo tipo de versiones, muchas de ellas puras especulaciones. Los hechos que terminarían con el crimen de los dos hermanos País empezaron en realidad en 1952, cuando este estudiante y dirigente político, joven e inteligente, dotado de un gran carisma popular, se enfrentó de forma abierta al dictador y lo combatió en las calles con enormes movilizaciones, huelgas, protestas multitudinarias y, finalmente, con su apoyo decisivo a la revolución encabezada por Fidel. Después de su apoyo incondicional al movimiento revolucionario apostado en la Sierra Maestra con el envío de armas, medicinas y víveres, en febrero de ese fatídico año, Frank País visitó el campamento guerrillero de la zona guiando hasta ese lugar al periodista Herbert Matthews de *The New York Times*, para que este le hiciera una entrevista a Fidel en el lugar de su escondite. La entrevista con Matthews se efectuó la madrugada del 17 de febrero y, tras su publicación, el mundo supo que esa historia fantástica de los guerrilleros que preparaban el golpe contra Batista desde un recóndito lugar en las montañas era cierta. Allí, de algún modo, el mito de Fidel y los demás compañeros se desbordó en todo el planeta. Entre otros elogios, el periodista dijo de Castro algo así: «La personalidad de este hombre es arrolladora. Es fácil ver que sus hombres lo adoran… Es una persona educada, un fanático consagrado, un hombre de ideales, valiente y con notables dotes de mando».

Mientras la renombrada entrevista de Matthews cobraba fuerza en el exterior, en Cuba Frank País se encargaba de fortalecer la incipiente guerrilla que apenas contaba con algo más de cuarenta hombres en los primeros meses de 1957. Los meses posteriores, antes de su repentino asesinato, País aportó a la guerrilla un contingente de cien combatientes fuertemente armados que se unieron a Fidel bajo el mando de Jorge Sotús, amigo de País. Se ha dicho que la relación entre Frank País y Fidel no era del todo sincera, incluso se ha llegado a afirmar que Fidel sentía que ese joven dirigente podía de algún modo opacarlo, y por esa razón se habría opuesto siempre a que País se uniera a la guerrilla en la Sierra Maestra. Yo no estoy seguro de esto, pues no estuve allí con ellos durante el tiempo de la Sierra Maestra. También he escuchado algunas versiones sobre la supuesta relación que tuvo Vilma Espín, colaboradora de Castro en ese tiempo, que habría sido novia de País hasta los últimos meses de 1956, y luego de la famosa entrevista de Matthews, cuando Vilma empezaba su relación sentimental con Raúl, habría recibido instrucciones de Fidel para que los mantuviera bien informados sobre las actividades de País en la zona urbana de combate. Esto tampoco me consta de forma directa, pero lo que llegué a saber sobre la muerte de Frank es que justo un mes antes, el 30 de junio de 1957, su hermano Josué fue ejecutado por una patrulla del ejército en las calles de Santiago de Cuba. La muerte de su hermano visibilizó aún más a Frank frente al dictador, quien dispuso de inmediato que se capturara otra vez al joven dirigente político. Durante los siguientes treinta días, Frank se mantuvo oculto en algunas casas de colaboradores del Movimiento 26 de Julio, casas en las que apenas pernoctaba una o dos noches para moverse luego a otro destino. Durante esos días, según testimonios de los colaboradores más cercanos de País, entre ellos Enrique Cantos y Jorge Gómez, su exnovia Vilma Espín habría insistido demasiado en conocer el paradero de Frank. Se dice que ella realizó varias llamadas telefónicas a miembros del grupo revolucionario preguntando por el lugar en que él se encontraba. Esta insistencia, de ser cierta, no habría sido inofensiva, pues ella y todos los miembros de los grupos opositores conocían perfectamente que los teléfonos de los sospechosos, sin excepción, estaban intervenidos por las fuerzas de seguridad de Batista, de modo que cualquier llamada en la que se mencionara el nombre de alguno de los rebeldes, y en especial el de Frank País, que en ese momento era el más buscado, habría sido detectada de inmediato. He escuchado ciertas versiones acerca de que Frank había dejado claro a sus amigos de que no debían proporcionarle sus datos a Vilma y ella consiguió saber en qué lugar se encontraba e hizo una misteriosa llamada a esa casa poco antes de que él saliera a la calle, alertado por Espín, y lo emboscara una patrulla de seguridad para fusilarlo en el acto. Hace algún tiempo leí una noticia en la que se mencionaba a una telefonista de nombre Silvia Álvarez que habría declarado años después que ella escuchó la llamada de Vilma a la policía antes del asesinato de Frank.

¿Qué fue lo que en realidad sucedió aquel 30 de julio de 1957? Yo en realidad no lo tengo claro. Siempre me resistí a creer que Fidel hubiera tenido algo que ver con el asesinato de Frank ni tampoco Vilma, pero cuando leía acerca de todos los indicios y pruebas específicas sobre esas llamadas de Vilma, como a todos, me entraron dudas. Por lo que yo puedo atestiguar del tiempo que conocí a los dos, especialmente cuando estuvimos juntos en México, yo al menos nunca noté ningún desafecto especial de Fidel hacia Frank, no lo creo... Lo que sí creo y me reafirmo es que la historia de Cuba cambió para mal con el asesinato de Frank, y que todo lo que vino después habría sido diferente. Frank era un hombre que seguía fielmente las ideas de Martí y jamás habría permitido que luego de tantos años de lucha, de sufrimiento y muerte, se instalara en Cuba un régimen criminal peor que el que habíamos combatido con tanto sacrificio.

Sierra Maestra, 1957-1958

Mientras la imagen de Fidel Castro y nuestros demás compañeros de la Sierra Maestra crecía en el mundo entero gracias a las entrevistas que le había hecho la prensa norteamericana, en La Habana y Santiago, de manera especial, la lucha armada se concentraba en las calles. Las bombas explotaban a diario contra objetivos militares y policiales, las marchas de protesta estudiantil y las huelgas de trabajadores eran cosa de todos los días. Batista perdía poco a poco la batalla contra una oposición dispersa que permanentemente daba golpes al Gobierno pero sin ningún tipo de orden o planificación.

En Santiago de Cuba, durante mayo de 1957, mientras Fidel planificaba el ataque al puesto militar de El Uvero, ubicado en la zona costera, a quince kilómetros de la Sierra Maestra, se llevó a cabo el juicio de un centenar de combatientes del Movimiento 26 de Julio, entre los que estaba yo como parte de los expedicionarios del Granma. La sentencia de ese proceso, que fue cuestionado por todos nosotros por la violación sistemática a nuestros derechos, era conocida de antemano, pero uno de los jueces, el doctor Manuel Urrutia, de forma inesperada nos declaró inocentes a todos los involucrados en los actos beligerantes contra el régimen. Esta decisión hizo montar en cólera al dictador, que de inmediato ordenó emprender acciones legales contra el juez y el fiscal que habían permitido una resolución absolutoria. Y aunque todo este pasaje sólo resultó anecdótico, pues los otros dos jueces nos condenaron a prisión a todos los rebeldes —en mi caso con una pena de doce años, que fue una de las más severas por haber sido uno de los comandantes del Granma—, el hecho descubrió el verdadero poder autoritario de Fulgencio Batista sobre todas las funciones del Estado. Su injerencia en este caso quedó al desnudo en los medios de comunicación de oposición que se encargaron de bombardear con tinta y papel al tirano que se había involucrado en las cortes del país para sentenciarnos a los miembros del Movimiento 26 de Julio.

Así, con la imagen de Batista venida a menos por la agresiva acción opositora en las calles de las principales ciudades de la isla, y por el crecimiento fugaz de la imagen de Fidel, llegó el día del ataque al puesto militar de El Uvero, en el que, tras una batalla de tres horas en la que cayeron catorce soldados batistianos y siete combatientes, Fidel y los compañeros tomaron el destacamento, provocándole al Gobierno un nuevo golpe mediático. Y para abundar en la permanente afectación a la dictadura, el mismo día del ataque, el 28 de mayo de 1957, explotó en La Habana una bomba poderosa que dejó más de cincuenta casas sin ningún servicio básico y causó pérdidas por más de trescientos setenta y cinco mil dólares. Al final, el asalto al cuartel de El Uvero terminó con los combatientes llevándose a la Sierra algunas armas y sobre todo medicinas que les servirían para seguir en la lucha los meses siguientes, pero, además, con un Gobierno que debía dividir su respuesta bélica entre la beligerante oposición callejera y la guerrilla que se fortalecía en esas montañas que se habían convertido en un refugio inexpugnable para el ejército de Batista.

El Partido Comunista de Cuba, que como ya le he contado era parte del Gobierno de la dictadura con tres ministros de Estado, ese mismo año se vería seriamente afectado por las habladurías que circulaban en torno a Fidel y su ejército de revolucionarios a los que también se les catalogaba de «comunistas». El término había sido utilizado por el propio Batista para intentar desprestigiar a la guerrilla y consolidar así la ayuda de Estados Unidos. Esta permanente acusación contra los grupos rebeldes trajo como consecuencia que Batista empezara a desmarcarse de sus «amigos comunistas», declarándoles una guerra sin cuartel. De este modo, a mediados de 1957, el rompimiento del Partido Comunista con Batista fue definitivo, y sólo entonces, por primera vez, los miembros de aquel partido buscaron un acercamiento directo con la gente del Movimiento 26 de Julio, que encabezaba las protestas tanto en la Sierra como en las ciudades. Esta aproximación no fue bien recibida al inicio por los dirigentes de nuestro movimiento, liberales acérrimos, pero sí por Fidel y Raúl Castro, que recibieron en la Sierra a dos personajes provenientes de las juventudes socialistas, el Movimiento Juvenil Comunista de Cuba, y que respondían a los nombres de Hiram Prats y Pablo Ribalta.

Mientras las batallas entre el régimen y los opositores se recrudecían en las ciudades, la guerrilla de la Sierra incrementaba el número de combatientes para lo que sería, meses más tarde, el ataque final. Los que se sumaban al ejército revolucionario eran en su mayoría campesinos a los que se adiestraba en el manejo de armas y en la lucha rural. También se sumaban a los rebeldes varios miembros del ejército de Batista, bien porque hubieran sido apresados y «adoctrinados» en la lucha por la independencia, o simplemente porque desertaban de sus respectivos cuarteles y se unían al grupo de combatientes que empezaba a preocupar seriamente al Gobierno.

Por otro lado, en la vía diplomática también se libraba una guerra entre el Gobierno y la oposición y, por supuesto, el objeto de esa guerra era, como siempre, Estados Unidos de Norteamérica. El Gobierno del general Eisenhower mantenía como embajador en La Habana a Arthur Gardner, un hombre que guardaba demasiada simpatía por Batista, al punto que más de una vez le habría sugerido al dictador que debía permitir el ingreso a Cuba de agentes de la CIA para eliminar a Fidel y a los combatientes de la Sierra. Pero a mediados de 1957 se produjo un cambio repentino de embajador en Cuba. Gardner fue reemplazado por Earl Smith, un militar retirado que no tenía ninguna experiencia política. Este cambio de embajador terminó siendo decisivo en los acontecimientos que, varios meses después, acabarían con la caída de Batista.

La posición supuestamente neutral que mostró Smith desde el inicio, y en especial en momentos álgidos como los de la muerte de Frank País y las huelgas generales que se replicaron entre 1957 y 1958, fue decisiva a la hora de ganarse el apoyo de los opositores al régimen, y, evidentemente, de ganarse también el repudio de los allegados a Batista. De algún modo, la consigna del Gobierno norteamericano era la de mostrar en Cuba una idea distinta a aquella que se tenía sobre su incondicional apoyo a Batista.

Así, con un país fragmentado tanto en lo social y político como en las vías diplomáticas con Estados Unidos, que casi siempre habían sido aliadas incondicionales de los Gobiernos cubanos, Batista rodaba por la pendiente. En este contexto, los revolucionarios desde la Sierra organizaron los diferentes frentes de la guerrilla en los cuatro puntos cardinales, actuando siempre en la táctica de ataque y repliegue, y sosteniendo su base central en las montañas. De este modo, en pocos meses, las distintas columnas revolucionarias que nacían en las montañas habían penetrado en distintos puntos del territorio de la isla y, entre golpe y golpe, de forma minuciosa, los rebeldes se aproximaban a una victoria que en esos momentos ya no se veía tan lejana.

El descontento masivo de la población cubana durante los primeros meses de 1958 llevó a una nueva huelga general que se efectuó en abril. El Movimiento 26 de Julio fue el abanderado de la causa opositora en las calles. Aquella huelga no tuvo la resonancia que la oposición esperaba, incluso los allegados a Batista la calificaron como un verdadero fracaso, y, precisamente fortalecido de forma momentánea por el presunto revés, el dictador emprendió la que sería la última gran ofensiva de su Gobierno para acabar con los rebeldes. Se produjo entonces una de las batallas más sonadas entre el ejército cubano y los revolucionarios en la zona ocupada por la columna 1, que estaba bajo el mando de Fidel.

El principal refugio de la resistencia revolucionaria se vio asediado durante setenta y cuatro días por ataques feroces conducidos por la fuerza aérea y la infantería del ejército de Batista, que estaba conformado por algunos miles de soldados que incursionaron en las áreas periféricas de la Sierra con la consigna evidente de erradicar de una vez por todas al foco de la resistencia. Pero las fuerzas oficialistas se encontraron con enormes dificultades prácticas, no sólo por lo agreste del terreno y por las complejas condiciones climáticas, sino, y sobre todo, porque los hombres que formaban ese exiguo y escasamente armado ejército de trescientos combatientes con los que contaba en ese momento la columna 1 —además de las otras columnas lideradas por Camilo Cienfuegos y el Che que se sumaron a las batallas en esos setenta y cuatro días— dieron muestras de una valentía extraordinaria y de una capacidad combativa digna de los mejores ejércitos de la historia.

Más de dos meses después de las batallas, el sector de Las Mercedes en la Sierra Maestra quedó liberado totalmente de las fuerzas del ejército batistiano. El 7 de agosto de 1958, en el parte emitido por Radio Rebelde, Fidel decía: «La ofensiva ha sido liquidada. El más grande esfuerzo militar que se haya realizado en nuestra historia republicana concluyó en el más espantoso desastre que pudo imaginarse el soberbio dictador, cuyas tropas en plena fuga, después de dos meses y medio [de] derrota en derrota, están señalando los días finales de su régimen odioso. La Sierra Maestra está ya totalmente libre de fuerzas enemigas».

Y así fue, el triunfo de los revolucionarios en esa desigual batalla fue un golpe contundente para el Gobierno de

Batista. El impulso que logró la oposición tras la victoria se vio reflejado no sólo en las ciudades en las que se incrementó el nivel de descontento popular, sino también en los distintos frentes armados que, consolidado el poder sobre la Sierra Maestra, se desplazaron hacia el interior de la isla fortalecidos en lo moral y también en la potencia bélica, pues, tras la victoria, los combatientes de la Sierra sumaron alrededor de quinientos fusiles, dos tanques, ametralladoras y bazucas que más tarde fueron decisivos en las últimas batallas de 1958.

Los prisioneros del ejército cubano fueron canjeados por los revolucionarios que habían sido detenidos por las fuerzas oficialistas. Este acuerdo de entrega de prisioneros lo realizó el propio Fidel con el general Eulogio Cantillo, jefe de operaciones del ejército con el que había intercambiado correspondencia varias veces.

El 28 de diciembre de 1958, Fidel se reunió en una vieja central azucarera con el general Eulogio Cantillo, quien reconoció la derrota del ejército y le pidió a Castro una tregua que le permitiera poner fin a los conflictos con un acuerdo negociado que evitara más derramamiento de sangre en otras localidades cubanas. Se dice que allí Fidel le habría exigido al general Cantillo algunas condiciones para llegar al acuerdo del fin de la guerra: la entrega de los soldados de la guarnición de Santiago de Cuba para formar con ellos un movimiento cívico militar junto al ejército rebelde; que no se produjera un golpe de Estado en La Habana; que no hubiera colaboración con Batista permitiéndole la huida, y que no se tuviera contacto con la embajada de Estados Unidos para la formación del nuevo Gobierno. Cantillo, al parecer, aceptó estas condiciones y, tras cumplir con la primera de ellas y poner a disposición de los rebeldes a los miembros de ejército de la zona de Oriente, salió ese mismo día para la capital cubana.

Sin embargo, la noche del 31 de diciembre de 1958, Cantillo se reunió con Batista e incluso lo acompañó hasta el avión que lo sacó del país. Luego propició el golpe de Estado y designó como jefe del Gobierno al miembro más antiguo del Tribunal Supremo, el magistrado Carlos Piedra, y, por último, se puso en contacto con la embajada de Estados Unidos. De este modo, el general incumplió tres de las cuatro condiciones impuestas por Fidel. En vista de estas promesas incumplidas por Cantillo, el 1 de enero de 1959, al enterarse del golpe de Estado que se estaba fraguando en La Habana, Fidel dio órdenes a todos sus hombres, a través de Radio Rebelde, de no aceptar el alto al fuego y de avanzar combatiendo a la capital cubana. También se dirigió desde esa emisora de radio la petición destinada a todos los trabajadores cubanos para el levantamiento en huelga general, a lo largo del país entero. El levantamiento obrero tuvo acogida de inmediato, de forma casi unánime. En esas condiciones Fidel llegó a Santiago de Cuba, luego de constatar que la mayoría de miembros del ejército se les habían unido, y que no existía ninguna defensa militar que les hiciera frente en las carreteras y ciudades de país. En esos momentos, Camilo Cienfuegos y el Che Guevara entraban en La Habana y tomaban inmediatamente, sin disparar un solo tiro, los cuarteles militares de Columbia y La Cabaña.

Las fuerzas militares, resignadas, se entregaron sin oponer resistencia. Tomados los principales cuarteles militares de la isla, y también controlados por los revolucionarios los destacamentos policiales, Fidel y unos mil combatientes rebeldes, a los que se sumaron dos mil hombres del viejo ejército batistiano, salieron de Santiago de Cuba hacia Bayamo en una caravana victoriosa que duró ocho días de júbilo y festejo en todos los poblados que los recibieron como héroes. Aquel ejército de pocos hombres que dos años antes alcanzó la Sierra Maestra y que, desde allí, relanzó el ataque contra la dictadura logró al final de esa caravana, con la consolidación de los mandos militares en todo el país, un grupo de cuarenta mil combatientes a su servicio. Y ahí empezó la nueva historia de Cuba, la que todos suponíamos iba a ser el final de la tiranía.

Cuba, 1959

En Isla de Pinos, entretanto, varios expedicionarios del Granma, además de los miembros del Movimiento 26 de Julio y opositores al Gobierno que se nos habían sumado en prisión, nos encontrábamos a la expectativa de la enorme convulsión que se vivía en todo el país, en especial en la capital. Las noticias que nos llegaban a los detenidos eran, en el mejor de los casos, confusas. Sabíamos que se había producido el descarrilamiento de un tren, conocíamos de la victoria de Santa Clara y también habíamos escuchado o recibido información de que la victoria de la Revolución se acercaba, pero no teníamos idea hasta ese momento de lo que había sucedido la noche anterior cuando Batista y varios de sus colaboradores huyeron de Cuba, en avión, hacia República Dominicana. El 1 de enero de 1959, durante la mañana, se produjeron movimientos inusuales entre los guardias de la prisión, que se mostraban nerviosos. A los militares que estaban en las galeras los sacaron antes que a nosotros.

Nos sorprendió mucho que los militares hubieran salido tranquilamente, sin ninguna oposición. Todos estábamos juntos en ese momento y sentíamos que en la calle había alboroto o, más que alboroto, un rumor extraño. También notamos que entre los presos comunes había intranquilidad. En la cárcel habíamos aprendido que, ante cualquier evento inusual, la muerte de alguien allí dentro o los instantes previos a las convulsiones, el ambiente de los presos comunes se enrarecía y uno ya podía presentir que iba a pasar algo. Pues aquella mañana sentimos eso, y tan pronto como los militares que habían estado detenidos salieron libres, nos dimos cuenta de que estaba sucediendo algo extraño. Uno de los presidiarios circuló la noticia de que Batista había caído, y eso nos produjo gran emoción. En la tarde, entre las cuatro y las cinco, llegó la orden de ponernos en libertad y ya supimos entonces que había triunfado la Revolución.

En el momento en que salimos, sin saber hacia dónde nos dirigíamos, se produjo un tiroteo intenso porque los presos comunes quisieron aprovechar el desconcierto que se vivía para huir de la prisión. Las galeras se alborotaron y aquel tiroteo duró cerca de una hora. Para ese instante, Armando Hart, que había sido detenido en Isla de Pinos en enero de 1958, y yo salimos juntos y fuimos al cuartel de Isla de Pinos, en donde nos vestimos con uniformes militares y nos armamos. Nos llamó la atención que todo estuviera absolutamente controlado en ese cuartel y que los militares que estaban allí colaboraran con nosotros de forma tan diligente. Más tarde supimos que la orden de nuestra liberación había llegado del propio Fidel Castro, que ya se encontraba camino a La Habana en la caravana de la victoria que había salido de Santiago de Cuba hacia Bayamo. Así que se dispuso que debíamos viajar en avión a Columbia, el cuartel militar en La Habana. Al llegar comprendimos que ya el cuartel —que tenía más de siete mil hombres— estaba en nuestro poder y aquellos combatientes se encontraban bajo nuestras órdenes. Nosotros llegamos a Columbia antes que Camilo Cienfuegos y el Che, en donde nos encontramos con los militares puros que habían estado presos junto con nosotros en Isla de Pinos, que habían salido de prisión a las 5 a. m. directamente hacia el cuartel. Cuando llegamos Armando Hart y yo, nos hicieron calle de honor y nos entregaron el mando. Los miembros del ejército que estaban en aquel salón se pusieron a nuestras órdenes de inmediato. Armando y yo nos sentamos en la mesa del Estado Mayor, una mesa enorme, con un grupo de teléfonos que no paraban de sonar. Desde allí llamaban cada segundo de los distintos cuarteles a la espera de las instrucciones sobre lo que debían hacer con sus destacamentos. Por supuesto a todos se les daba la orden de entregarse y de ponerse al servicio de la revolución que había triunfado. Tratamos de comunicarnos esa noche con Fidel y al final conseguimos ubicarlo por radio. Fue entonces cuando nos dijo que mientras estuviéramos en ese cuartel no iba a hablar con nosotros, que nos saliéramos de inmediato de aquel lugar y que lo volviéramos a llamar. Así lo hicimos.

Salimos en un carro militar y nos encontramos ya el panorama de la ciudad entera tomada por la Revolución y paralizada por la huelga general que había orquestado Fidel. Logramos encontrar a un telegrafista que había colaborado con nosotros en la resistencia y con él conseguimos comunicarnos con Fidel. Esto era en la madrugada. Fue entonces cuando Fidel nos dijo que no quería que volviéramos a Columbia y que nos dirigiéramos de inmediato a Santiago de Cuba. El jefe de los militares del cuartel, un tipo de apellido Barquín, nos consiguió un avión y nos envió a Oriente con su hijo como muestra de su voluntad de entregarse a la Revolución. Llegamos a Santiago al amanecer y nos encontramos con Raúl, que nos recibió con enorme alegría. Recuerdo que ambos nos dimos un abrazo muy sentido y él me dijo: «Carajo, tú no sabes que un par de horas después de que te fuiste a buscar comida encontramos una lechería y ahí estuvo nuestra salvación... Dos horas nada más y habrías estado a salvo con nosotros...».

Charlamos un rato acerca de esos dos años que nos habían separado, de la vida en prisión y de las charlas que impartíamos en la cárcel para que los otros detenidos se sumaran a la Revolución. Él me habló un poco de la Sierra Maestra, de las batallas de diciembre, que fueron decisivas. En algún momento yo le dije a Raúl que no entendía por qué se estaba armando un Gobierno con políticos que no habían sido parte de la lucha revolucionaria, por qué Urrutia y su gente tomaban el control político. Le di mi parecer sobre el nuevo Gobierno que, en mi opinión, debía estar integrado por gente nueva dispuesta a realizar el cambio que buscábamos con el derrocamiento de Batista... Entonces recuerdo que Raúl sonrió y, bajando la voz, me dijo: «No te preocupes por nada, César, este es un momento de transición y el Gobierno que se está organizando aquí es también transitorio. Luego vendremos nosotros a gobernar el país con nuestra gente».

Mientras tanto, Fidel y Armando Hart se habían ido a otra habitación para charlar a solas. Armando tenía una jerarquía superior a la mía en el movimiento revolucionario, así que esa reunión privada no me llamó la atención ni me molestó en lo más mínimo, pero yo sí había notado en el primer encuentro con Fidel, cuando nos saludamos, que había sido especialmente frío y algo distante tanto con Armando como conmigo. Desde ese día tuve la sensación de que Fidel había cambiado mucho en el tiempo de la Sierra, que esos dos años lo habían convertido en una persona distinta a la que yo conocí y ayudé en México, y se había vuelto reservado y calculador. Cuando lo vi en Santiago, pensé que quizá había sido una impresión que tuve alentada por la tensión del momento que se vivía en Cuba, por los cambios dramáticos que se producían cada minuto, pero al poco tiempo, cuando llegó a La Habana, comprendí que ya nunca volvería a ser el mismo de antes, que había tomado distancia de todos nosotros y se estaba encaramando en el pedestal de comandante en jefe. Esas barreras que yo sentí entre nosotros aquel 2 de enero de 1959 solamente se fueron incrementando con el tiempo, hasta mi exilio en 1961.

Pero no me quiero desviar del tema, pues mientras nosotros estábamos reunidos en el cuartel de Santiago de Cuba, en el resto del país se vivía una verdadera conmoción social y política. El juez Urrutia había sido elegido (por Fidel Castro, en nombre del pueblo cubano) presidente provisional después de que el coronel Barquín, jefe de los militares puros, arrestara al general Cantillo y pusiera el cargo de la presidencia del Gobierno en manos de los rebeldes encabezados por Fidel Castro y los miembros del Movimiento 26 de Julio.

De este modo, en pocos días ya había un gabinete nombrado básicamente por Fidel y Raúl y algunos miembros del Movimiento 26 de Julio, teniendo como figura decorativa en la presidencia del Gobierno a Manuel Urrutia, que sucedió a Anselmo Alliegro, quien sólo fue presidente de Cuba durante los dos días siguientes a la huida de Batista, entre el 1 y el 2 de enero de 1959.

Armando Hart, luego de la entrevista que tuvo con Fidel, me propuso esa madrugada del 2 de enero que volviera a La Habana para darle a Manolo Fernández, un amigo mío de la infancia y compañero revolucionario, la noticia de que iba a ser nombrado ministro de Trabajo. Raúl me pidió además que buscara a Carlos Franqui para que entre ambos nos hiciéramos cargo del periódico de la Revolución. Así que luego de un viaje extenuante en autobús llegué a La Habana a media mañana del 2 de enero y cumplí con el encargo de notificar a Manolo Fernández sobre su nombramiento, y hablé también con Carlos Franqui.

Entonces, los cinco primeros números del periódico de la Revolución salieron con Carlos Franqui como director y César Gómez como administrador. Obviamente el periódico estaba alineado por completo con la Revolución cubana y con Fidel Castro, pero había también una fuerte presencia periodística de la gente del Movimiento 26 de Julio. En todo caso, yo apenas duré cinco días en el periódico porque recibí el llamado de Manolo Fernández para proponerme que fuera su viceministro, con los encargos de llevar las conciliaciones laborales con los sindicatos y de conseguir que el nuevo Gobierno tuviera como función primordial formar líderes sindicales para aglutinar a esa gente en el Movimiento 26 de Julio.

De forma paralela, mientras organizábamos los primeros días del nuevo Gobierno y tratábamos de poner la casa en orden, en Cuba se producían cambios importantes: se detenía de forma masiva a los militares batistianos que habían hecho parte de su guardia de seguridad; regresaban los exiliados cubanos desde Miami y México, especialmente; se nombraban nuevas directivas en los sindicatos laborales y las organizaciones sociales que habían sido afines a Batista, como la colonia de ciudadanos españoles, y los industriales del azúcar presentaban su respaldo público a la Revolución. Mientras tanto, Fidel seguía en su larga caravana triunfal hasta La Habana. En cada pueblo, en cada ciudad, se detenía y pronunciaba fogosos discursos que enardecían a la gente. Su demora en esa expedición fue deliberada, pues ante la presencia pública del líder de los barbudos, los cubanos se rendían a sus pies y le mostraban un apoyo multitudinario que muy pronto le iba a hacer mucha falta para poner orden en el país.

Fidel llegó finalmente a La Habana el 8 de enero de 1959 y la ciudad entera le rindió pleitesía. La imagen imponente de ese hombre alto y robusto, de oratoria contagiosa y enorme carisma, flanqueado además por otros dos personajes de personalidad arrolladora como el Che Guevara y Camilo Cienfuegos, hablando a la multitud desde el palacio presidencial y más tarde desde el cuartel Columbia, le brindaba al pueblo cubano, por fin, la posibilidad de pensar que habían llegado nuevos tiempos para el país, que desde ese día nos habíamos convertido en una república libre e independiente, soberana, fortalecida por la victoria en todas las batallas que habíamos librado durante tanto tiempo contra la tiranía y el totalitarismo.

El 7 de enero de 1959, comencé a trabajar oficialmente en el Ministerio del Trabajo junto a Manuel Fernández. En el ministerio, esos primeros días había buen ambiente pero demasiado trabajo. Los principales funcionarios designados por el Gobierno para los cargos de mayor importancia provenían de los movimientos revolucionarios que habían batallado en Cuba desde la época de su juventud. Nosotros, por supuesto, no éramos la excepción. Las jornadas laborales iniciales para todos los nuevos funcionarios del Gobierno fueron extenuantes, tanto que en varias ocasiones los de categoría más alta permanecíamos en las oficinas durante dos o tres días seguidos sin tener demasiado tiempo para el descanso.

En el ministerio el volumen de trabajo era gigantesco y las demandas del pueblo desmesuradas. El edificio del ministerio estaba ubicado en la calle Ejido, en pleno centro de La Habana. Frente al edificio había una plazoleta que cada día se llenaba de gente que acudía a hacer sus reclamos portando pancartas y coreando consignas patrióticas para conseguir su objetivo. Muchos buscaban reintegrarse a sus trabajos, de manera especial aquellos que habían sido parte de la industria azucarera, que en los últimos años había sufrido una recesión por los conflictos armados entre el Gobierno y los revolucionarios. Otros buscaban en cambio consolidar su poder en los sindicatos o mantener sus puestos de trabajo en instituciones del Estado o empresas privadas que durante el régimen de Batista fueron favorecidas con contratos públicos. Había, en general, mucho nerviosismo entre los cubanos que veían cómo, luego de muchos años de dictaduras y de Gobiernos afines a los norteamericanos, los movimientos revolucionarios populares ocupaban el poder por primera vez en la historia del país.

Mi trabajo se enfocó en la programación de reuniones con los sindicatos y la organización de conciliaciones con los gremios de trabajadores de distintas industrias. Después de haber entrado al ministerio, conseguí alquilar un pequeño apartamento en El Vedado, pero por el exceso de trabajo de los primeros meses no tenía tiempo de ir allá sino pasados dos o tres días, así que, en realidad, durante los meses iniciales, mi verdadero hogar fue la oficina.

A los pocos días de haber sido nombrado viceministro del Trabajo, decidí dejar el uniforme militar y empecé a vestirme de paisano. Yo no creía que merecía usar el uniforme porque no había estado en la Sierra Maestra junto a mis compañeros, y no había luchado con ellos en las batallas decisivas, así que un buen día me lo quité y nunca más lo volví a usar.

Este hecho contrastaba, por supuesto, con la postura y vestidura militar que asumieron Fidel y sus hombres más cercanos desde que ascendieron al poder. Debo confesar que este acto casi inconsciente, más que un gesto respetuoso hacia mis compañeros combatientes de la Sierra Maestra y el uso de aquel uniforme verde oliva que, con el tiempo, se convirtió en uno de los símbolos de la Revolución cubana, fue un momento de rebeldía que nació desde lo más profundo de mi alma pues, aunque había sido un revolucionario toda mi vida y había luchado desde muy joven por la independencia y soberanía de mi país, nunca me identifiqué con la disciplina castrense, pues la Revolución fue para mí un deber patriótico y un modo de vida que encajaba perfectamente con mis ideales. A partir del desembarco del Granma y durante los combates orquestados desde la Sierra Maestra, la militarización del ejército revolucionario tenía su razón de ser, ya que, visto desde lo puramente estratégico, cualquier intento por derrocar una dictadura como la de Batista sin un ejército armado habría sido infructuoso o, al menos, caótico.

Sin embargo, una vez derrocado Batista y constituido el nuevo Gobierno de la Revolución con Urrutia a la cabeza en la presidencia y con Fidel Castro y los barbudos al mando del ejército, ¿qué sentido tenía para alguien como yo, un demócrata convencido, conservar un «cargo» en un ejército que ya había cumplido con los objetivos para los que fue creado? ¿Acaso no habíamos logrado, por fin, la ansiada liberación de Cuba de las garras del totalitarismo y de la injerencia imperialista?

Eso creíamos todos o casi todos los cubanos en esos primeros días del año 59: la Revolución había triunfado y

Cuba empezaba una nueva era, la era de la libertad, de la independencia, de la soberanía… Para cumplir este objetivo común se organizó el nuevo Gobierno con Manuel Urrutia como jefe de Estado y con Fidel Castro como jefe del Ejército triunfador. El primero, al mando del Gobierno que debía encaminar al país por el sendero de la democracia junto a los partidos y movimientos políticos que habían estado en la oposición a Batista; el segundo, comandando un ejército fortalecido por la victoria y, sobre todo, preparado para la defensa de la nueva Cuba. Y allí estuvo precisamente la diferencia: mientras los primeros intentaron poner en orden la casa en los aspectos político-administrativos, Fidel fortalecía las bases militares, temiendo una invasión norteamericana o una revuelta interna que acabara más temprano que tarde con el sueño revolucionario.

De modo que muchos de los compañeros siguieron al pie del cañón luego de la victoria, pero otros, como los miembros del Movimiento 26 de Julio y yo mismo, emprendimos el nuevo camino del servicio público en democracia. Ni unos ni otros estaban del todo equivocados, pues las primeras conspiraciones tan temidas por Fidel no demorarían en confirmarse, y tampoco iba a pasar mucho tiempo para que yo y varios de los hombres que participaron de forma activa en el derrocamiento de Batista nos diéramos cuenta de que en Cuba no se había producido una verdadera revolución, pues la «revolución» entraña necesariamente un cambio, un giro radical tanto en las cuestiones de forma como en las de fondo.

Habían transcurrido ocho días desde la victoria cuando la caravana del triunfo llegó a La Habana, encabezada por Fidel que saludaba desde un *jeep* con el brazo en alto, empuñando el fusil, y, calada hasta la mitad de la frente, la gorra verde, esa con la que se le veía casi a diario desde aquel día. Una multitud de personas flanqueaba a los héroes: en primera fila estábamos los combatientes, algunos disminuidos por los avatares de la guerra, otros intactos, jubilosos, disfrutando de una victoria que había sido ganada a pulso; mientras tanto, entre la tropa y los curiosos se confundían otros que no habían empuñado un arma jamás en su vida, que no dispararon un tiro ni siquiera en una feria para impresionar a la novia, y también estaban otros que jamás habían comulgado con los ideales rebeldes que nos permitieron alcanzar el poder y derrocar al tirano Fulgencio Batista.

Sí, allí estábamos los combatientes y los opositores, y obviamente se mezclaron también politiqueros de ocasión y aprovechadores de turno, como siempre sucede en estos casos, y por ahí se vio a uno que otro miembro del Partido Comunista, que poco antes habían sido identificados entre las huestes de Batista. Pero también allí estaba la otra gente: el campesino, el negro, el pescador, los industriales, los pobres y los ricos, el pueblo que se une en estas circunstancias particulares del triunfo, al menos durante el tiempo que durarían los festejos...

Por supuesto, los que no fueron parte de la jarana y el alborozo eran los más cercanos al dictador caído, los que huyeron con él durante las primeras horas del nuevo año sacándole al país los últimos fajos de dinero que había en la reserva, los que salieron de Cuba apurados y temblorosos durante los días siguientes aprovechándose de la larga resaca que había inundado al pueblo.

Una de aquellas mañanas en las que el sol caribeño nos azotaba a los habaneros sin tregua, me encontraba en mi despacho, delante del escritorio inundado de papeles y, a mis espaldas, a través del cristal de la ventana que daba a la calle y a la plazoleta, se escuchaban los gritos de la gente que se amontonaba frente al ministerio lanzando consignas, mostrando carteles, haciendo peticiones y armando alboroto para llamar la atención de los funcionarios que nos habíamos posesionado en nuestros cargos pocas horas antes.

La oficina que me asignaron tenía doce metros cuadrados. Cabían allí, perfectamente, el escritorio y su sillón, dos sillas para los visitantes, una pequeña mesa redonda para reuniones privadas con cuatro sillas adicionales y dos repisas repletas de folios y documentos de archivo del ministerio. Los papeles más importantes estaban justamente en esas repisas, resguardados por cristales corredizos sellados bajo una chapa de seguridad. Era un lugar cómodo y fresco en horas de la mañana, aunque la humedad apretaba casi todo el día, pero en la tarde, con el sol pegando de frente instalado sobre la línea del horizonte marino, daba para sudar la gota gorda.

A pesar del calor, intentaba concentrarme en el trabajo despachando solicitudes de audiencias, programando reuniones con los sindicatos, examinando peticiones para cambios de juntas directivas y, de vez en cuando, lanzando una mirada preocupada hacia aquella torre de documentos que, en lugar de reducirse, parecía que iba creciendo sin remedio cada instante. Los primeros días del Gobierno revolucionario fueron agobiantes, la cantidad de trabajo era inmensa y, para colmo, aquella multitud que se apostaba en la calle no dejaba nunca de protestar y gritar durante la jornada laboral. La gente pensaba que nosotros llevábamos años en el poder, que todo se podía resolver de la noche a la mañana, que todos merecían un cargo público, una recomendación para una empresa privada, una silla a perpetuidad en algún sindicato.

Así, atareado, me sorprendió la mitad de la mañana, un cuarto del día laboral, atrapado entre el papelerío y escuchando a lo lejos las consignas del pueblo. También es cierto que ese día todo estaba más alborotado que los anteriores porque se anunciaba, en horas de la tarde, finalmente, la llegada de Fidel Castro a La Habana. La caravana, que había recorrido buena parte de la isla tras el triunfo, llegaba a su fin. Antes del mediodía, Manuel Fernández se presentó en mi oficina acompañado de una bella jovencita, menuda pero de aspecto altivo. Apenas los vi entrar al despacho tuve la sensación de que ya conocía a esa mujer. Manolo nos presentó formalmente: «César, te presento a Elena, que viene del Trust Company de Cuba. Va a colaborar con nosotros durante un tiempo en la reorganización del ministerio». Fue entonces cuando la recordé. Nos habíamos visto tal vez en 1952 o 1953, justamente en las oficinas del Trust Company, el banco extranjero más importante que había en Cuba. Elena y su hermana Alicia —que eran además sindicalistas bancarias, hijas del médico obstetra Octavio Adán, muy famoso en Cuba, dueño de una finca azucarera y que contaba con una excelente posición social y económica— siempre se identificaron con las ideas liberales de grupos como el Movimiento 26 de Julio, Joven Cuba y el Partido Ortodoxo, y en los albores de la reacción opositora contra el régimen golpista de Fulgencio Batista en 1952, se dedicaron a organizar eventos para recaudar fondos a favor de los grupos opuestos a Batista.

Estreché con delicadeza la mano de la joven que me pareció de una fragilidad asombrosa. Sin embargo, no había rastros de esa fragilidad en el espíritu de esa mujer que, en apenas unos instantes, me deslumbró con su dicción perfecta, sus gestos elegantes y su charla amena. Era una mujer simpática y hermosa, una pequeña muñeca de porcelana de labios finos y unos ojos verdes cautivadores, pero además era muy inteligente. No pasó mucho tiempo para darnos cuenta de que ambos habíamos caído flechados. Pronto nos empezamos a conocer más a fondo, a mantener conversaciones largas, a dar paseos durante la madrugada, después del trabajo, tomados de la mano a lo largo del malecón o entre las callejuelas de la ciudad vieja. En pocos meses formalizamos nuestro noviazgo con la petición que correspondía a un caballero de la época y la respuesta, que nunca era inmediata, pues solía tardar dos o tres días angustiosos, del sí confirmatorio de nuestra relación.

Cuando Elena me dio el sí, sentí que había incurrido, quizás por primera vez, en un acto de individualismo y vanidad al enamorarme de esa mujer y dedicarle a ella el tiempo que debía entregar con pasión a la causa de mi país.

Además de su simpatía y su dulzura, mi mujer tenía muy arraigadas sus ideas revolucionarias, pese a que ella y su familia eran gente de profundas convicciones religiosas... Es importante que se sepa que la gente más pudiente que no estaba contaminada por la dictadura apoyó a la Revolución. Eso sucedió con la familia de Elena, que siempre aportó dinero y ayuda incondicional a los rebeldes, ya fuera ocultando a los opositores o financiando sus actividades.

La cercanía del trabajo diario y esa afinidad que encontramos por la causa revolucionaria nos unieron de forma inevitable. El noviazgo apenas duró unos meses y pronto nos casamos. En marzo del año siguiente, cuando ya toda mi vida y las de otros expedicionarios y colaboradores del nuevo Gobierno se estaban complicando por manifestar abiertamente nuestra ideas contrarias al rumbo que tomaba la Revolución, nació mi primer hijo, César, que no iba a llegar exactamente con un pan bajo el brazo, sino con los episodios más sombríos que me tocaría vivir por las amenazas y el acoso que iba a sufrir de parte de los que habían sido mis compañeros de expedición y lucha, mis amigos...

Mi amor por Elena fue tan grande que en el momento en que tuve que tomar la decisión más importante de mi vida, no dudé en jugármelo todo por ella.

Pero para llegar al momento al que me refiero todavía quedaban algunos meses de «buenas relaciones» entre los revolucionarios, o al menos entre una parte de nosotros. Sin embargo, esa decisión trascendental en mi vida iba a llegar más pronto de lo que yo imaginaba aquel día en que Fidel estaba arribando a La Habana convertido en el gran líder de la Revolución, y en el día que yo me había quedado deslumbrado por esa mujer que Manolo me acababa de presentar en medio del calor insoportable de mi nuevo despacho.

La Habana, 1959

La llegada del nuevo Gobierno llenó el aire de la isla con un optimismo generalizado que nos tocó a todos, así fuera brevemente. Pero más allá de la algarabía de la victoria y la renovada óptica de un futuro distinto para los cubanos, ¿en realidad habíamos logrado la tan ansiada independencia? Y, por otro lado, si la independencia era en efecto un hito conseguido con nuestra revolución, ¿Cuba por fin había conseguido ser un país libre y soberano?

La popularidad de Fidel y su ejército creció exponencialmente cada día desde aquel histórico 1 de enero de 1959. El pueblo cubano veía en este hombre corpulento, de verbo fácil, a su verdadero libertador.

En el ámbito político interno del país, los primeros días del año mostraban un Gobierno formado por hombres que habían participado en la lucha política desde distintas barricadas: los Auténticos, algo desacreditados por los fracasos de Prío; los Ortodoxos, cada vez más escindidos en células que buscaban atesorar pequeñas porciones de poder; los miembros del Movimiento 26 de Julio, más cercanos a Fidel y con verdadera influencia en el nuevo Estado, y, por supuesto, nosotros, los expedicionarios del Granma y los combatientes de la Sierra Maestra.

Pero esta masa política sin forma que confluía coyunturalmente en el nuevo Gobierno corría el riesgo de quebrarse en cualquier momento. Los primeros días del nuevo régimen mostraban el desorden que imperaba en un grupo que había logrado de forma conjunta la victoria, pero que a la hora de gobernar se encontraría con la barrera de sus enormes diferencias conceptuales e ideológicas, y también, por supuesto, de sus intereses particulares. Por una parte, por ejemplo, en nuestro bando, entre los combatientes de la Sierra y los expedicionarios del Granma, la fragmentación apareció cuando se trató la radicalización, en mayor o menor grado, de la Revolución. Para ese momento debemos recordar que la idea del comunismo no se le había pasado por la cabeza a nadie de nosotros, ni siquiera a los más fanáticos como Raúl Castro o el Che Guevara. De hecho, el Che Guevara, en 1964, en una entrevista en la que se le consultó si en la Sierra Maestra ya se había previsto que el rumbo de la Revolución sería el comunismo, el guerrillero dijo que lo sentía intuitivamente, y que a pesar de que no era previsible la formulación marxista-leninista, tenían la idea más o menos vaga de resolver los problemas que afectaban claramente a los campesinos y a los obreros.

Y, sobre las opiniones de Fidel Castro en el año de 1959, el Che dijo también, años después (en el mismo 1964), que él sabía que Fidel no era comunista, pero creía íntimamente que acabaría siéndolo.

Raúl Castro, el otro radical de la cúpula, había sido miembro del Partido Comunista de Cuba, pero dada la mala relación de este grupo con su hermano Fidel y con los movimientos opositores a Batista, incluso por la colaboración estrecha de miembros de este partido con la dictadura, Raúl se había mantenido al margen, aunque en el fondo conservara siempre los ideales comunistas de forma más bien idealista que práctica.

Y, para cerrar la trilogía de hombres que tenían influencia sobre Fidel Castro, estaba Camilo Cienfuegos, un personaje que había cobrado relevancia en el último año de combates con sus actuaciones valerosas en las batallas de Las Villas. Yo sentía personalmente una enorme estima por Cienfuegos, que era un hombre de arraigados ideales libertarios, antiimperialista y anticomunista.

Así que en enero de 1959, en el proceso de formación del nuevo Gobierno y en el trazado ideológico de sus postulados, resultaba claro que no estaba en primera línea, ni en segunda ni en tercera, el comunismo como un sistema posible en la nueva república. Por el contrario, en la primera etapa de formación del Gobierno revolucionario no se contó para nada con los miembros del Partido Comunista de Cuba, pero también es cierto que tanto la coyuntura internacional, marcada por el rompimiento de las relaciones con Estados Unidos en 1961, como las enormes necesidades económicas del país y la inminente conmoción interna con la que amenazaban los influyentes miembros del comunismo cubano a Fidel, lo llevaron más tarde a formar una alianza que pudiera neutralizar a los últimos y contentar al régimen soviético de cara a la Guerra Fría que ya había empezado. Así, algo más de dos años después del triunfo revolucionario, Fidel iba a girar de forma brusca hacia los postulados marxistas-leninistas para embarcarse en la primera aventura comunista de América Latina de la mano de la Unión Soviética.

Pero volvamos por un momento a los primeros días de 1959, allá cuando todavía nadie soñaba siquiera con la posibilidad de establecer un régimen de factura marxista-leninista en la región, ni siquiera el Che Guevara en sus más elevados delirios. Habían pasado apenas cuatro semanas cuando se produjo el primer gran conflicto ideológico del nuevo Gobierno revolucionario. Los protagonistas de esta discusión fueron Manolo Fernández y el Che Guevara. Su antecedente fue nada más y nada menos que la reforma agraria, uno de los ejes fundamentales del plan de Gobierno. Es importante señalar en este punto algo en lo que Fidel Castro y los demás habíamos coincidido siempre: que la reforma agraria era indispensable para la nueva Cuba. Sin embargo, cuando llegó el momento de profundizar en esa reforma esencial que nacía de las enormes necesidades y la situación de extrema pobreza de los campesinos cubanos comenzaron los problemas. En la línea que consideraba hacer una reforma agraria moderada estábamos los miembros del Partido Ortodoxo y los revolucionarios liberales como Manolo Fernández y yo.

En el otro lado, el Che abanderaba la posición de realizar una reforma radical. Fidel en un inicio se mostró neutral, pues sabía perfectamente que un cambio de fondo en la política cubana sobre tenencia de tierras podía llevar consigo problemas serios con las grandes empresas extranjeras que eran propietarias de miles de hectáreas cultivadas —en especial en la zona de la caña de azúcar— y también de los principales ingenios azucareros de la isla, en aquel momento, la fuente de los mayores ingresos de Cuba. Sin embargo, el propio Fidel Castro, al referirse a las empresas extranjeras que poseían enormes latifundios en la isla y a la necesidad urgente de la reforma agraria, comentaba que había latifundios de doscientas mil hectáreas que eran de propiedad extranjera. Y confirmaba además que varias empresas norteamericanas poseían grandes centrales azucareras e inmensas extensiones de tierra, y que en la Revolución no había otra alternativa que nacionalizarlas tarde o temprano.

En efecto, la ley vigente de aquel tiempo imponía un límite a la propiedad de las tierras productivas de hasta mil trescientas hectáreas, pero esa norma no se había cumplido nunca y la realidad es que muchas empresas extranjeras, entre ellas varias norteamericanas, poseían muchas más de las que podían tener. A este problema real se le sumaba además la expectativa creada entre los campesinos cubanos, que habían sido muy importantes para el triunfo de la Revolución y esperaban también un reparto equitativo de tierras, o al menos recibir los títulos de propiedad de las pequeñas parcelas que habían venido explotando desde principios del siglo xx en condiciones precarias y sin que se hubiera legitimado su dominio sobre estas. Alrededor de este asunto giró entonces el primer punto de quiebre entre nosotros. Por una parte, el Che Guevara defendió con tenacidad la idea de la radicalización de la reforma agraria, sin importar que una buena parte de las tierras estuvieran en manos de empresas extranjeras que explotaban grandes extensiones de azúcar y contaban además con las mayores industrias azucareras.

Por otro lado, Manuel Fernández, si bien estaba de acuerdo con la entrega de las tierras y la legalización de estas a los campesinos cubanos, creía que la reforma debía respetar a las empresas extranjeras para evitar el colapso de la industria y un conflicto innecesario con países como Estados Unidos. Pero, en realidad, la idea del Che Guevara iba mucho más allá de lo que él mismo había planteado en esas discusiones iniciales. Manolo y yo, siguiendo la línea trazada por el Partido Ortodoxo, pensábamos que la reforma agraria era imprescindible, y para esto creíamos que se debían entregar tierras a los campesinos que las requerían o, en el caso de los que venían explotándolas de forma irregular, legalizarlas en su favor. Sin embargo, el Che no tenía intención de darles tierras a los campesinos, pues él pensaba que todas las tierras debían ser del Estado. Él proponía establecer un sistema de ayudas para los campesinos, pero siempre las tierras y su producción debían ser estatales… Las diferencias conceptuales quedaron marcadas entonces de forma clara: nosotros pensábamos acabar con los latifundios improductivos y fortalecer el cooperativismo agrícola, que esa gente pudiera explotar la tierra con una dirección, con técnica y con recursos, algo con lo que Fidel estaba de acuerdo, pues así lo había manifestado varias veces en sus discursos y en especial en aquel que lo hizo tan famoso, cuando realizó su defensa en el juicio por el asalto al Moncada. El Che, en cambio, propuso desde el principio la nacionalización de las tierras y de la agricultura.

La reunión más importante que se llevó cabo para tratar este tema fundamental que preocupaba al nuevo Gobierno, en la que se produjo la discusión de fondo que rompería de cierto modo las relaciones entre el Che y Manuel, se efectuó en Camagüey, en donde estuvieron presentes el ministro de Agricultura, ellos dos y Fidel. En esa reunión no estuve presente, pero su resultado de la misma marcaría de forma ineludible mi destino personal. Lo que allí se produjo no fue, en el fondo, una discusión sobre si la reforma agraria debía realizarse de modo más o menos radical, sino que se trató, sin que nadie lo intuyera en un inicio, de sentar las posiciones ideológicas de cada uno de los miembros más cercanos a Fidel Castro. Y tras la discusión sobre la reforma agraria, lo que sucedió en realidad es que se destaparon las diferencias conceptuales que existían entre nosotros. Esta fisura que se produjo durante las primeras semanas de Gobierno muy pronto se haría insalvable, pues mientras nosotros propugnábamos un verdadero cambio para Cuba luego de tantos años de dictaduras entreguistas y criminales, ellos, alentados por la popularidad y el cariño del pueblo que se había volcado con nosotros de forma abrumadora en esas primeras semanas, ya estaban pensando íntimamente en un sistema de Gobierno tanto o más radical que el de Batista.

Ya sabemos quién fue al final el gran ganador de esta disputa ideológica, y aunque en aquel momento Fidel Castro no tomó todavía, de forma abierta, partido por ninguna de las dos posiciones planteadas, al parecer él ya tenía claro en su fuero interno qué era lo que se debía hacer.

Quito, 2016

Mientras escribo esta historia en mi pequeño apartamento en Quito y repaso las grabaciones que le hice a César Gómez, con cada palabra suya que se evapora en el aire, con cada recuerdo que emerge de su memoria aparece en la mía la imagen de mi padre empuñando un revólver, apuntando a la cabeza a uno de esos rebeldes que, con ojos desorbitados, espera el fogonazo fatal; la imagen de un hombre cruel que ríe estrepitosamente mientras se quiebran los huesos de su víctima; de un hombre frío, sanguinario, perverso, capaz de someter a las torturas más infames a esos jóvenes que odia con toda su alma. Y también confluyen en mi imaginación las escenas superpuestas de esos días en que triunfó la Revolución, cuando tenía once años y en las calles me contagié del fervor popular por ver entrar a los revolucionarios en La Habana, algo que en realidad no sucedió nunca porque unas noches antes, no sé exactamente cuántas, mamá y yo huimos a Guanajay a refugiarnos donde una prima de ella que nos acogió mientras pasaban los días de jolgorio y algarabía. Y allí están confundidos también los últimos instantes que estuve con mi padre, un hombre devastado, ojeroso, pero que aún era capaz de mostrarme su cariño. La última visión que tengo de él es aquella gélida despedida de mamá, aquel beso fugaz en la mejilla, y ese instante final en el que se volteó, antes de cruzar el umbral de la puerta, y me dirigió aquella mirada cargada de tristeza.

Cuando César Gómez se refiere a los festejos que inundaron a Cuba aquellos primeros días del año de 1959, no puedo dejar de pensar qué hacían o dónde se encontra-

179

ban en aquellos momentos los miembros más bravos del ejército batistiano, los criminales confesos, los ejecutores de miles de hombres y mujeres que habían caído en las calles y en las prisiones, en los campos de batalla. Dónde se ocultaban los temibles miembros de la seguridad del dictador, convertidos en esos momentos en hombres temerosos e inofensivos. ¿Dónde se encontraba mi padre? Sólo recuerdo que, después de esa noche en que se despidió de mamá y de mí, no volvimos a saber nada de él. Tampoco volví a ver nunca más en mi vida a mi familia paterna. Mientras mi madre y yo nos ocultamos en una casa y en una ciudad que me resultaban absolutamente extrañas, mi padre quizás se escondía en la casa de algún familiar, o tal vez intentaba huir por tierra camuflado en traje de paisano, o quizás ya había sido apresado en alguna de las emboscadas que se produjeron a diario en las principales ciudades de la isla. Lo único que sé con certeza es que no estuvo en ninguno de los desfiles, ni en las fiestas de barrio que celebraban al nuevo Gobierno, ni tampoco estuvo esos días entre las pilas de muertos que aparecían durante la madrugada en un callejón o apelotonados en un parque, a la intemperie, pudriéndose, supurando todo tipo de humores por los orificios de las balas que habían perforado sus cuerpos… Allí no estaba aún mi padre, entre los cuerpos de los que eran ejecutados los primeros días tras haber sido señalados, acusados, denunciados, quizás también, en algunos casos, por haber sido confundidos con otros, y yacían bien muertos delante de sus propias casas, en plazas públicas, exhibidos como los trofeos de una guerra que apenas había empezado… No, él todavía no estaba allí, descomponiéndose bajo el calor abrasador de la isla, porque para eso le faltaba algún tiempo, unos años de torturas y sufrimiento antes de caer abatido a manos de la «justicia» revolucionaria…

En esta ciudad, calurosa al mediodía y gris y lluviosa por las tardes, dejo de lado por un momento los recuerdos

180

sobre mi padre y escucho una vez más la grabación de audio de la conversación que mantuve con César Gómez sobre la época en que se produjo el rompimiento ideológico de los revolucionarios, que terminaría poco tiempo después con el exilio de varios de ellos, con la prisión de otros, y con la misteriosa desaparición de uno de los más admirados barbudos, Camilo Cienfuegos.

Cuba, 1959-1960

Después de aquella primera disputa que tuvo Manolo Fernández con el Che Guevara se resolvió que la reforma agraria iba para adelante con el apoyo de todos. Ese día no se tomaron más decisiones sobre el fondo de lo que sería la reforma sino sobre la forma. De hecho, en el ministerio empezamos de inmediato una campaña para pedir apoyo al pueblo cubano para llevar a cabo esta reforma. Es necesario recordar que en ese momento Cuba se encontraba en una grave crisis fiscal. No había dinero para nada porque todo se lo habían llevado los batistianos. Esto nos obligó a pedir ayuda al pueblo. La campaña consistía en recaudar cualquier cosa que la gente quisiera entregarnos como colaboración.

El pueblo reaccionó de maravilla. En aquel momento había un sentido nacionalista elevado. La gente se volcó a darnos lo que tenía. Era realmente conmovedor ver cómo se acercaba todo el pueblo a entregarnos joyas, dinero, muebles, todo lo que se pueda imaginar... Y nosotros también dimos ejemplo, por supuesto. Yo recuerdo que en la época que estuve en prisión escribí un cuadernillo de versos que se llamaba *Espigas de acero* y logré vender a veinticinco centavos cada cuadernillo para contribuir con eso a la reforma agraria. La verdadera reforma agraria empezó con el apoyo de todo el pueblo cubano. Obviamente, algunas personas estaban en contra, las empresas gringas, entre otras, que veían con preocupación que sus tierras podrían ser entregadas a los campesinos. Ellos en el fondo sabían que durante más de sesenta años habían hecho lo que les dio la gana en Cuba, en especial en materia agraria, que, por ejemplo, tenían muchas más tierras de lo que la Constitución permitía, y que eso era tolerable en un régimen como el de Batista, que era su títere, pero en un nuevo Gobierno, que había nacido del pueblo, las cosas iban a cambiar por la necesidad impostergable de esos campesinos que habían sufrido durante décadas la explotación de las grandes empresas con salarios miserables, y porque el gran objetivo del movimiento revolucionario estaba dirigido a eso, a la transformación del agro con la creación de cooperativas.

Se hablaba también en el movimiento revolucionario de la diversificación de los cultivos como otro de los ejes económicos fundamentales del Gobierno. Esto resultaba indispensable para consolidar nuestra intención de lograr una verdadera independencia del país. Desde los inicios de la lucha armada, apenas entrado el siglo xx, se había dicho que para ser independientes políticamente teníamos que ser independientes económicamente, que para ser independientes de verdad debíamos ante todo lograr la diversificación del cultivo, la tecnificación del agro, acabar con el monocultivo; esa era la lucha básica del movimiento revolucionario desde sus inicios. Era fundamental terminar con el monocultivo para acabar con el monomercado, con esa dependencia perversa que teníamos del azúcar y de las grandes empresas extranjeras.

Al menos al inicio la reforma agraria fue una realidad, a pesar de que no era la reforma que nosotros esperábamos. Durante el primer año de la Revolución, y un poco más allá, hubo un apoyo total para cambiar a Cuba, centrándose específicamente en el pueblo cubano, que se veía por primera vez con un Gobierno que no respondía a los intereses de Gobiernos extranjeros. También es cierto que al que no apoyó el cambio desde el inicio se le veía como un traidor. El problema desde el triunfo de la Revolución fue que la sociedad se polarizó por completo. De pronto, en marzo de 1959, ya estaba claro que estabas a favor o estabas en contra de la Revolución. No había grises, sólo era posible el blanco o el negro. Ahí precisamente radicó el problema, en que aquellos que teníamos pensamientos revolucionarios y que habíamos luchado por la revolución éramos marginados por tener ideas diferentes a la orientación que Fidel le quería dar al movimiento. Ese caudillismo contra el que tanto habíamos luchado se consolidó de pronto en otras manos.

El verdadero rompimiento entre los miembros del Gobierno revolucionario se produjo con claridad a finales de 1959, cuando aquellos miembros que se atrevían a opinar o a desafiar a Fidel se quedaban fuera del Gobierno. Y, por el contrario, esas personas que coincidían con Fidel eran promovidas hacia las estructuras superiores sin importar de dónde venían o qué ideología habían tenido. A inicios de 1960, Fidel repitió varias veces en distintos foros que él tenía que buscar apoyo en otra gente fuera del movimiento revolucionario porque dentro de su grupo había muchos que discutían o se oponían a sus ideas.

En mi caso el rompimiento empezó con aquella discusión de fondo sobre la reforma agraria, luego vino el tema de las expropiaciones con las que tampoco estuvimos de acuerdo algunos de los miembros del Gobierno, y por último se nos acusó de romper la unidad. Acerca de las expropiaciones la idea original que tuvimos era, por un lado, conseguir aglutinar al campesinado en cooperativas productivas y lograr de este modo romper el monocultivo que había sido tan perjudicial para convertirnos en productores agrícolas a gran escala. La segunda parte era, obviamente, hacer una reforma urbana que le diera a la gente la posibilidad de tener una vivienda propia o, al menos, alquilar una casa en mejores condiciones que las que hasta ese momento se tenían en Cuba. También este intento de reforma nos trajo problemas porque se radicalizaron las ideas, y después de aquel inicio del Gobierno en que se rebajaron los cánones de arriendo en un cincuenta por ciento, algo que ya era cuestionable, terminamos expropiando todos los edificios y los bienes raíces a gente que había adquirido esas propiedades de forma legítima, que había pagado sus impuestos de manera regular y que, además, en muchos casos, había apoyado a la Revolución. Esto, por supuesto, era ilegal e injusto. Esta era la opinión del grupo en el que estábamos Manolo Fernández y yo, junto a varios miembros del Partido Ortodoxo y otros que habían sido parte de Joven Cuba y de los Auténticos. En ese momento, estamos hablando aproximadamente de finales del año 1959, inicios de 1960, eso constituía un verdadero despojo a la gente que había adquirido aquellos bienes. Ese fue el principio del fin para los que no estábamos de acuerdo con esas medidas radicales, y en consecuencia también fue el principio del fin de la propiedad privada en Cuba. Pero además fue una medida que creó mucha resistencia en el pueblo; esa resistencia que no se sintió mayormente en la reforma agraria sí se sintió con fuerza en la reforma urbana.

Por otra parte, la situación de vivienda en Cuba en aquel momento era alarmante. En ese estado de hacinamiento y marginalidad en que se vivía, era uno de los mayores problemas con que nos encontramos. Se propuso entonces fijar cánones más justos, más adecuados a la economía, pero no imponiendo de la noche a la mañana una rebaja tan considerable que dejara a los propietarios de edificios o casas de habitación sin poder mantenerlos. Y en el caso de los más pobres que necesitaban casa teníamos un plan original de construcción de vivienda popular para eliminar el hacinamiento, que en las ciudades era tremendo. Obviamente nos habíamos encontrado con un país quebrado, saqueado, y el dinero era imprescindible para esas reformas, y ahí fue cuando nos vimos arrastrados por la falta de recursos y predominó el discurso populista de Fidel por encima de una estructura estatal responsable y un verdadero programa de Gobierno... En ese sentido, Fidel Castro se dejó ganar por la popularidad, y empezaron aquellos discursos fogosos que lanzaba diciéndole a la gente que ya no iba a pagar arriendo, que les iba a quitar las casas a los más ricos para entregárselas a esos que lo aclamaban.

Para entonces, en lo que se refería a Manolo Fernández y a mí la cosa no iba bien. Luego de cada reunión a la que era invitado, Manolo llegaba al ministerio, entraba a mi oficina y me decía: «César, esto es un desastre, se hace todo lo que él diga, en la forma que él lo disponga». Manolo era un hombre muy estructurado y sensible con el sentimiento del pueblo. Desde que empezamos, la labor principal en el ministerio fue la de formar nuevos líderes en los sindicatos y organizaciones gremiales. La idea era romper la hegemonía que tenía el Partido Comunista en esos gremios. Hicimos un buen trabajo entre los sindicatos de trabajadores de los muelles, tabacaleros, transportistas… En el fondo, algunos seguíamos siendo idealistas y pensábamos que si esos trabajadores se independizaban del Partido Comunista y pasaban a formar filas en el movimiento obrero, el país se fortalecería, pero la realidad era otra. Fidel y los suyos buscaban que el movimiento obrero pasara a ser dependiente del Gobierno y allí, por supuesto, ya no estuvimos de acuerdo.

Nosotros no estábamos dispuestos a seguir los lineamientos radicales de un Gobierno que cada día se parecía más al de Batista o al de Machado; eso no íbamos a aceptarlo jamás. Queríamos que el movimiento, el Gobierno, estuviera en manos de un líder y no de un caudillo.

Al final Fidel acabó pactando con el Partido Comunista y los sindicatos siguieron en sus manos. Al principio sí se logró el objetivo, porque en 1959 las directivas de los principales sindicatos se cambiaron con gente que nos apoyaba, pero más tarde, en 1960, ya Fidel había sucumbido también a los comunistas que lo alababan y lo jaleaban en público y, sobre todo, que no lo contradecían en nada. Esta maniobra de Fidel para sumar a sus filas a los comunistas fue, en parte, el detonante para mi salida del ministerio. En todo caso, el día que se rompió todo vínculo con nosotros fue precisamente cuando el Gobierno cambió su posición frente al movimiento obrero, cuando los comunistas, que habían sido parte de la última dictadura, y de algunas anteriores también, se salieron con la suya y se enquistaron en el Gobierno. En ese momento, sin más, renuncié. Le dirigí a Fidel una carta muy sentida en la que le expresé las razones por las que me separaba, algo muy general, sin entrar en polémica, y concluí diciéndole que le agradecía por haberme permitido ser parte del movimiento revolucionario y de ese Gobierno. Fidel nunca respondió a mi carta de forma directa, sólo me envió una respuesta firmada por el nuevo ministro de Trabajo en la que me aceptaba la renuncia. Aún conservo la carta aquella, debo tenerla por acá…

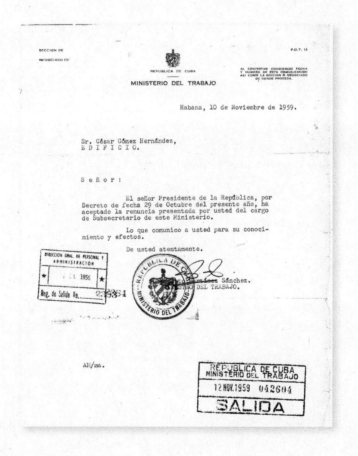

En ese momento no podía comprender el impacto que tendrían en mi vida esas palabras cargadas de frialdad, suscritas, bajo órdenes de Fidel, por otro de los compañeros de combate que acababa de ser nombrado ministro en reemplazo de Manuel Fernández y que, más tarde, en 1964, tras haber mantenido una conversación telefónica con Fidel, se pegó un tiro en el pecho, con tan mala suerte que quedó vivo y fue separado para siempre del ministerio y de cualquier cargo público.

Estados Unidos, 1959

Mientras la Guerra Fría calentaba el planeta, Cuba, que durante más de sesenta años había sido acogido de forma paternalista y utilitaria por Estados Unidos, conseguía de la mano de un grupo de rebeldes la tan ansiada revolución. A pesar de que el término «revolución» ya se había usado en el pasado, en la práctica para los cubanos venía a ser una palabreja sin mayor sentido de tan manoseada y utópica que resultaba. En 1959 la gran mayoría de la población cubana no lograba comprender aún el alcance real de lo que había sucedido en la revolución de los barbudos. Ni siquiera el presidente Urrutia, ese juez de tinte moralista que desde enero de 1959 se puso al mando del país, tenía muy clara la dimensión de lo que se consiguió al derrocar a Batista.

Siendo Cuba un país optimista por naturaleza, los primeros días del nuevo Gobierno, ya libres del tirano que la había gobernado en su último período entre 1952 y finales de 1958, la mayoría del pueblo pensaba que el rumbo del país seguiría más o menos por la misma senda de las últimas décadas, es decir, por el camino político ya conocido en el que el verdadero poder radicaba en el embajador estadounidense de turno y el gobernante pasaba a segundo plano al convertirse en una marioneta política de Estados Unidos. En el plano económico y social sucedía más o menos lo mismo: dependencia del azúcar, en especial de la cuota de Estados Unidos; dominio comercial de las empresas agroindustriales norteamericanas, y el verdadero cambio para el pueblo resultaba ser puro maquillaje, apenas una fachada cubierta con lo poco que sobraba de ingresos fiscales después de pagar los gastos del Estado y el costo desmesurado de la corrupción.

Sin embargo, el que sí tuvo un horizonte claro desde el inicio fue Fidel, y no tanto en el aspecto ideológico, pues durante los dos primeros años reinaron en el Gobierno el nacionalismo y el ansia de justicia social que habían abanderado todos los miembros de la rebelión independientemente de sus diversas filiaciones políticas, pero sin haber definido nunca la vía del comunismo como el sendero a seguir. En el campo estratégico, en cambio, en el que Fidel demostró ser un excelente ejecutor desde que la Revolución se hizo cargo del Gobierno, la línea de conducta parecía haber estado trazada de antemano. De este modo, a pesar de que en palacio estaba Manuel Urrutia como presidente, y de que se había formado un gabinete ministerial con la más heterogénea composición, quien tenía el poder y lo ejercía de forma paralela desde su cargo de comandante en jefe del Ejército fue, desde el principio, Fidel Castro. Y mientras Urrutia y los ministros de la vieja guardia (Auténticos, Ortodoxos, Priístas, básicamente) dedicaban sus primeras horas laborables a la reforma moral del país y al disfrute de sus cargos con actos solemnes, fotografías y cocteles, los más jóvenes, casi todos miembros del ejército rebelde, fidelistas y expedicionarios del Granma, delineábamos el futuro de Cuba en las carteras más sensibles para la sociedad: Trabajo con Manuel Fernández; Educación con Armando Hart; Obras Públicas con Manuel Ray; Faustino Pérez que estuvo a cargo de las propiedades incautadas a Batista y su gente; Augusto Martínez, Defensa; Humberto Sorí, Agricultura, y Enrique Oltuski, Comunicaciones. Así, desde el hotel Habana Hilton, centro de operaciones de Fidel al principio, o desde Camagüey o Cojímar, cuando las necesidades lo demandaban, este grupo comenzaba a gobernar realmente el país mientras el otro disfrutaba del éxito durante un tiempo que resultaría demasiado corto.

Fue en esos días del naciente Gobierno cuando Fidel intuyó claramente lo que podía suceder en el futuro si no tomaba las riendas del país con firmeza y las tensaba para ejecutar sus planes políticos con el menor riesgo posible. La experiencia de tantos años de un falso republicanismo en Cuba le proporcionaría a Fidel la mejor de las enseñanzas: sólo con unidad se conseguiría gobernar el país. De esta forma, casi de inmediato, empezó la purga de los colaboradores y allegados a la dictadura de Batista, aquellos que no estaban dispuestos a avenirse con el nuevo régimen revolucionario. Poco después se lanzaron las primeras advertencias sobre la necesidad de formar un país unido férreamente por un objetivo común con el lema «O eres amigo de la Revolución o eres su enemigo».

Aunque en un inicio las decisiones gubernamentales no tocaron abiertamente a las empresas estadounidenses que tenían presencia en Cuba, el discurso beligerante de Fidel hacia los intereses del imperialismo en la isla puso a los gringos en alerta máxima. Las anunciadas reformas agrarias y los cambios sociales, inevitables en el estado crítico de la economía cubana, marcaron las tensiones iniciales entre los dos países. Durante los primeros días de enero de 1959, Eisenhower se había mostrado todavía algo paternalista y solidario con Cuba dados los intereses estratégicos y económicos que allí seguían manteniendo su Gobierno y las empresas norteamericanas, pero pocas semanas después cayeron las primeras amenazas de Fidel de nacionalizar las compañías extranjeras y expropiar las tierras en la isla. Además, 1959, el año del triunfo revolucionario, estuvo marcado desde el inicio por la purga sangrienta que organizó Fidel contra los antiguos funcionarios de las fuerzas de seguridad batistianas. Se armaron los famosos tribunales populares que juzgaban a los miembros de la dictadura de forma sumaria para luego ejecutarlos públicamente.

Antes de finalizar enero de ese año se decía que ya habían fusilado a más de doscientos hombres acusados de crímenes de guerra y tortura. Estos insólitos «consejos de guerra» cubanos también atrajeron la protesta inmediata del Gobierno estadounidense. Se produjeron entonces los primeros roces diplomáticos cuando Fidel, Raúl y otros miembros de la alta cúpula rebelde acusaron al Gobierno de Estados Unidos de haber encubierto las atrocidades de Batista e incluso de haber colaborado con él vendiéndole armas para luego protestar por la ejecución de los asesinos del régimen al que habían apoyado, y no les faltaba razón al respecto, pero claro, lo uno no justificaba lo otro. En todo caso, las alusiones directas de los cubanos revolucionarios contra Estados Unidos se sucedieron desde entonces casi a diario. Fidel se mantuvo firme al asegurar que este nuevo Gobierno jamás recibiría órdenes de ningún Estado extranjero. A pesar de que el 7 de enero Estados Unidos ya había reconocido oficialmente al nuevo Gobierno de la isla, desde el primer momento al presidente norteamericano no le habrían quedado dudas de que ese joven rebelde que había liderado la Revolución cubana le iba a traer muchos dolores de cabeza.

Como resultado de esas suspicacias y los temores que germinaron en Eisenhower al principio, este cometió quizás el mayor error estratégico y diplomático de Estados Unidos durante el siglo XX, cuando en abril de 1959 decidió irse a jugar golf para evitar reunirse con Fidel, que acababa de llegar a su país en visita oficial.

En efecto, si antes de la visita de Fidel a Estados Unidos —por invitación de la Asociación Americana de Editores de Periódicos— se habían producido ciertas tensiones por las probables políticas que implantaría el nuevo Gobierno contra los intereses norteamericanos en la isla, después de ese viaje y del desplante que le hizo el presidente Eisenhower, las relaciones llegaron al borde del abismo. En una charla que dio Fidel en Nueva York en la sede del Consejo de Asuntos Exteriores, un organismo no gubernamental, dijo que no había viajado a Estados Unidos a buscar ayuda económica de este país, y se mostró tan agresivo con las preguntas que le hizo la audiencia que al final abandonó la sesión de forma abrupta. Poco antes de volver a Cuba mantuvo una reunión privada con el vicepresidente Nixon, en la que este habría tratado de convencerlo de no tomar acciones radicales contra los bienes o las inversiones de empresas o personas naturales estadounidenses en Cuba. Luego de esa reunión, Nixon habría alertado al presidente Eisenhower de que Fidel era un peligro para la democracia en la región, y, según otras fuentes, incluso habría recomendado que se derrocara al nuevo Gobierno cubano.

En todo caso, la visita de Fidel a Estados Unidos se convirtió en un éxito promocional y en casi todos los foros lo recibieron con admiración, especialmente en las universidades que lo aclamaron, pero en el campo diplomático marcó el deterioro apresurado de las relaciones entre las dos naciones. Poco tiempo después, según se pudo descubrir en documentos desclasificados por el Gobierno estadounidense, el presidente Eisenhower ordenaría a la CIA que se armara y entrenara un grupo de exiliados para atacar Cuba y derrocar al Gobierno de Castro, aventura que terminaría en aquel nuevo error estratégico y gran fracaso bélico de Estados Unidos en la invasión a Bahía de Cochinos.

De modo que el largo viaje de Fidel por Estados Unidos desembocó en el rompimiento de las relaciones entre los dos países y en el preámbulo de una larga lista de disputas y desencuentros que se mantendrían hasta estos tiempos. Las opiniones sobre el propósito real de este viaje de Fidel han sido variadas. Por una parte, los castristas han dicho siempre que se trató de un gran logro diplomático de Fidel al promocionar su figura ante la opinión pública estadounidense; por otro lado, se ha dicho que en realidad él iba a Estados Unidos a pedir ayuda económica ante el grave déficit fiscal con el que nos habíamos encontrado al llegar al Gobierno, y por último, otros han especulado que este viaje resultó ser una trampa de Fidel Castro para manipular a la opinión pública de Estados Unidos antes de tomar la decisión de nacionalizar las empresas y expropiar las tierras de los norteamericanos en Cuba.

Lo que sí es cierto es que, ya sea producto de una estrategia bien planificada o el resultado de una equivocada política internacional de Estados Unidos, cuando Fidel regresó de ese viaje que se extendió luego a Canadá y a otros países de Suramérica, él tenía en el frente externo al enemigo más poderoso de todos, la primera potencia mundial, el imperialismo estadounidense, y en el frente interno a los «contrarrevolucionarios», las fichas indispensables para fortalecer promocionalmente al nuevo Gobierno en medio de una inmensa crisis fiscal, apelando para el efecto al nacionalismo.

Los límites de su gestión al frente de la nueva Cuba habían quedado marcados de forma definitiva: no sería uno más de esos que en el pasado se llamaron revolucionarios y al poco tiempo se entregaron al imperialismo norteamericano; tampoco sería uno de los presidentes tibios que soportaron el gansterismo y las avalanchas descontroladas de la oposición. Fidel sería el gran líder de esta nueva Cuba, y para eso contaba ya con el principal de los requisitos para consolidar un régimen glorioso y duradero: sus enemigos.

La verdad es que el mayor problema que aún teníamos los cubanos en aquel momento era el económico. Fidel y la revolución gozaban de gran popularidad tanto dentro del país como en el exterior y del enorme poder que les había otorgado la lucha armada contra Batista. Fidel tenía el absoluto convencimiento de que había llegado su hora, de que sería el gobernante más exitoso de Cuba durante el siglo XX, pero la situación económica era verdaderamente catastrófica. En pleno desarrollo de la Guerra Fría, la posición beligerante contra Estados Unidos dio sus primeros frutos cuando la Unión Soviética le tendió la mano y la situación política de la isla cambió de modo radical. Si Estados Unidos suspendía la compra de azúcar, la Unión

Soviética la garantizaba; si Estados Unidos ordenaba la cancelación de venta de petróleo a Cuba, los soviéticos la reanudaban; si Estados Unidos estaba dispuesto a derrocar a Fidel y al Gobierno, incluso a liquidarlo, la Unión Soviética les brindaría seguridad, pero, por supuesto, todo lo haría a cambio de un precio, y no se trataba solamente de dinero, sino de la conversión ideológica hacia el comunismo en la estratégica isla caribeña.

Camagüey, 1959

El presidente del nuevo Gobierno revolucionario, Manuel Urrutia, apenas soportó siete meses en el cargo. En esos primeros meses de 1959 cualquier acercamiento con los norteamericanos —aunque hubiera sido puramente idealista— estaba muy mal visto, y como el presidente Eisenhower ya había mostrado públicamente su preocupación por la reforma agraria y la consiguiente nacionalización de las tierras de las empresas extrajeras en Cuba, cualquier ataque interno al Partido Comunista, aunque este aún no fuera parte del Gobierno, traería consecuencias inmediatas. Así fue como el presidente Urrutia, agobiado por las presiones en su contra, lanzó una última y desesperada andanada en contra de los comunistas, imaginando que contaría otra vez con el apoyo de Fidel y que así podría desvanecer las denuncias en su contra. Urrutia dijo públicamente: «Creo que los comunistas están causando un terrible perjuicio a Cuba... Los comunistas quieren crear un segundo frente contra la Revolución cubana, un frente formado por todos los partidarios de Rusia y contrarios al mundo libre». Como era de esperarse, en el contexto conflictivo que se vivía entre Estados Unidos y Cuba, Fidel tomó las palabras del presidente como una amenaza directa del imperio y las usó en contra de él mismo para exigirle su renuncia. En julio de 1959 fue obligado por el pueblo a dimitir ante la amenaza de renuncia de Fidel Castro al cargo que ejercía entonces de Primer Ministro y la avalancha de críticas que lo tildaron de imperialista y proyanqui, y porque su imagen también se vio afectada por las denuncias, que luego fueron confirmadas, de que había adquirido una lujosa villa en La Habana y que su sueldo de cuarenta mil dólares era el único que no se había rebajado entre los nuevos gobernantes.

El interés común del pueblo cubano alrededor del antiimperialismo triunfó y cobró su primera víctima: nada más y nada menos que el presidente Manuel Urrutia, que años después salió hacia los Estados Unidos en donde residió hasta su muerte en 1981.

A la dimisión de Urrutia, al asesinato de varios miembros de la seguridad batistiana y a la promulgación de la Ley de Reforma Agraria se les sumó ese mismo año un nuevo incidente que quebraría aún más la confianza entre Cuba y Estados Unidos, cuando explotó públicamente el enjuiciamiento de Huber Matos, uno de los comandantes históricos del Movimiento 26 de Julio y de la Revolución cubana, camagüeyano que se había encargado de la liberación de la ciudad de Santiago de Cuba en el combate final.

Luego de la salida de Urrutia, la situación política en el Gobierno era un tanto confusa. Por un lado, varios de los revolucionarios creíamos que Fidel no debía tener relaciones con los comunistas con los que habíamos mantenido siempre serias discrepancias ideológicas, pero, por otro, Fidel y Raúl habían apoyado de alguna forma a estos comunistas cuando el presidente Urrutia los atacó en público y ellos le quitaron su apoyo y se lo sacaron de encima.

En esa circunstancia, varias semanas después de la dimisión de Urrutia, Huber Matos, con quien Manolo Fernández y yo teníamos una relación muy estrecha, se presentó en las oficinas del ministerio y pidió hablar con nosotros. El hombre estaba preocupado por este extraño comportamiento de Fidel hacia los comunistas y nos dijo que él quería hablar con Fidel porque veía que en las «casas del movimiento» se habían infiltrado varios dirigentes comunistas y que estaban adoctrinando a esa gente. Debo aclararle que las «casas del movimiento» eran unas viviendas modestas que se habían creado cuando la Revolución tomó el poder para darles alojamiento a los campesinos que habían luchado con nosotros, con el objeto de que ellos pudieran llegar a las principales ciudades y permanecer allí, con sus familias, el tiempo que quisieran. Huber nos dijo ese día que le preocupaba mucho el giro que estaba tomando la situación en torno a los comunistas, que siempre habían sido nuestros enemigos. A las ocho de la noche, luego de comentarnos su intención de hablar con Fidel y de anticiparnos que él prefería retirarse del Gobierno antes que verse involucrado con los comunistas cubanos, salió hacia el cuartel Columbia a ver a Fidel. En aquel momento Matos estaba encargado de toda la milicia de Camagüey y también se hacía cargo de la reforma agraria en esa zona. Se dice que Fidel no estuvo en el cuartel esa noche, pero también escuchamos luego que sí estuvo allí pero no quiso recibirlo. En todo caso, como ya era muy tarde y Huber estaba agotado por el trajín que había tenido, decidió dormir en el cuartel unas horas, hasta eso de las dos de la madrugada cuando, recuperado, se despertó y volvió a Camagüey a su lugar de trabajo.

Al día siguiente, muy temprano, Camilo Cienfuegos llegó a Camagüey entre un gran alboroto de la tropa que lo aclamó y lo recibió como héroe. Cantaron el himno nacional y, luego de comer algo, Camilo y Huber se apartaron para charlar. Allí Huber le dijo que la noche anterior había intentado hablar con Fidel pero que no lo había encontrado. Le volvió a repetir que él no quería tener ningún inconveniente con Fidel y que lo mejor era volver a dar sus clases y retirarse del Gobierno para no crear conflictos con nadie. Camilo cumplió con el cometido de hablar con él y regresó de inmediato a La Habana, al cuartel Columbia.

Camilo repitió entonces las palabras de Huber Matos delante de Fidel y le dijo que él pensaba que lo mejor sería que Fidel recibiera a Huber para que lo escuchara personalmente y lo tranquilizara, pues lo veía muy nervioso y preocupado con esto de los infiltrados comunistas. Fidel reaccionó de forma muy agresiva diciéndole a Camilo que Huber ya estaba comprado y que no podía admitir que renunciara al Gobierno, que la unidad de la Revolución estaba por sobre todo y por sobre todos, y que él debía volver a Camagüey para arrestar a Huber y tomar el mando de dicha provincia.

Camilo cumplió con la orden de Fidel y el 23 de octubre arrestó a Huber. Al día siguiente Fidel llegó a Camagüey, cuando todo ya estaba bajo control, y dio un discurso fogoso a los soldados sobre la unidad de la Revolución y la intransigencia frente a cualquier intento de oposición de sus enemigos. Y asumo que usted ya sabe el resto de la historia de Camilo, que desapareció con su avión, un Cessna pequeño, el 28 de octubre, y nadie nunca lo encontró... Si usted me lo pregunta, porque estoy seguro de que eso es lo que iba a preguntarme a continuación [yo sólo asiento y sonrío], yo creo que a Camilo lo mandaron a limpiar, y la razón era que Fidel no aceptaba que alguien le desobedeciera a la primera, que no hicieran lo que él quería, y en ese caso lo que él había querido era que Camilo detuviera de una vez a Huber en el primer viaje y tomara el mando de Camagüey, y como él había regresado a decirle que con Huber no había problemas y que sólo quería renunciar, el otro lo liquidó...

Así era Fidel que, en este caso, además, creo yo que también sentía algo de celos frente a la popularidad que Camilo ejercía en el pueblo, porque era un hombre muy simpático, caballeroso y decente, y en realidad nunca fue de los favoritos de Fidel, precisamente por los celos que le tenía.

Tras el arresto de Huber Matos, las reuniones que mantuvieron Fidel, Raúl y el Che Guevara giraron en torno a la suerte del excompañero. Tanto Raúl como el Che habrían sido partidarios del fusilamiento, pero Fidel decidió en última instancia, para no victimizar a Matos, encarcelarlo. Luego de un sainete de juicio, Huber fue condenado a veinte años de prisión, condena que cumplió completa, en su mayor parte en el penal de la Isla de la Juventud. Huber residió sus últimos años en Miami y murió en febrero del 2014 a causa de un infarto. Tenía entonces noventa y cinco años de edad.

La Habana, 1959-1960

Tres días después de haber recibido aquella escueta carta aceptando mi renuncia al Ministerio del Trabajo, Manuel Fernández y yo nos vimos obligados a seguir trabajando en nuestras oficinas a la espera de que llegaran los nuevos funcionarios para entregarles directamente el despacho ministerial. Al cuarto día, por fin, apareció en el ministerio uno de los hombres que había luchado en la Sierra Maestra junto a Fidel, el comandante Augusto Martínez Sánchez, el nuevo ministro del Trabajo.

Así, luego de haber luchado por la independencia y la democracia de mi país desde los quince años, me quedé sin trabajo por haber mantenido diferencias ideológicas con mis compañeros de aventuras y líderes del nuevo Gobierno. Pero lo de quedarme sin trabajo sería el menor de mis males, pues estaba seguro de que pronto conseguiría un empleo para poder mantener a mi familia, pero los verdaderos problemas iban a aparecer poco tiempo después, cuando aquellos que habían sido mis compañeros y amigos se convirtieron en mis enemigos acérrimos.

Los indicios de los tiempos turbulentos que pronto llegarían a mi vida surgieron ya durante los primeros días de desocupación, cuando mi amigo y en ese entonces ministro de Educación, Armando Hart, me invitó a trabajar con él en el Plan de Manejo de Escuelas Rurales. Sin embargo, antes de que yo pudiera responder siquiera a la invitación de Armando, este recibió la orden de Fidel de que no contara con ninguna persona que estuviera en desacuerdo con el camino que empezaba a seguir el gobierno. Mi destino quedó entonces sellado. Tan sólo era cuestión de tiempo para que empezara en mi contra, y en contra de los otros revolucionarios que no comulgaban con la línea de Fidel, la delirante persecución que nos tuvo al borde de la muerte y me condujo tiempo después al exilio.

A pesar del acoso que sufrí desde entonces, y de los riesgos que corría, todavía pensaba que mi lugar estaría siempre en Cuba, que nadie nunca me podría sacar de mi patria; pero en los momentos más difíciles, cuando miraba a los ojos a mi esposa y descubría que en ellos había miedo e incertidumbre, dudaba de si en realidad estaba haciendo lo correcto, si debía seguir allí, en un país donde ya no me querían, o si debía hacer mi vida en otro lugar.

Las primeras propuestas de trabajo que me hicieron entre noviembre de 1959 y enero de 1960 provenían del sector bancario privado. En más de una ocasión, gracias a los contactos de mi familia política, me invitaron a reuniones para ofrecerme cargos para los que yo no estaba preparado y que, en el fondo, siempre llevaban la clara intención de vincularme con otros sectores productivos que necesitaban reforzar las relaciones de sus empresas con el nuevo Gobierno. Yo rechacé cada propuesta que me llegó, no sólo por delicadeza, sino también porque seguía siendo un hombre comprometido con la causa revolucionaria y no me habría sentido cómodo trabajando para la banca privada con la que había mantenido cierta distancia en mi larga lucha. Pero también rechazaba esas generosas propuestas porque estaba seguro de que en las circunstancias en las que estaba viviendo mi relación con Fidel, mi vínculo en esas empresas quizás habría sido más negativo que positivo.

Así, en enero de 1960, cuando la situación económica apremiaba y junto a Elena esperábamos a nuestro primer hijo, un amigo cercano, propietario de una cadena de academias de enseñanza de Inglés, Taquigrafía, Contabilidad, entre otras materias técnicas, me ofreció la administración de su empresa y yo, como no podía ser de otra manera, acepté de inmediato.

Mi labor empezaba temprano en la mañana con el control de asistencia a los profesores y se extendía durante el día hasta las primeras horas de la noche, cuando cerraban las puertas de las escuelas y debía recoger el dinero de los locales para llevarlo a las oficinas principales. A los pocos días de haber comenzado a trabajar en las academias, el propietario, Fernando Junco Guzmán, se reunió conmigo para proponerme abrir cupos con becas totales para que algunos miembros de las milicias revolucionarias de escasos recursos asistieran a estudiar inglés. A mí me pareció que esa era una idea magnífica, pues había entre ellos gran cantidad de gente valiosa a la que le serviría mucho en la vida el estudio del inglés. Así, en poco tiempo, las academias recibieron como estudiantes a varias personas pobres que también habían participado en la Revolución.

Hasta marzo de 1960, las academias desarrollaron su trabajo de forma normal y los excombatientes asistieron puntualmente a las clases, gozando del beneficio de las becas subsidiadas por su propietario. El 9 de marzo de 1960 nació mi hijo César. El padrino de bautizo fue justamente Fernando Junco. Los primeros días todo fue alegría para nosotros, que disfrutábamos del bebé y de cierta tranquilidad por mi trabajo, pero pronto las cosas darían un giro inesperado. Todo empezó una mañana, hacia finales de marzo, cuando llegué a mi oficina y vi que me estaban esperando allí dos de los milicianos becados por la academia. Obviamente los recibí:

—¿Cómo están, compañeros, en qué les puedo ayudar?

Uno de los dos muchachos, de forma atropellada, respondió:

—Compañero, nosotros estamos muy contentos en la academia, en estas primeras semanas hemos aprendido mucho con ustedes, pero vemos que aquí hay muchos comerciantes y empresarios que no tienen el mismo pensamiento revolucionario... Además, hemos sabido que la esposa del señor Fernando Junco Guzmán trabajó hace tiempo en la embajada americana y eso lo vemos nosotros un poco peligroso, tú sabes...

Yo levanté la mano e interrumpí al compañero que estaba hablando. El otro, que sólo había estado escuchando y mirándome fijamente, se acomodó en la silla y se llevó la mano a la barbilla con gesto preocupado.

—No les entiendo, ¿qué es lo que ustedes me están planteando?

De inmediato noté que el semblante de los dos milicianos había cambiado de forma radical y que sus miradas se volvían suspicaces. El primero hizo silencio, se recostó en el espaldar de la silla y miró entonces al que estaba sentado a su izquierda. Este, un moreno alto de voz meliflua que no encajaba con su corpulencia, me dijo:

—Usted sabe, compañero, que en esta Revolución debemos tener los ojos bien abiertos. Aquí en la academia hay gente que no piensa igual que nosotros, por eso le estamos pidiendo a usted, que es revolucionario como nosotros, una depuración de la gente que está estudiando en esta academia...

Sentí que la sangre me hervía, pero traté de mantener la calma y responder en la misma línea de cortesía:

—Miren, compañeros, estas academias tienen más de veinticinco años de servicio, aquí viene el que quiere aprender y puede pagar los costos, pero no existe ningún matiz u orientación políticos, y mucho menos contrarrevolucionarios. Tanto Fernando como yo somos parte de esta Revolución, yo he luchado desde muy joven por el cambio de Cuba... El de la derecha volvió a interrumpir:

—Por eso justamente estamos aquí, compañero, porque nos sentimos preocupados ante la presencia de esa gente que no pertenece a nuestro pensamiento...

El otro intervino otra vez, inclinándose levemente sobre el escritorio, en un gesto algo intimidante:

—Imagínese, compañero, que esa gente que no piensa igual que nosotros sólo habla en inglés. Nosotros no sabemos qué es lo que dicen... Por eso creemos que usted, como parte de la Revolución, debe hacer una depuración...

Yo iba a responder que justamente ellos estaban en la academia para aprender inglés, que se les había dado una beca para sus estudios, pero el hombre adelantó aún más el cuerpo sobre el escritorio y, bajando la voz, dijo:

—Esto ya lo hemos hablado con nuestro comandante, él fue quien nos dijo que debíamos hablar con usted.

Desconcertado, respondí:

—Bueno, yo aquí no soy nadie para poder determinar esas cosas, pero con mucho gusto voy a plantearle el problema al dueño de la academia, que es un amigo que siempre ha colaborado con la causa revolucionaria. Eso sí, comprendan que esto no es mío, yo no tomo decisiones en este lugar...

—Sí, claro —confirmó el de la izquierda—, en todo caso nosotros vamos a regresar acá en unos días para ver qué se ha hecho al respecto.

En efecto, a los tres días regresaron los dos hombres. Yo había hablado del tema con Fernando, pero este se había negado de forma rotunda a hacer cambios en su plantilla de profesores y, peor aún, expulsar estudiantes. En esta ocasión los hombres se sentaron en las mismas posiciones. Los saludé con amabilidad y el moreno de la derecha entró en materia de forma directa:

—Hombre, ¿ya usted habló con el señor Fernando?, ¿ya tomaron una decisión?

Yo respondí:

—Sí, claro, hablé con Fernando, pero él me dice que esto nunca ha sido político y que jamás hemos tenido una intervención en asuntos del Estado; que él ha estado siempre con el movimiento de la Revolución y que el hecho de que su mujer haya dado clases de español en la embajada no tiene nada que ver con sus ideales, que siempre han sido revolucionarios. En definitiva, él no ve forma de hacer lo que ustedes me piden…

Al escuchar estas palabras, los dos hombres se pusieron de pie casi al mismo tiempo; el moreno hizo una leve inclinación de cabeza, se dio media vuelta y salió de la oficina; el otro apenas murmuró «Buenos días» y salió detrás.

Cuatro días después, por la tarde, salí de la sede principal de la academia hacia la sucursal de El Vedado, en la calle 23, apenas a unas cuadras de la oficina matriz. Cuando estaba a punto de entrar al edificio se produjo una explosión muy fuerte que me lanzó hacia la calle. El estrépito rompió varios cristales del lugar. Aturdido, logré incorporarme, di unos pasos y vi desde la acera que la nube de humo salía por la ventana de mi oficina. Las personas que abandonaban el edificio, asustadas, decían que la explosión se había producido en el segundo piso, justamente en mi oficina, que se encontraba cerrada. Diez minutos después llegaron la policía y un grupo de hombres vestidos de civil.

—¿Qué sucedió aquí? —preguntó el capitán que estaba a cargo del pelotón.

Yo me anticipé:

—Al parecer se produjo una explosión en el segundo piso, allí donde está mi oficina.

Al decir esto señalé la ventana abierta que todavía humeaba.

—¿Usted es el propietario de la empresa? —preguntó el policía.

—No, soy el administrador y esa es la ventana de mi oficina —respondí.

—Vamos a hacer un registro de los daños, acompáñenos, por favor —ordenó.

Al entrar a la oficina nos dimos cuenta de que había sido una detonación de poca intensidad, pues, a pesar del desorden y de algunos papeles que se habían quemado, la mayoría de las cosas estaban en buen estado. El mimeógrafo, que servía para imprimir los exámenes y los trabajos de clase, se había desplazado hacia la pared, pero en apariencia no había sufrido daños mayores. Fernando Junco Guzmán llegó al cabo de unos minutos y se encontró con el desorden aquel y la turba de hombres que rebuscaban entre los documentos de la academia como si se tratara de un allanamiento. Entonces, uno de los civiles que había estado escarbando en una montaña de papeles desperdigados junto al mimeógrafo dijo con una mueca maliciosa:

—Así que aquí es donde se imprime la propaganda contrarrevolucionaria...

Yo salí al paso:

—No, señor, perdóneme, eso que usted ve estaba en la basura, mire, son exámenes para los estudiantes...

—No hay nada que mirar —interrumpió el hombre—, todo está muy claro: usted está de acuerdo con toda la gusanera que hay en este lugar; usted, que ha sido un compañero revolucionario, está ahora en la oposición, apoyando a estos tipos que son unos yanquis, abusivos, imperialistas... ¿Dónde está el dueño de esto?

Fernando Junco Guzmán intervino:

—Aquí estoy, soy yo...

—Acompáñenos, por favor...

Se llevaron detenido a Fernando y cerraron la academia hasta que se realizaran las investigaciones. A mí me dejaron libre, pero me advirtieron que no debía salir de La Habana, pues en cualquier momento me necesitarían para que diera mi declaración. Yo vivía en un piso alquilado a tres cuadras de ese lugar. Pocos minutos después llegué a la casa y le conté a Elena lo que había sucedido. Por la noche apareció Fernando en la casa y comentó que se lo habían llevado a la estación de policía y que allí le informaron que la academia estaba clausurada hasta que se celebrara la revisión del expediente. Empezarían de inmediato las investigaciones por el material contrarrevolucionario que supuestamente se había hallado en la inspección por la explosión. Fernando era optimista y pensaba que las cosas podían resolverse con diálogo y también con algunas gestiones de amistades y gente allegada al Gobierno. Ambos acordamos contactar a los amigos respectivos en las altas esferas para aclarar el malentendido y lograr así la reapertura de la academia. Si era necesario, concluimos, abriríamos más becas para los militantes revolucionarios. Nos despedimos cerca de las siete u ocho de la noche. Cuando Fernando salió de la casa, Elena y yo nos miramos. Sin decirlo, los dos estábamos seguros de que el problema no se resolvería con llamadas a amigos ni palanqueos de ninguna clase. El futuro de la academia era bastante nebuloso.

Más tarde, Fernando me llamó y me dijo que el celador del local de la calle 23 le había informado que iba a realizarse un acto político debajo de ese local. Mencionó, bajando el tono de voz, que el Gobierno iba a ocupar la academia. En efecto, una hora más tarde, la policía y los militares habían ocupado todos los locales de la academia, y Armando Hart, quien me había ofrecido trabajo cuando dejé el ministerio y había sido hasta entonces un compañero entrañable, pronunció un discurso desde la terraza del edificio, afirmando que aquella era la demostración de lo que había en ese tipo de institutos, en esas escuelas para ricos y banqueros, para imperialistas… Y concluyó advirtiendo a los que se habían apostado en el mitin que con ese acto comenzaba la reforma educativa del Gobierno de la Revolución.

La Habana, 1960-1961

A finales de marzo de 1960 el Gobierno cerró oficialmente las academias de Fernando Junco Guzmán. Los dos nos vimos obligados a vivir en la clandestinidad ante el acoso permanente que empezamos a sufrir junto a nuestras familias por parte de las fuerzas de seguridad revolucionarias. Elena y mi hijo recién nacido se mudaron a la casa de la familia Adán-Freyre de Andrade, que aún gozaba de buenas relaciones con ciertos funcionarios gubernamentales, pero para mí la guerra estaba declarada.

Durante los meses siguientes me refugié en viviendas de varios amigos y antiguos compañeros del Movimiento 26 de Julio y del Partido Ortodoxo. Algunas noches volvía a la casa de mis suegros y pasaba la noche allí con Elena y César, pero debía salir siempre durante la madrugada para evitar la guardia nocturna del ejército o las patrullas de la policía que deambulaban por La Habana.

Tanto en el apartamento que mantenía arrendado, al que no fui sino alguna noche para llevarme algo de ropa, así como en la casa de mis suegros, la seguridad del Gobierno aparecía de vez en cuando y preguntaba por mí, advertía que me estaba buscando, lanzaba alguna amenaza velada y sugería que se me informara que debía reportarme a la agencia de inmediato.

El resto de ese año, los antiguos colaboradores del Gobierno y excombatientes que habíamos caído en desgracia frente a la Revolución, y que no habíamos sido apresados o asesinados, nos vimos obligados a vivir de la caridad de nuestros amigos o de nuestras familias. Las circunstancias de cada uno, por supuesto, eran diferentes, pero ninguno de nosotros gozaba de una buena situación económica. Quizás mi caso era uno de los menos complicados, pues mi familia política aún mantenía negocios en la isla y podía ayudarme con lo que necesitábamos para sobrevivir.

Llegó 1961 y creció la incertidumbre para los presuntos opositores al régimen castrista, que veíamos muy pronto cómo nuestro problema sólo se iba a agravar. En el ámbito internacional la situación de la isla también empeoraba. El camino que había trazado el imprevisible Eisenhower contra el Gobierno cubano lo continuó el recién elegido John F. Kennedy, que llevaba apenas cuatro meses de Gobierno cuando decidió (o decidieron por él) seguir con la delirante idea de filtrar en Cuba un grupo de combatientes para derrocar a Fidel, a quien ya se vislumbraba desde el Imperio norteamericano como un peligro latente para la estabilidad política de la región. Esta decisión de Kennedy —arriesgada, bastante torpe y, según se dijo en ese tiempo, forzada por la propia CIA— llevó a su país a una derrota catastrófica, no tanto por el número de soldados americanos caídos en la invasión a Bahía de Cochinos y por el fracaso al intentar penetrar militarmente en la isla, sino más bien porque la humillante derrota envalentonó a Fidel y le dio el pretexto ideal, en medio del contexto de la Guerra Fría, para romper relaciones de una vez por todas con Estados Unidos y lograr así el favor de la Unión Soviética, que llegaba en el momento preciso para aliviar las menoscabadas finanzas públicas de Cuba. Y, cómo no, para encontrar así también el gran aliado político que necesitaba Fidel en la región.

De este modo, en 1961, todos los que habíamos apostado por la liberación final de Cuba, por la tan ansiada independencia y por la confirmación de un Gobierno democrático distinto al régimen de terror de Batista y al de otros dictadores del pasado, incluidos varios presuntos demócratas que apenas arribaron al poder se entregaron sin vacilaciones al maniqueísmo norteamericano, nos vimos sorprendidos por la instauración de un Estado comunista, marxista y leninista que apresuró su consolidación encarcelando, liquidando y forzando al exilio a todos los ciudadanos que disentíamos de la nueva corriente ideológica.

Entre las víctimas de la persecución obsesiva del nuevo Gobierno estuvieron algunos expedicionarios del Granma, muchos combatientes de la Sierra Maestra y miles de compañeros de lucha, jóvenes idealistas en su gran mayoría que pocos meses antes pensaron, al igual que yo, que por fin habían llegado la independencia y la soberanía para nuestra isla. Entre los más reconocidos intelectuales perseguidos por sus ideas contrarias al dogma ideológico se encontraron Guillermo Cabrera Infante, José Lezama Lima, Armando Valladares, Heberto Padilla y Reinaldo Arenas, y entre los excombatientes y afines a la Revolución había personajes como Huber Matos, Universo Sánchez, Arnaldo Pérez, Gilberto García y yo mismo, por supuesto.

La noche anterior al fatídico 15 de abril de 1961, pocas horas antes de producirse la invasión de Bahía de Cochinos, dormí con mi esposa y mi hijo en casa de mi familia política. Durante la madrugada, mientras ocho aviones A-26 de bandera cubana pilotados por desertores del ejército bombardeaban algunos aeropuertos militares de la isla, intenté salir de casa aprovechando la oscuridad para refugiarme donde alguno de los amigos que me ayudaban regularmente esos meses. Pero aquel no iba a ser un día normal y corriente en nuestra vida, pues tan pronto como puse el pie en la calle, me di cuenta de que algo muy grave había sucedido, porque las patrullas militares y los pelotones de soldados estaban ocupando toda la ciudad.

En efecto, tras conocerse la noticia de los primeros bombardeos, que en realidad no causaron mayor afectación en cuarteles y aeropuertos militares, el ambiente se enturbió de inmediato y se produjo casi de forma instantánea un amplio despliegue militar y policial en las calles de las principales ciudades cubanas. En estas circunstancias, debí esperar al menos un par de horas en casa de mis suegros, escuchando las noticias del bombardeo y la caótica situación que se vivía en Cuba. La tensión del ambiente sólo iba en aumento, y la ansiedad y el temor estaban acabando con la familia que discutía y especulaba sobre lo que yo debía hacer. Ante el temor de que pudieran allanar la casa de mis suegros, incluso contra la voluntad de mi mujer, que me pedía que permaneciera allí con ellos, decidí salir escondido en el baúl del vehículo particular de mi suegro, justamente con él al volante, y escapar hacia la zona de Lamar a la propiedad de un amigo común mío y de Manuel Fernández, que nos había ofrecido ocultarnos durante algunos días.

En el coche, mientras circulábamos por las convulsionadas calles habaneras, escuché en la radio un fogoso discurso de Raúl Castro y Juan Almeida en el que llamaban al pueblo cubano a «limpiar toda la mugre contrarrevolucionaria». Raúl había dejado claro que no estaban dispuestos a tolerar ningún acto insurgente contra Fidel, advirtiendo claramente que «debían chapear bajito», es decir, buscar en cada uno de los rincones en los que se ocultaban los traidores a la Revolución para ubicarlos y detenerlos… La persecución en contra de todos los supuestos opositores fue criminal. En las redadas caían miles de presuntos contrarrevolucionarios a los que se acusaba de ser espías de la CIA, agentes yanquis encubiertos y traidores. Las cárceles se llenaron de prisioneros en pocas horas.

Ya a salvo en la pequeña casa de la localidad de Lamar, logré comunicarme con Manuel Fernández, que no había logrado llegar al lugar y que permanecía oculto en algún sitio de la capital. Durante la llamada, Manuel se mostró preocupado y, sobre todo, descorazonado:

—Amigo, estamos en un serio peligro, no sé para dónde va todo esto. ¿Qué tú piensas hacer?

Yo respondí:

—No sé, por ahora estoy en el lugar en el que habíamos quedado, pero no sé hasta cuándo pueda quedarme aquí.

Él me interrumpió:

—¿Escuchaste lo que dijo Raúl?

—Sí, claro, la cosa es muy grave, todos los que han sido declarados traidores deben ser detenidos y quién sabe lo que nos van a hacer allí, esto es una locura…

—¿Qué tú piensas que podemos hacer? —insistió Fernández.

Yo había planificado todo con Elena antes de salir de La Habana, así que le dije:

—Creo que debemos asilarnos, no tenemos otra opción.

—¿Asilarnos?, pero dónde…

—Tengo un contacto en la embajada de Venezuela, el profesor Sumarán, tú lo recuerdas, alguna vez te lo presenté…

—Sí, lo recuerdo, ¿pero crees que él nos puede ayudar?

—Elena está haciendo el contacto, esperemos una hora, yo te aviso más tarde. Mientras tanto la persecución y el apresamiento de opositores eran tan frenéticos que en poco tiempo las cárceles no dieron abasto y el Gobierno decidió meter a los detenidos en el estadio de La Habana.

El Gobierno cubano, en horas de la mañana del 15 de abril, acusó formalmente de la invasión a Estados Unidos que, en un principio, negó el hecho advirtiendo que los aviones atacantes eran pilotados por desertores cubanos que se habían rebelado contra Fidel, pero tan pronto como uno de los aviones aterrizó en Key West bajo el mando de Mario Zúñiga —uno de los traidores al régimen—, se conoció la verdad y se descubrió que detrás del ataque estaban la CIA, el Gobierno de John F. Kennedy y, obviamente, varios cubanos que estaban dispuestos a derrocar al Gobierno revolucionario.

En Lamar, recibí la llamada de mi esposa, a la que le habían hecho llegar un mensaje breve de la propietaria del departamento que alquilábamos, en el que le advertía que la policía había registrado el sitio y que habían preguntado por mí. Ella les dijo que nosotros habíamos dejado el departamento varios días atrás y que no sabía nada más, incluso comentó, fingiendo molestia, que aún debíamos un mes de alquiler. Los hombres de seguridad le aseguraron a la arrendadora que volverían en cualquier momento, pues yo me había convertido en un peligroso enemigo de la Revolución.

Esa misma noche, hablé otra vez con Manuel y ambos planificamos escapar durante la madrugada para presentarnos en la embajada de Venezuela como asilados políticos. Así, poco antes del amanecer del 16 de abril, los dos nos encontramos a pocas cuadras de la residencia del embajador de Venezuela, que quedaba sobre el malecón habanero. Llegamos a pie hasta la puerta de la residencia cuando todavía no había clareado del todo. Nos anunciamos con el guardia de la entrada y le pedimos que avisara al embajador que estábamos allí dos exfuncionarios del Gobierno cubano y que nos encontrábamos en riesgo. Pocos minutos después, el embajador autorizó nuestro ingreso y salió personalmente a recibirnos, en bata de cama, junto a otros dos funcionarios de la embajada venezolana.

Para ese momento ya había en la embajada cerca de cincuenta personas asiladas, entre ellas un veterinario muy amigo de Fidel que había estado colaborando con el régimen y que por alguna discrepancia también había caído en desgracia, por lo que llevaba ahí metido como una semana. Pocos días después vino la oleada de asilados: en poco tiempo llegaron allá el viceministro de Educación Carlos Lucas Estrada, el expresidente Manuel Urrutia, Juan Orta y su familia, entre muchos otros que desfilaron por la casa durante los meses en los que yo permanecí allí.

En una nota de prensa aparecida el 26 de octubre de 1961 en el periódico *Revolución* se recogía esta parte de la historia:

Nuevas Sentencias de Cárcel
Manuel Urrutia y Juan Orta Entre los 48 Asilados en la Embajada Venezolana en Cuba

LA HABANA, octubre 26 — El ex-Presidente Manuel Urrutia y el ex-Secretario de la Presidencia Juan Orta figuran entre las 48 personas que se encuentran aún asiladas en la Embajada de Venezuela en La Habana.

Las familias de ambos formaron parte del grupo de nueve personas que salió el 16 del corriente hacia Caracas, amparadas por salvoconductos.

Entre las 48 personas que quedan en la Embajada del total de 285 que llegó a haber, se cuentan, además de Urrutia y Orta, el doctor Manuel Fernández, que fue Ministro del Trabajo en el gobierno del Primer Ministro Fidel Castro, así como el Mayor César Gómez, uno de los revolucionarios que llegaron a Cuba con Castro en el yate Granma para emprender la revolución contra el gobierno de Fulgencio Batista.

Desde el inicio, mi vida en la residencia de la embajada venezolana estuvo marcada por permanentes sobresaltos y disputas diplomáticas del Gobierno cubano con el Gobierno del presidente Rómulo Betancourt. Pero las primeras semanas fueron además de una tensión extrema para mí porque Elena y mi hijo permanecían en Cuba. En las llamadas que me hizo a la casa de la embajada, me dijo que su padre, en reuniones de negocios, había escuchado rumores en los que se aseguraba que el nuevo Gobierno había emprendido una campaña de «reclutamiento» de niños pequeños, a los que se iniciaría en la nueva doctrina comunista de la isla. En fin, se decían muchas cosas en aquel momento, y aunque algunas tenían sustento, otras eran tan sólo invenciones malintencionadas que alarmaban a la población.

En todo caso, aquel murmullo general que corría sobre el reclutamiento de niños tenía desde el inicio un nombre: «los pioneros», que era una idea importada desde la Unión Soviética, en donde se había formado el denominado Komsomol Soviético —la organización juvenil del Partido Comunista que manejaba centros de adoctrinamiento político para niños en edad escolar—. Esto, en efecto, sucedió, y el temor de mi mujer había sido absolutamente fundado, pues no tardó en crearse en Cuba la Organización de Pioneros José Martí (OPJM), que hasta el día de hoy agrupa a jóvenes menores de catorce años a los que se les inculcan el amor y la fidelidad hacia el comunismo y la Revolución. Vale la pena resaltar que, desde 1961, el Gobierno de Castro, una vez se declaró comunista, marxista y leninista, aplicó en el país el programa único nacional de enseñanza como parte de la metodología de educación que todas las familias cubanas están obligadas a utilizar con sus hijos. De esta forma el Gobierno tomó control también de la educación de los niños —como lo haría con todo—, modificando para tal efecto la estructura social con el reemplazo del Estado, que pasó a ser el ente rector y regulador de la educación en todos los sentidos para los hijos de familias cubanas. Así se debilitó no sólo a la familia como base de la sociedad, sino también a la Iglesia y a todo tipo de asociación que pudiera influir en la ideología de los futuros miembros de la sociedad cubana.

La preocupación de Elena y mía se convirtió entonces, en abril de 1961, en una obsesión. Si aquellos espantosos rumores se confirmaban —como sucedió más tarde con la OPJM— ella tenía que estar lejos de la isla para impedir que César fuera secuestrado ideológicamente por el poder. Recuerdo que en una de esas llamadas Elena me dijo:

—Yo no quiero que mi niño vaya a correr este riesgo, yo me quiero ir de aquí, pero quiero irme contigo.

Yo respondí:

—Estoy de acuerdo contigo, amor, busca un lugar para irte con el niño, pero por ahora yo no puedo abandonar esta casa, sería una irresponsabilidad.

Ella insistía utilizando todo tipo de argumentos:

—Pero y si consigues un salvoconducto, si acaso alguien nos pudiera ayudar con un pasaporte…

—Eso toma tiempo, Elena, y lo más importante por ahora es que tú y el niño puedan salir.

Después de una de esas conversaciones pasaron varios días en los que no tuve noticias de mi esposa y del niño, hasta que una tarde, hacia finales de abril, me llamó por teléfono y me dijo que ella y Adita, la esposa de Manuel Fernández, habían hecho contactos con las embajadas de Costa Rica y Colombia, y que en los dos casos nos podían ayudar. Por esas cosas puramente instintivas, le dije:

—Colombia, vete para allá con el niño.

Ella me respondió:

—Pero vamos a hacer gestiones también en Costa Rica, en donde Adita tiene contactos…

—Yo veo que Colombia es un país que nos va a ofrecer más oportunidades, Elena, es un país más grande —le dije.

De inmediato mi esposa hizo las gestiones en la embajada de Colombia y consiguió una visa temporal para ella y para el pequeño. También en esos días se reunió con mujeres de la congregación del Sagrado Corazón, de la que la familia Adán-Freyre de Andrade había sido benefactora, y a través de esta logró que los recibieran pocos días más tarde en la ciudad de Medellín, en donde le darían además un trabajo para que pudiera subsistir hasta que lograra reunirse conmigo.

Así, a finales de abril de 1961, Elena llegó a Medellín con mi hijo César y, gracias a que hablaba muy bien inglés, de inmediato empezó a trabajar como traductora en una compañía exportadora de telas.

Su salida de Cuba me trajo cierta tranquilidad para empujar por mi cuenta todas las gestiones necesarias para obtener el salvoconducto que me ayudaría a salir al exilio, y digo sólo cierta tranquilidad porque a pesar de que, teóricamente, estaba fuera de peligro en la residencia de la embajada, la verdad es que mi vida y la de los demás asilados allí seguía corriendo riesgo.

Vivir allí dentro, hacinados, era terrible, pero los que llegamos a entrar en la casa de la embajada éramos conscientes de que habíamos corrido con suerte. En algún momento fuimos por lo menos ciento cuarenta y siete personas las que habitamos la casa al mismo tiempo. Todos debíamos ayudar en lo que podíamos, algunos en la cocina, en la limpieza, pero la situación era insostenible. Allí dentro había gente que había colaborado con nosotros, gente del Gobierno, pero también había otro tipo de personas que siempre habían estado en contra del Gobierno revolucionario. Imagínese usted lo que es estar allí encerrado en el mismo lugar con gente que había sido enemiga nuestra en el pasado y que en ese momento tenía que aguantarnos… Esas personas trajeron muchos problemas al embajador porque en algunas ocasiones, en las noches y furtivamente, salieron de la embajada y cometieron actos delincuenciales. Nosotros sabíamos lo que ellos hacían, pero no podíamos decir nada para no enturbiar aún más el ambiente que, ya de por sí, era pesado. Cuando hubo más de cien personas, pasamos realmente momentos complicados.

Ese grupo de gente opositora al Gobierno, los terroristas, como les decíamos nosotros, tuvieron que vivir en la piscina vacía que estaba en el patio de la embajada. Allí se les pusieron unos plásticos y se les acondicionó la vivienda. Los demás vivíamos dentro de la casa pero en condiciones muy malas, con colchones arrumados uno al lado del otro, con graves problemas de salubridad, con una espantosa situación de los servicios higiénicos, ¡y es que la casa no estaba hecha para tanta gente!

En alguna de aquellas incursiones nocturnas de los terroristas de la embajada, al parecer alguien los descubrió y dio el parte de que ellos cometían atentados mientras estaban asilados por el Gobierno venezolano. La situación política estaba muy tensa. Las relaciones entre los dos países corrían peligro. Esa misma noche llegó a la embajada la milicia y rodeó todo el perímetro de la residencia. En el interior la cosa era angustiosa. El embajador nos comentó que Venezuela estaba a punto de romper relaciones con el Gobierno de Cuba. Manuel Fernández y yo hablamos entonces con el jefe de los terroristas, que era de apellido Comella, le dijimos que nos estaba poniendo a todos en peligro con sus salidas nocturnas y que en cualquier momento el ejército iba a entrar a matarnos o llevarnos presos. Ahí tuvimos un enfrentamiento con ellos. Juan Orta, que era un hombre muy violento, se encaró con Comella, pero el asunto no llegó a mayores. A pesar del peligro que corríamos todos, los terroristas siguieron saliendo en las noches cuando ya el ejército se retiró; fue entonces cuando Venezuela rompió relaciones con Cuba y cuando el Gobierno mexicano, en un gesto de solidaridad, se hizo cargo de la sede diplomática venezolana colocando su bandera allí. A partir de ahí, los salvoconductos para la salida de los que estábamos allí asilados los tramitaba el Gobierno mexicano directamente con el Gobierno cubano. Así, en pocas semanas se redujo el número de personas de ciento cuarenta y siete a cuarenta y pico… Yo sabía que mi situación era más complicada por el estrecho vínculo que había tenido con los Castro y con otros miembros del Gobierno; eso quizás hizo que yo fuera de los últimos en conseguir el asilo en diciembre de 1961 para poder llegar a Colombia a buscar a mi mujer y a mi pequeño hijo.

Durante esos días escuchamos el mensaje leído por el presidente Rómulo Betancourt anunciando al país la ruptura de relaciones con Cuba. En ese mensaje se solicitaba al personal de la embajada en La Habana que abandonara el país. La demora en tomar esta decisión —decía el presidente venezolano— se debió a que un centenar de asilados estaban aún cobijados por la bandera de su país y era necesario garantizarles la protección de otro Gobierno amigo y evitar así entregarlos en indefensión al régimen cubano.

La Habana-Caracas-Cúcuta, 1961

La bandera de Venezuela fue sustituida por la de México en la residencia de la embajada. Entre los asilados los más visibles éramos justamente los que habíamos sido parte de la Revolución, desde el presidente Urrutia pasando por Juan Orta, Manuel Fernández y yo. El embajador de México nos visitó un día de noviembre para ponernos al tanto de lo que estaba sucediendo con el Gobierno de Cuba:

—Deben saber, señores, que mi Gobierno está haciendo todo lo posible para que ustedes puedan salir de Cuba, pero la situación política es muy difícil y el Gobierno de acá ha puesto reparos para que este grupo reciba un salvoconducto.

Todos quedamos desolados con las noticias que había llevado el embajador, pero al finalizar esa reunión, cuando él se estaba despidiendo de cada uno de los asilados, se detuvo ante mí, extendiéndome su mano, y me dijo:

—Usted me resulta conocido, ¿nos hemos visto antes?

Yo le apreté fuerte la mano y le respondí:

—Claro, hombre, hace algunos años nos conocimos en su embajada cuando yo acudí a tramitar un permiso para viajar a su país; mi nombre es César Gómez Hernández.

—Cómo no, ahora lo recuerdo, César, usted viajó a México como exiliado.

—En efecto, fue en 1952, durante el Gobierno de Batista.

El embajador, que deliberadamente mantenía sujeta mi mano, se orientó hacia la puerta de salida de la embajada y, tomándome del brazo, me pidió que lo acompañara. Antes de traspasar la puerta hacia el jardín y la calle, bajando la voz, preguntó:

—¿Qué está haciendo usted aquí? Si mal no recuerdo, usted fue parte de la Revolución.

—Pues sí, embajador, fui uno de los expedicionarios del Granma, pero yo no puedo estar de acuerdo con esto que está pasando allí fuera, ya no…

Él me interrumpió:

—La cosa es muy difícil para ustedes, déjeme ver qué es lo que puedo hacer por usted.

—Por favor ayúdeme, mi hijo nació hace un año, mi mujer está sola en Colombia con el pequeño, yo no sé nada de ellos y sigo aquí metido.

El embajador se detuvo un momento antes de cruzar la puerta y, mirándome a los ojos, repitió:

—Voy a hacer todo lo posible por ayudarlo, créame, pero no va a ser fácil.

No lo volví a ver hasta el 20 de diciembre de 1961, cuando yo ya había perdido las esperanzas. El embajador apareció en la casa con unos documentos bajo el brazo; apenas me vio esbozó una sonrisa y, acercándose, me dijo:

—¡Conseguí el salvoconducto para usted, César, y también para Manuel Fernández!

Yo no podía creerlo, me acerqué a él y lo recibí con un abrazo.

—¡Muchas gracias! —le dije, sin soltarlo.

Él me susurró al oído:

—No todas son buenas noticias, César, por desgracia al presidente Urrutia y a Juan Orta no les darán el salvoconducto, no hay opciones de que ellos salgan.

Viajé a Venezuela al día siguiente, el 21 de diciembre de 1961, una fecha que no olvidaré jamás, pues fue la última vez que vi La Habana, primero desde el vehículo de la embajada mexicana que me trasladó al aeropuerto en esa mañana turbia y húmeda en la que recorrí el malecón y las calles de mi ciudad envuelto en una sensación confusa entre la nostalgia y la ansiedad, sin imaginar siquiera en aquel momento que mis ojos nunca más iban a ver esas calles de pavimento negro, ni las aceras de piedra que en el lado del malecón se volvían resbaladizas por el musgo verde que las colonizaba. Todo aquello era tan cercano para mí, tan mío, y al mismo tiempo, según avanzaba el vehículo hacia el aeropuerto, todo se volvía tan lejano. Y más tarde, ya en el asiento del avión, a través de la ventanilla contemplé una vez más, sin poder reprimir las lágrimas, el mar de aguas turquesas que abrazaba mi isla.

Llegué a Caracas en la tarde, y en la pista del antiguo aeropuerto de Maiquetía me recibió un hombre de la Cancillería venezolana que había sido delegado por el Gobierno para atender a los exiliados cubanos en su país. En el avión viajaban muchos compatriotas como exiliados, pero sólo Manuel Fernández y yo habíamos salido de la residencia de la embajada.

—Buenas tardes, ¿los señores Gómez y Fernández? —dijo el funcionario que a pesar del calor vestía un traje azul, chaleco y corbatín.

—Mucho gusto —respondimos ambos extendiendo nuestra mano al funcionario.

—Mi nombre es Julián Ballesteros, yo tendré el honor de trasladarlos a su hotel.

—Muchas gracias, César Gómez, para servirle.

—Manuel Fernández, encantado.

El funcionario extendió la mano derecha abriéndonos paso y señalándonos un vehículo oficial. Cuando nos acercábamos al vehículo, me pareció reconocer a una persona que estaba de pie junto a la puerta trasera que se encontraba abierta.

—Señor Gómez —dijo Ballesteros—, el señor lo está esperando.

Entonces lo reconocí: era Eduardo Oropeza Castillo, aquel buen amigo mexicano que me había ayudado a conseguir trabajo en el 52 cuando llegué al D. F., hermano de

Alejandro Oropeza Castillo, quien murió en un accidente de aviación poco después de que nosotros saliéramos en el Granma hacia Cuba. Eduardo me dio un fuerte abrazo.

—César, qué gusto verte otra vez.

—El gusto es mío, Eduardo, ¿qué tú haces aquí?

—Hermano, hace pocos días me enteré por el embajador de mi país que tú venías entre los exiliados de Cuba y decidí venir a verte.

—Muchas gracias, Eduardo. Mira, te presento a Manuel Fernández, amigo y compañero que viene también en calidad de exiliado.

—Mucho gusto, Manuel.

Eduardo nos apartó un momento a Manolo y a mí del funcionario de la cancillería y, bajando la voz, nos dijo.

—Miren, amigos, este caballero tiene instrucciones de recibirlos aquí en el aeropuerto y llevarlos a algún hotel, pero los gastos de hospedaje y alimentación no los puede cubrir el Gobierno. ¿Ustedes ya saben qué van a hacer?, ¿tienen un lugar adónde ir?

Y yo le dije:

—No, yo tengo que viajar a Colombia lo antes posible porque allí están mi esposa y mi hijo pequeño, yo no sé nada de ellos desde hace más de seis meses.

Sin decirme nada, Eduardo se dirigió entonces a Manolo:

—¿Usted tiene posibilidad de ir a algún lugar? ¿Lo espera alguien aquí en Caracas?

Manolo respondió que no tenía ningún lugar al que acudir y que no conocía a nadie en la ciudad. Entonces Eduardo nos llevó a su casa, nos invitó a comer y en la sobremesa nos consultó:

—¿Qué piensan hacer?

Yo le respondí:

—Tengo a mi mujer y a mi hijo pequeño en Colombia. Debo ir a buscarlos.

—¿Sabes dónde están? —preguntó él.

—En Medellín. Tengo una dirección en la que me darán razón de ellos, pero no hemos estado en contacto desde hace más de seis meses.

—¿Y tú tienes pasaporte para viajar a Colombia? —insistió Eduardo.

—No, no lo tengo, pero me da igual, debo irme lo antes posible...

—Bueno, tranquilo, yo te voy a conseguir un pasaporte venezolano de emergencia, necesito un día, déjamelo a mí.

Manolo Fernández, por su parte, también iba a necesitar un pasaporte para viajar a Costa Rica para encontrarse con su mujer y hacer su vida en ese país. Esa noche, Eduardo me entregó unos bolívares para Manolo y para mí y se comprometió a ayudarnos a ambos con el tema de los pasaportes.

—Vengan mañana a mi oficina y allí veremos qué podemos hacer.

En efecto, Eduardo movió sus contactos y apenas dos días después, el 23 de diciembre, yo tenía ya un pasaporte venezolano para poder viajar a Colombia. No quería seguir molestando a Eduardo, que había sido demasiado generoso con nosotros. Mientras tanto, Manolo también arregló sus cosas para viajar a Costa Rica esos días hacia finales de mes.

La mañana en que me entregaron el pasaporte fui a la embajada de Colombia. Yo estaba en un estado de nervios tremendo, me sentía desbaratado después de los nueve meses que había pasado en la embajada y con esa incertidumbre de no saber nada de mi hijo y mi mujer. ¡Terrible! La secretaria que me atendió, una mujer joven, amabilísima, me dijo que ya no estaban trabajando y no podían atenderme, pero de inmediato notó que yo me encontraba desolado y añadió:

—Pero espérese un momentito, voy a buscar al embajador para ver si puede hacer algo. Siéntese ahí, tranquilo —y me señaló un sillón.

La verdad es que yo estaba a punto de quebrarme, y cuando pensé que ella ya no me veía, me desaté en un llanto que no podía reprimir. La mujer había vuelto de otra oficina y me vio en ese estado lamentable, deshecho. Se sentó a mi lado.

—No se preocupe, caballero, debe tranquilizarse, el embajador lo verá en unos minutos.

Media hora después yo estaba con el embajador en su oficina; era un hombre de Popayán, muy correcto y amable. Su apellido era Sarmiento. Cuando escuchó mi historia y la ansiedad que yo tenía por viajar a Colombia, me dijo:

—Hombre, el problema es que todos estamos atrasados por las vacaciones de Navidad, déjeme ver qué puedo hacer, voy a ver si logro comunicarme con Colombia, espéreme un rato.

Llamó al Ministerio de Relaciones Exteriores en Colombia, pero ya todos se encontraban de vacaciones. Yo lo escuchaba mientras él hablaba desde su escritorio, sin mostrarme en su rostro la preocupación que también lo había contagiado.

—¿Dónde está el ministro o el encargado con el que yo pueda hablar de esto?

Al otro lado de la línea se escuchaba un murmullo.

—Entiendo —dijo el embajador—, pero yo tengo urgencia de hablar con alguien que me pueda ayudar, soy el embajador en Venezuela y necesito resolver un problema urgente.

En el ministerio le ofrecieron al embajador ayudar con mi caso, pero debía volver en la tarde para ver los resultados.

—Esperemos a ver qué pasa —me dijo—. Déjeme hacer estas gestiones, váyase tranquilo y venga por la tarde. La embajada estará cerrada al público, pero en el ingreso estará el policía que cuida el edificio y mi secretaria va a estar aquí. No se preocupe que yo le tendré noticias.

Salí de allí con la sensación de que a pesar de la amabilidad de la gente de la embajada no iba a poder hacer nada esos días de fiesta, y si la cosa se complicaba ese día, que era 23, ya no habría nada que hacer hasta el 2 de enero. Recuerdo que di vueltas por la misma zona de la embajada durante dos o tres horas. A las cuatro de la tarde me presenté otra vez en el lugar. La secretaria, con rostro sonriente, me recibió y anunció:

—El embajador le tiene noticias, siga, por favor. Pasé hasta la oficina y él también tenía el semblante alegre. Apenas me vio se levantó, se me acercó y me estrechó la mano.

—Buenas noticias, señor Gómez: a pesar de las fiestas, hemos conseguido una autorización para que usted pueda entrar a Colombia.

Y diciendo esto me extendió un documento que tenía varios sellos y en el que constaba la visa para Colombia en calidad de turista.

Nunca volví a ver al embajador y tampoco a la secretaria, pero conservo intacto el recuerdo de los dos cuando al salir me dieron un abrazo en la puerta de entrada de la embajada y, antes de desearme suerte en el viaje, me regalaron un juguete para mi hijo, aquel mono de pilas que tocaba los platillos y que armaba tanto alboroto.

Lo que yo no les dije a los miembros de la embajada de Colombia en Caracas era que en ese momento, ya con el visado, aún tenía que solucionar el problema del viaje, sobre todo porque no tenía dinero suficiente para llegar a Medellín. Obviamente la única alternativa que me quedaba era Eduardo, así que lo visité en su oficina y él se encargó de arreglarme todo para llegar a la frontera, a Cúcuta, a la mañana siguiente, para allí tomar un vuelo a Medellín en horas de la tarde.

De este modo, a las nueve de la mañana del 24 de diciembre de 1961 llegué al aeropuerto de Caracas para abordar un vuelo local a San Cristóbal, desde donde debía llegar a Cúcuta antes del vuelo hacia Medellín. Justamente los mayores problemas de aquel viaje se me presentaron en el paso de la frontera entre Colombia y Venezuela. Recuerdo que contraté a un taxista para que me llevara a Cúcuta, pero no sé por qué razón, ahora no lo recuerdo con claridad, el tipo, que era un venezolano muy amable, en vez de llevarme por el puente principal me llevó por un camino secundario. Yo creo ahora que aquel taxista estaba acostumbrado a cruzar indocumentados en la frontera y ni siquiera me preguntó si yo tenía mis papeles en orden, sencillamente asumió que el acceso a Colombia era más simple por el otro lado, y así lo hizo. Como yo no conocía aquel lugar, no dije nada. Unos cuarenta minutos después llegamos a un río y nos encontramos con una caseta de control del lado colombiano. Allí me dejó el taxista que, apenas me bajé, se dio vuelta y regresó a la zona de San Cristóbal. Cuando me acerqué a la caseta de control, un militar me preguntó:

—¿Y usted, señor?

Yo respondí, sacando el pasaporte:

—Voy para Cúcuta, a tomar un avión…

Entonces el tipo vio que yo llevaba la tula con mi ropa.

—¿Qué lleva ahí? —preguntó.

Y le dije:

—Pues la ropa y poco más.

Miró un momento el pasaporte, luego me miró a mí, y dijo:

—Sigue, sigue.

Yo, obviamente, seguí feliz, caminando hasta la ciudad de Cúcuta, y ya allí me dirigí de inmediato al aeropuerto. Cuando llegué al pequeño aeródromo de la ciudad y le mostré al dependiente de la aerolínea mi pasaporte, el hombre me dijo:

—Aquí le falta un sello.

—¿Cómo así?, ¿qué sello? ¿No ve que es un pasaporte de emergencia?

El hombre me devolvió el documento y con el ceño fruncido, visiblemente molesto, aclaró:

—Usted viene de Venezuela, señor, ¿no es verdad?

—Pues sí —respondí.

—En el puente de entrada al país debieron ponerle un sello de salida. Su pasaporte no tiene ese sello, yo aquí no puedo hacer nada con esto.

Yo sentí en ese momento que el mundo se me venía abajo. Recuerdo qué dejé caer al suelo la tula y la bolsa con el juguete para mi hijo y traté de levantarlos pero no tenía fuerzas, las manos me temblaban y los brazos no respondían. No recuerdo haber dicho nada, pero el hombre se dio cuenta de mi contrariedad y preguntó:

—¿Y usted cuándo va para Medellín?

—Pues hoy. Soy cubano, exiliado, acabo de llegar acá y voy a Medellín a buscar a mi mujer y a mi hijo, no los he visto durante más de seis meses.

—Pero, amigo, hoy es 24 de diciembre, el vuelo sale como a las 3:15 de la tarde y mire cómo tengo esto, estoy sobrevendido, usted no va a poder viajar hoy. Déjeme ver cómo puedo hacer para mañana, porque tengo lleno el vuelo toda la semana, y además así, con este pasaporte, no lo puedo ayudar, tiene que regresar a Venezuela para que le pongan el sello y volver.

Yo estaba desbaratado, ya no tenía aliento ni fuerzas para nada, ni siquiera para responderle al hombre o pedirle ayuda. Recogí mis cosas del piso y me di vuelta. No sabía adónde ir, ni qué hacer. Di un par de pasos hacia una banca que estaba cerca del mostrador, y entonces el hombre de la aerolínea me dijo:

—Amigo, espere un momento aquí, déjeme ver qué puedo hacer por usted.

Me pidió el pasaje que yo había comprado con ayuda de Eduardo y me dijo:

—Venga conmigo, vamos a ver si una azafata nos puede ayudar con esto.

Me llevó hasta un cuarto en el que estaban los pasajeros del avión, todo lleno de gente, maletas, y ahí me dejó un rato mientras hablaba con una azafata que estaba en la puerta revisando los documentos y despachando a los pasajeros. Un rato después el hombre volvió:

—Mire, póngase aquí —señaló un lugar junto a la azafata— y espere un momento, vamos a ver si logramos que se embarque.

Allí tuve que esperar hasta que todos los pasajeros subieron al avión, y entonces aquella mujer, con una sonrisa bellísima, me dijo:

—Venga, señor Gómez, tiene usted suerte, quedó libre el último asiento del avión.

Eran cerca de las cuatro de la tarde cuando el avión despegó.

Medellín, 1961

El avión aterrizó a las cinco en punto de la tarde en la pista del Aeropuerto Olaya Herrera de Medellín. En efecto, al tocar tierra yo sentí una mezcla extraña de sensaciones: por un lado, la certeza de que mi exilio se consumaba, y por otro, la ansiedad que tenía por encontrar a mi mujer y a mi hijo, por volverlos a ver.

Lo primero que descubrieron mis ojos y que llamó mi atención fueron esas montañas verdes que rodeaban la ciudad. Desde el cielo me habían parecido unos macizos enormes que abrazaban aquel amontonamiento de casas en el centro del valle, pero abajo, ya en tierra, tuve la impresión de que eran unos colosos gigantescos que en cualquier momento cerrarían filas sobre la ciudad. Esta opresión se acentuó mientras caminaba detrás de los demás pasajeros, sobre la pista del aeropuerto que a esa hora y en ese día especial estaba casi desierto.

El taxista era un hombre amable que me buscó conversación sin pausa. Yo habría preferido viajar en silencio para reconocer mejor la ciudad, pero el hombre no me dio tregua mientras comentaba sobre Medellín, su gente, la belleza de sus mujeres y el extraordinario aguardiente que se tomaba en la zona. Con el tiempo comprendería que los paisas se caracterizan por su amabilidad y por esa forma de hablar tan solemne, con un castellano coloquial y hermoso. En algún punto, el hombre me preguntó de dónde venía. A pesar de que sólo le había respondido con monosílabos e interjecciones, el conductor notó que no era de esa tierra, ni siquiera de alguna otra ciudad colombiana. «Soy cubano», respondí, y al pronunciar estas palabras volví a sentir una extraña sensación de desarraigo en el pecho, una mezcla singular de nostalgia y alivio.

Ya en el taxi le di al conductor el papel ese con aquella dirección rarísima. El chofer lo miró y arrancó el vehículo. Llegué entonces al lugar de la dirección consignada en esa nota. Era una casa blanca, pequeña, que tenía un jardín en la parte delantera. Llegué a la puerta y toqué. Nadie respondió. Insistí dos o tres veces más pero tampoco hubo respuesta. Decidí sentarme en el descanso de la puerta a esperar. Por la cabeza me pasaban tantas preguntas: si aquella era la casa en la que vivían mi mujer y mi niño, si ellos seguirían allí o si habrían tenido que irse a otro lugar, a otra ciudad incluso.

Unos minutos después vino una señora que vivía en la casa de enfrente y me dijo:

—Señor, ¿a quién busca usted?

Le respondí:

—A mi esposa, Elena.

A la señora se le iluminaron los ojos.

—¿Usted es el esposo de la señora cubana?

—Sí —respondí con gran alivio, porque eso significaba que estaba yo en la dirección correcta.

—Mire, caballero, qué gusto conocerlo —la señora me extendió la mano—. Su mujer hace largo rato que salió con el niño, sígala esperando para ver qué pasa, yo voy a hablar con la vecina de este lado que tal vez sabe adónde fueron.

En poco tiempo había allí, delante de la casa, varios vecinos y vecinas que me rodeaban y con mucha amabilidad me preguntaban por Cuba y por Fidel, por el viaje que yo había hecho, por la Revolución, y me hablaban de mi esposa y de las gracias que ya hacía mi hijo.

Una señora que en ocasiones ayudaba a Elena con el niño se presentó también allí:

—Yo le cuido a veces a su hijo, le ayudo con las cosas; es un niño muy despierto; me he encariñado mucho con él; déjeme ver si averiguo adónde es que se fue su señora.

Así conocí a esa gente tan amable, llena de dichos y simpatía, de una forma de hablar tan bonita y correcta que me tenía encantado. Alguien dijo entonces:

—La señora cubana salió con el niño, yo creo que fue al correo o a Telecom a poner un mensaje o a hablar por teléfono.

Llegó también en algún momento un señor que tenía un tráiler; se presentó y me dijo que él sabía que nosotros éramos exiliados, que se había preocupado mucho por ayudar a mi mujer con el niño, y que le daba mucha pena lo que nosotros habíamos pasado, pero que en su tierra éramos bienvenidos, y entonces me dijo que allí acostumbran a recibir a los extranjeros con sus delicias, y que yo tenía que probar los buñuelos y las natillas antioqueños. Y me extendió un plato en el que había una especie de pasteles y un pocillo blanco.

No demoré en darme cuenta de que aquel era un país encantador, de gente amable y solidaria, y que allí me iba a quedar un buen tiempo; claro que nunca imaginé que jamás volvería a Cuba, pero sí intuí que en esta tierra mi familia y yo íbamos a ser felices.

No sé cuánto tiempo pasé allí con la gente del barrio, respondiendo preguntas y consultando también sobre mi esposa y mi hijo, qué habían hecho esos meses allí, en qué estaba trabajando Elena, cuánto había crecido mi hijo, y en algún momento una de las vecinas nos alertó: «Allí vienen la cubana y el niño».

Yo me levanté y caminé en medio de esa gente que me rodeaba, y entonces la vi. Elena venía con el niño cargado en brazos, caminando despacio por la acera. Yo sentí que el corazón se me salía del pecho. Era una mujer muy linda, muy fina. Mi hijo había crecido una barbaridad. En ese momento comprendí que todo lo que había hecho en mi vida hasta ese instante había tenido un propósito.

Bogotá, 2014

Mientras Gómez narraba su reencuentro con Elena y su hijo en Medellín, se quebró por primera vez después de muchas horas de haber relatado su historia. Se secó las lágrimas con un pañuelo blanco y me pidió disculpas. Yo contuve también las ganas de llorar, intentando repasar las notas de mi cuaderno, al que le quedaban apenas dos o tres páginas y estaba rayado y garabateado en todos sus espacios posibles. Me resultaba extraño que este hombre de noventa y seis años, que al inicio me había intimidado de verdad, por el que incluso había sentido, antes de conocerlo, esa antipatía que me provocaban todos los revolucionarios que estuvieron cerca de Fidel Castro, ahora no sólo me generaba ternura sino que además me sentía más cercano a él.

Esos días que estuve con Gómez también se me pasó muchas veces por la cabeza la idea de que le tenía envidia por varias razones: por su estado de salud físico y mental, por su entereza y su claridad para recordar eventos, nombres, lugares y hechos decenas de años después, y también, por supuesto, por haber sido parte de un proceso histórico para Cuba, aunque luego todo se hubiera desviado de rumbo. En el fondo sí que envidiaba a ese hombre que, desde su idealismo, aprovechando la rebeldía de la juventud y la fortaleza de sus convicciones, luchó toda su vida por la libertad de la isla. En el balance del debe y el haber de su vida, ¿acaso César Gómez había quedado en deuda con alguien?

Mientras el viejo se reponía de la última parte de su relato, intenté contabilizar el tiempo que había pasado con él en ese intercambio de palabras que duró cinco días del 2014, y así, a vuelo de pájaro, las notas de mi cuaderno me decían que había sumado diecinueve horas. Los dos años siguientes, en la misma época, abril o mayo de 2015 y 2016, también durante la Feria del Libro de Bogotá, lo vi en total unas diez horas más. Sin embargo, el tiempo literario que han abarcado estos diálogos dura bastante más de un siglo.

En el sobre amarillo que guardaba en mi maletín reposaban aún esos documentos que había llevado conmigo desde la primera entrevista. En todas las horas que compartí con él se me pasó por la cabeza no tocar ese tema que aguardaba allí dentro, pero de todas formas pensé que, al final, se lo terminaría contando. No tenía sentido guardar un secreto tan íntimo frente a este hombre que se había abierto conmigo de forma franca. También era cierto que al principio llevaba contra él, contra todos ellos en realidad, la carga emocional del crimen de mi padre, pero la historia particular de César Gómez me había ayudado a comprender que, como en todas las historias, siempre hay que escuchar a los dos bandos, y en el caso de este hombre y de algunos de los rebeldes idealistas, el sentido real de la Revolución se extravió cuando llegaron al Gobierno, y no todos tuvieron la culpa de lo que allí sucedió. Obviamente mi madre no pensaría igual. Me lo dijo varias veces mientras vivía, me lo sigue repitiendo en sueños: «No confíes en ellos jamás, en ninguno de ellos».

Durante una de las últimas entrevistas de 2014, tras un breve receso en el que el viejo fue al baño y la señora que le servía me ofrecía otro café y unas deliciosas croquetas de jamón, la historia avanzó un poco más. Luego del reencuentro en Medellín, la vida de César Gómez y de su familia dio un vuelco total. El viejo revolucionario cubano se convirtió en un próspero comerciante, y más tarde, con mucho esfuerzo y dedicación, fue administrador de varias empresas farmacéuticas. Consiguió tener una posición económica cómoda tanto en Colombia como en El Salvador y Ecuador. César, su esposa y su primogénito obtuvieron en poco tiempo la nacionalidad colombiana. Su hija Elena María nació en Medellín en septiembre de 1963.

Gómez avanzaba con su relato siguiendo el sendero de su largo y exitoso paso por el mundo de los negocios. Imaginaba en ese momento, mientras lo escuchaba, que aquel periplo muy pronto lo llevaría a la ciudad de Quito, en la que ambos coincidimos a finales de los años ochenta. Pero, de pronto, su relato se volvió a contagiar de aquella nostalgia que le había seguido al reencuentro con su familia en Medellín, y sentí entonces que sus palabras iban acompañadas de un sentimiento de culpa, de una carga emocional que no había percibido antes en él. El instinto periodístico me llevó a hacer una pregunta que quizás lograría sacar de su interior aquello que le estaba costando decir.

—César, ¿usted se ha arrepentido en algún momento de la decisión de salir de Cuba, de dejar la revolución por la que combatió tantos años de su vida?

Sus ojos acuosos se fijaron ese instante en los míos, pero pronto comprendí que en realidad no me estaban mirando a mí sino a ese pasado al que no quería aproximarse. Segundos después, comentó:

—¿Sabe?, esa pregunta me la he hecho muchas veces, y en cada ocasión he tratado de responderla desde el fondo de mi conciencia, intentando ser lo más objetivo posible. Al final, siempre llego a la misma conclusión...

Aquí él hizo una pausa que en ese momento me sonó deliberada, casi teatral, pero luego de escuchar la grabación algunas veces, y de saber hacia dónde iba su confesión, comprendí que le resultaba muy difícil soltar esas palabras que al parecer habían atormentado su espíritu todos estos años.

—A partir del exilio y a lo largo de mi vida sentí una mezcla de pena y culpa por haber arrastrado a Elena a

236

una vida de sobresaltos e intranquilidad. Con mis hijos no tuve esa sensación, pues a ambos les di una buena educación y una vida decente en la que no les faltó nada, pero con mi mujer tuve siempre el sentimiento de que le fallé y le falté durante mucho tiempo por mi actividad revolucionaria, y más tarde también, cuando finalmente nos asentamos en Colombia y luego en los países en que vivimos, El Salvador y Ecuador. Si bien es cierto que también le di todo a ella y tuvimos una vida de cierta comodidad en lo económico, estaba presente allí entre nosotros una suerte de inquietud, de problema no resuelto, porque ella sabía que en el fondo yo sentía un pesar enorme por no poder volver a Cuba.

Cincuenta y tres años más tarde, cuando César Gómez hablaba de su esposa Elena en aquel apartamento de Bogotá, en sus ojos acuosos aún flotaba ese brillo que sólo aflora cuando el amor es verdadero. Pero, muy pronto, aquel destello se volvió opaco porque unas lágrimas lo velaron. Su voz se cortó durante un instante y, tras un leve carraspeo, me dijo: «Elena ha sido el amor de mi vida. Desde que murió, hace ya veintiséis años, mi vida se ha extendido demasiado…». Tuve que hacer una pausa para que él tomara un respiro, para que las lágrimas que inundaban sus ojos se reabsorbieran pues, de algún modo, los ancianos lloran hacia adentro. Noté en ese breve momento de silencio que su mente también se había ido, quizás a una esquina cualquiera de otro espacio y otro tiempo en los que los dos amantes se encontraron otra vez. Los imaginé entonces juntos, muy jóvenes, caminando de la mano a lo largo del mohoso malecón de La Habana, salpicados por la espuma blanca de las olas que rompen muy cerca, juntando sus rostros, rozando sus narices, sintiendo otra vez la tibieza de sus labios unidos, hasta que él regresó a la sala de su apartamento en Bogotá. Y sus ojos otra vez me enfocaron. Su voz recia, rítmica, rompió de pronto el silencio: «Elena tenía una fortaleza enorme».

En este punto decidí cambiar la estrategia para sacar a César del recuerdo de su esposa y regresar con él al fondo político que encerraba la pregunta inicial:

—Yo puedo comprender aquel sentimiento que usted mantiene por su patria, el hecho de extrañar su país, el lugar en que nació, las calles que lo vieron crecer y luego luchar contra las dictaduras y los Gobiernos subyugados a los norteamericanos, pero entre la añoranza por Cuba y el arrepentimiento de haberse alejado de la Revolución hay una distancia enorme.

Él me escuchó con atención y noté que sabía exactamente adónde quería llegar, y por eso, antes de que terminara insistiendo en la pregunta que ya le había hecho, de reformularla de algún modo, él mismo soltó todo lo que llevaba dentro:

—Yo fui revolucionario durante muchos años de mi vida. Cuando salí de Cuba, al principio sentí alivio, me sentí en paz conmigo mismo, pero con el tiempo empecé a cuestionarme si no me había equivocado y toda la gente que se quedó ahí, mis amigos, mis compañeros de lucha, había hecho lo correcto. No se le olvide que yo fui el primer expedicionario del Granma que abandonó Cuba, entonces usted póngase a pensar en mi posición.

—Frente a lo que estaba sucediendo allí —intervine— en ese primer año de Gobierno y los excesos que se cometieron, pienso que usted hizo lo correcto.

Aquí de algún modo debía lograr entrar en ese otro terreno que me interesaba en particular. Volvió entonces a mi cabeza aquella imagen nebulosa que tenía de mi padre, esa película desvaída que era mi único recuerdo, y también, por supuesto, esa lista y esos documentos que en ese momento ya dudaba de si debía enseñárselos a César. Al inicio, pensé que debía mostrarle lo que tenía sobre mi padre para saber si él había sido uno de los criminales de la Revolución, o si no supo de los asesinatos, o si nunca estuvo de acuerdo con los horrores que cometía ese Gobierno que llegaba para sanar a Cuba de los crímenes de Batista y que terminó convirtiéndose en una dictadura más cruel y sanguinaria que la anterior.

Y entonces toqué aquella fibra tan sensible que nos unía a ambos sin que él aún supiera que yo también había sido una víctima del Gobierno de la Revolución, una a la que Castro y sus cómplices marcaron de por vida:

—A menos, César, que usted en el fondo estuviera de acuerdo con todo lo que se hizo en el Gobierno de la Revolución, con los crímenes, las ejecuciones, las desapariciones.

Entonces él me miró fijamente y, con mucha tranquilidad, dijo:

—El análisis no es tan simple como estar o no de acuerdo con ciertas políticas extremas que se tomaron en el Gobierno. Es importante poner las cosas en contexto para comprender mejor la situación. En mi caso particular había dos situaciones diferentes: por un lado, la lealtad que yo le debía a Manolo Fernández y la amistad que nos unía desde que éramos niños. En ese contexto, para mí no era una opción quedarme en el Gobierno haciéndome el desentendido de lo que estaba pasando y sustituirlo en el ministerio. Lo habría podido hacer perfectamente, callarme, dejar que Manolo hablara por su cuenta y yo seguir como ministro. Obviamente bajo ninguna circunstancia yo iba a actuar así. Por otro lado, también hay que tomar en cuenta que Manolo no había sido parte del grupo rebelde que luchó por este objetivo desde la juventud, y que si yo hubiera sido fiel a mis principios ideológicos, olvidándome por un momento de nuestra amistad, debía haber seguido como parte de la revolución en la que confiaba la gran mayoría del pueblo cubano, una revolución que para subsistir necesitaba de un apoyo total.

En este punto es importante recordar algo que dijo el autor alemán Georg Büchner: «Quien realiza una revolución a medias se cava su propia tumba». Eso era exactamente lo que pensaban en aquel momento Raúl y Fidel, y no creo que hubieran leído a ese autor, sino que estaban convencidos de que esa Revolución que tanto nos había costado a todos los cubanos debía ser defendida a sangre y fuego contra todos los que intentaron reprimirla o extinguirla desde el inicio.

Y, valga la aclaración, yo jamás estuve de acuerdo con el sistema de terror que ellos impusieron y con los crímenes que se cometieron, eso yo no lo podría justificar nunca en mi vida, pero reconozco que el modelo político al que ellos llegaron por la fuerza de las circunstancias, para poder sostenerlo en el tiempo, demandaba una defensa como la que se hizo en Cuba. Pero claro, de allí a llegar a convertirse en unos asesinos peores que Batista y a destruir como destruyeron los derechos de los cubanos, con eso jamás estaré de acuerdo. Quizás ahí es donde yo encuentro algo para aferrarme a la decisión que tomé en 1961. Los crímenes y el ajusticiamiento de compañeros y de gente que no pensaba como nosotros, pero que habían sido derrotados en el campo de batalla, la falta de libertad de mis compatriotas y la destrucción de la democracia han sido los argumentos que me sostuvieron todos estos años para no sentirme tan culpable por haberme ido de Cuba.

Las palabras de César Gómez, que en un inicio habían encendido mis alarmas, terminaron por convencerme de que estaba delante de un hombre de incuestionable valor ético y moral. En ese momento, de algún modo concluí que el proyecto de escribir este libro tenía no sólo un asidero real, sino también un importante soporte moral, pues aunque las circunstancias de nuestras vidas nos pusieron en distintas orillas frente al proceso histórico de la Revolución cubana —él por su condición de rebelde, convencido de que la liberación del país era necesaria, y yo por mi origen—, finalmente sentí la tranquilidad de que la historia de César Gómez iba a ver ver la luz de forma objetiva, y los lectores no hallarían en ella un atisbo de injusticia o imparcialidad con el personaje por el hecho de haber sido yo el hijo de una de las víctimas de aquel Gobierno represivo.

También reconocí en ese momento, cuando estaba cerca de terminar el primer ciclo de entrevistas que iba a hacerle a mi personaje, un cierto alivio, porque en el momento en el que develara mi verdadera relación con Cuba y con el Gobierno de Castro no tendría que hacerlo con el ánimo de acusar o imputar a ese hombre como cómplice o encubridor del crimen de mi padre o, al menos, de enfrentarlo y acribillarlo a preguntas para que en mi presencia se quebrara y terminara pidiendo disculpas por algo que no hizo y que probablemente ni siquiera sabía… No, porque esos días supe que lo podría hacer tratándolo como otra de las víctimas de aquel régimen, como un hombre que estuvo en desacuerdo con los crímenes de sus compañeros y decidió romper el hilo que lo vinculaba a la Revolución, el hilo de la culpabilidad. O quizás me estaba adelantando demasiado en ese momento y las conclusiones que escribía de forma atropellada en mi cuaderno iban a ser contradichas más adelante.

Nuevamente el espectro de mi padre regresó a esa sala y me alertó sobre aquel hombre que tenía delante. Una nueva sombra cayó sobre mí, y mi mente voló imaginando a César Gómez como cómplice o encubridor de esos crímenes, o quizás, incluso, mientras estuvo en el Gobierno y gozaba de los favores de sus amigos, los Castro, como alguien que fue parte de las decisiones que se tomaron en esas macabras reuniones efectuadas por los miembros más cercanos a la Revolución en el hotel Habana Hilton o en Cojímar, donde se resolvía el destino de los que habían sido detenidos por haber formado parte de la fuerzas de seguridad de Batista, por haber sido familiares de algún colaborador del dictador, o simplemente por haber sido acusados de contrarrevolucionarios sin prueba alguna.

Quizás también ese hombre que estaba allí, frente a mí, fue decisivo cuando apresaron en Escambray al grupo de excombatientes de las fuerzas de seguridad de Batista que habían huido por la persecución que el nuevo Gobierno inició contra ellos.

Mientras Gómez hizo una pausa en silencio, tomé el sobre que llevaba en la maleta y saqué con rabia los documentos que había guardado todo ese tiempo como el único testimonio que quedaba de mi padre. Consulté el reloj. Eran casi las ocho de la noche. El viejo se veía cansado y parecía que no lograba retomar el hilo de la historia. Sabía que me quedaba poco tiempo, no estaba seguro de tener otra posibilidad de reunirme con él, y a pesar de que aún quedaba una parte de su historia por contar, algo en mi interior me animaba a mostrarle quién era yo en realidad. Le acerqué entonces los documentos que sostenía con mi mano derecha:

—Hay algo que quisiera que usted viera, César…

242

Escambray, 1961

ESCAMBRAY
ACTA DE SANCIÓN INSURGENTES

AL TRIBUNAL REVOLUCIONARIO DEL DISTRITO DE LAS VILLAS:

EL FISCAL DICE: que presenta la causa radicada con el Número 829 de 1960, de la radicación de ese tribunal; y estimando completa la investigación sumarial, solicita se abra la causa a juicio oral, a cuyo efecto formula, en concepto de provisionales, las conclusiones siguientes:

PRIMERA: Con conocimiento del gobierno revolucionario que en la Sierra del Escambray y otros lugares de esta provincia se encontraban grupos armados de elementos contrarrevolucionarios en concepto de alzados para combatir y tratar de derrocar por medio de la fuerza al actual gobierno se enviaron tropas del ejército rebelde y de las milicias revolucionarias, quienes después de haber hecho contactos con los referidos elementos entablaron combates y a través de las operaciones militares fueron sofocados estos brotes armados capturándose a los siguientes individuos:

Capitán Jefe de columna *Alejandro Lima Barzaga, c/por Nando. †

Capitán Jefe de columna *Zacarías García López. †

Capitán Jefe de columna *Roberto Montalvo Cabrera. †

Capitán Jefe de guerrilla *Ramón Pérez Ramírez c/por Monguito. †

1er Tte jefe de guerrilla *Aldo M. Chaviano Rodríguez. †

1er Tte jefe *Orlando González López c/por Wititio. †

2do Tte *Macario Quintana Carrero c/por Pata de Plancha. †

2do Tte *Carlos Brunet Álvarez. †

2do Tte *Alejandro Toledo Toledo. †

Capitanes Jefes de guerrilla:

*Carlos Curbelo Pérez. †

*Ruperto Ulacia Montelier. †

*Blas Enrique Rueda Muñoz. †

*Líster Álvarez López. †

*Francisco Martínez Zúñiga c/por Gurupela. †

*Zenén Bencurt Rodríguez. †

*Aquilino Serquera Conesa. †

*Ignacio Zúñiga González. †

*Eladio Romayor Díaz. †

*Cristóbal Airado Pérez. †

*Alfredo Fernández García. †

*Blas Marín Navarro. †

*Pablo Beltrán Mendoza. †

*José R. Beltrán Hernández. †

*Ramón García Ramos. †

Todos los cuales según se ha probado fehacientemente han participado en innumerables crímenes de campesinos, milicianos y del maestro voluntario Conrado Benítez. Asimismo fueron capturados los siguientes alzados y elementos contrarrevolucionarios que colaboraron con los mismos enviándoles armas y pertrechos: Cmdte (sacerdote): Francisco López Blázquez. Cptan jefe de columna: Ismael Sierra Rojas c/por Taranta. Cptan jefe de columna: Juan Cajigas Hernández c/por Édgar. Cptan jefe de guerrilla: Rafael Aragón Liviano. 1er tte jefe de guerrilla: Israel Hernández Medina. 1er Tte jefe de guerrilla: Julián Oliva Cuellar c/por Yaguajay. 1er Tte jefe de guerrilla: Jesús Israel Yera Ramírez. 2do Tte jefe de guerrilla: Emiliano Cárdenas Tardío. 2do Tte jefe de guerrilla: José R. Pérez Valladares c/por Guayacol. 2do Tte jefe de guerrilla: Manuel Alonso Alonso c/por Manolón. 2do Tte jefe de guerrilla: Adalberto Arcia Rodríguez. 2do Tte jefe de guerrilla: José R. Peña Vásquez c/por Mongue.

2do Tte jefe de guerrilla: Víctor Gámez Fernández c/por Chichí. 2do Tte jefe de guerrilla: Víctor Nazco García. Jefes de guerrilla Eliécer Ríos Pérez y Carlos Miguel Vásquez García. Capt jefe de comunicaciones: Gelasio Laborit Medina. 2do Tte de comunicaciones: Claudio Ruiz Velasco. 1er Tte jefe sum y ctel maestre: Rafael Barreto Veliz. Jefe de grupo: César Páez Sánchez. Capt Máximo Lorenzo Riverol. Capt Ezequiel Gómez Castro c/por Kelo. Jefe de guerrilla: Raimundo L. Guzmán López. Fulgencio Hernández Rancel. Magdo Isidro Gómez Alba. Aurelio Clemente González Bolaños. Ramón Mira Valdés. Jefe de grupo: Carlos Tardío Sariol. Inocente Díaz Rodríguez, menor de edad. Arcime Valentín de León. Héctor González Martínez. Gabriel Ulpiano Oliva. Manuel Ibarra Ávila. Silvio Martínez Huet. Lino Bernabé Fernández c/por Dr Ojeda. Capt jefe de columna Carlos Duque Miyar. 1er Tte Oliverio Cajigas Hernández. 1er Tte Pablo Enrique Marrero. 2do Tte Silvio Yupol Guzmán. 2do Tte Ricardo Rodríguez Liviano. 2do Tte Fernando Beltrán Mendoza. 2do Tte Roberto Pavón Peña. Guillermo Pérez Calzada. Víctor Marcial Hernández Díaz. Mariano Valdivia Ávila. Joaquín Castellanos Gómez. Erick Humberto Ávila Rodríguez. Rubén Juviel Portieles. Ángel Mesa Fumero. Justo Hernández Moya. Eduardo Piedra Suárez. Arsenio Morales Díaz. Gilberto García Díaz. Tomás González Luján. Aniceto Cabezas. José Caballero Lice. Orlando Martín Rodríguez. Ismael Vera García. Walter del Río Barroso. Miguel A. Cárdenas Pedraja. José del Carmen García Fernández. Dra Hilda Rosa Ríos Machado. María Ramírez Ramírez. Hilda Rodríguez Liviano. Alberto Cadalso Ruiz. Rafael Bastida Ferrer. Juan Rafael Santos Suárez del Villar. José Rodríguez Morfi. Francisco Castell Gelabert. Roberto Gesne Gesne. Abel González Chávez. Yuris Gómez Alba. Norberto Rodríguez González. Florencio Beltrán Perdomo. Wilson Muela Melia. Roberto Pérez Martínez Francisco García Rivero. Jesus González Martínez. Hernán Hernández Gómez. Robustiano Barcelo González. Armando García Monteagudo. Valentín Denis Rodríguez. Juan Hernández Denis. Roberto Álvarez Torres. Alejandro Iglesias Sánchez. Juan Pomares Hernández. Eduardo José Delgado Jiménez. José Coronel Hernández. Luis Felipe Martínez. Francisco Soler Sanjurjo. Jesús Ortiz Salabarría. Dr Carlos Manuel Fernández Fernández. Domingo Sánchez Costa. Mario Bolaños Muñoz. Luis Rafael Pichs Cadalso. Juan Campos Pérez. Justino Barroso Domínguez. Gabino Rodríguez Chávez. Dr Ignacio Segurota Canto. Justo Pérez Domínguez. Dr Francisco Delgado Barrenas. Gilberto Villegas Martínez. Rafael Carrazana Martínez. Benedicto Lorente Reina. Elizardo Hernández Villazón. Onelio Pérez Valdivia. Dr Pelayo Torres Vega. Ismael Paret Rojas. Santos Chávez Cárdenas. Aurelio Arandia Arubin. Ramón Reyes Pérez. Felipe Sánchez Pascual c/por El Colono. Gaudencio Aragón Escalante. Ramón Pérez Leiva. José Rosquete Viñes. Rubén Morales Peñalver. David Muñoz Moreno. Gerardo García González. Benedicto Lorente Martínez. Idalberto Rodríguez Farrada. Alberto Viera Hernández. Hilario Pedraza Murillo. Francisco Hernández Tardío. Ismael Breñillas Roque. Raúl Pérez Hernández.

Que a todos los alzados anteriormente relacionados se les ocupó gran cantidad de armas, parque, medicinas, plantas transmisoras y demás equipos bélicos así como en el transcurso de las operaciones militares se ocupó gran cantidad de armamentos que fueron lanzados sobre la zona del Escambray por aviones norteamericanos, que eran enviados por el Imperialismo yanqui para abastecer a los contrarrevolucionarios.

SEGUNDO: Estos hechos son constitutivos de un delito contra los poderes del Estado previsto y reprimido en los artículos 147, 148, 158 y 159 del código de defensa social, tal como quedaron modificados por la Ley 725 del 7 de julio de 1959.

TERCERA: Son responsables en concepto de autores inmediatos los procesados mencionados en la primera de estas conclusiones.

QUINTA: La sanción en que han incurrido los procesados (anteriormente marcados * a pena de muerte).

El resto a treinta años de privación de libertad con la exclusión de Inocente Díaz Rodríguez, declarado responsable y en atención a su minoría de edad ordenar su reclusión en un centro de orientación infantil para menores varones por el tiempo que determine la ley.

Santa Clara, 29 de abril de 1961.

Fiscal del Tribunal Revolucionario.

Nota explicativa:

Los nombres marcados con este signo * fueron fusilados por los llamados tribunales revolucionarios.

El resto de individuos juzgados fueron condenados a pasar varios años de reclusión en cárceles cubanas.

Quito, 2016

Rodeado de libros, notas, libretas, tazas de café en las que sólo quedan unos posos negruzcos y resecos, ceniceros repletos de colillas, he repasado una y otra vez esos documentos que me entregó hace años Ismael, el hombre que vio vivo por última vez a mi padre. Aún recuerdo esa extraña llamada que recibí en este apartamento cuando apenas había iniciado el nuevo siglo. Mi madre había muerto unos días antes por el cáncer de páncreas que se la llevó en tan sólo dos meses desde que fue diagnosticado. El dolor de su ausencia aún flotaba en cada uno de los rincones de este lugar. Aquí también había vivido mi madre sus últimas semanas, cuando ya no podía valerse por sí misma, cuando dejó su departamento de La Floresta y se mudó conmigo a la zona de la avenida González Suárez en el norte de Quito. Mirando hacia las luces de los valles, con la imagen baja de las cúpulas de la iglesia de Guápulo bellamente iluminadas, tomé el auricular y escuché esa voz cascada de indudable acento cubano que mencionó mi nombre compuesto, *Ignacio Javier*, algo que sólo había sucedido muchos años antes, cuando mi madre me recriminaba por alguna actitud que no era correcta, y en mi infancia, claro, cuando ella me llamaba por los dos nombres y esa sola referencia me producía escalofrío, pues significaba que me había metido en problemas. Respondí entonces, vacilando:

—Sí, el mismo.

Al otro lado de la línea escuché un suspiro, y luego se produjo una pausa que me pareció eterna.

—Dígame, en qué le puedo servir —insistí.

Entonces el hombre se identificó con su nombre, y para evitar más explicaciones o preguntas de mi parte, de inmediato dijo:

—Fui amigo de tu padre, estuve junto a él cuando murió.

Mientras la respiración del hombre se escuchaba cada vez más fuerte y agitada, yo sentía que la sangre de mi cuerpo se congelaba y que, de pronto, todo a mi alrededor se oscurecía. Di unos pasos y me senté en el sillón de la sala dándole la espalda al ventanal en el que la noche y sus luces fulguraban. Aquel nombre no me sonaba de nada, nunca lo había escuchado. Mamá nunca lo había mencionado y ahora ya no estaba ahí para aclararme quién era él, qué relación había tenido con papá. Tras un nuevo e incómodo silencio, el hombre habló otra vez haciendo unas extrañas pausas cada dos o tres palabras:

—Mira, chico... supe que... Mirta murió hace poco, yo lo siento... lo siento mucho... realmente lo siento...

Me dio la impresión de que estaba sollozando y me imaginé que podía cortar la llamada y que me quedaría en Babia si lo hacía.

—Gracias, aprecio mucho su preocupación, pero, por favor, cuénteme algo sobre mi padre, dígame qué sucedió, cómo se dieron las cosas, yo nunca supe nada.

El hombre interrumpió:

—Yo sé que debes tener muchas preguntas, lo imaginé y lo medité antes de llamar. El asunto es que vivo en Tampa, Florida, y por teléfono no quisiera...

—No se preocupe, yo puedo llamarlo ahora mismo —interrumpí yo también, pensando que podía tener problemas económicos.

De pronto su lengua se aflojó:

—No, no se trata de que me llames tú, es que por teléfono resulta complicado hablar de estas cosas.

—Entiendo, pero en todo caso, si usted pudiera ayudarme a conseguir algo de información sobre mi padre, cualquier cosa sería importante para mí. El tema es que esto yo nunca lo pude hablar con mamá, ella no quiso.

Él interrumpió:

—Lo entiendo, chico, y te digo que no sé si tu madre no quiso hablar contigo de lo que pasó o tal vez no pudo hacerlo porque, en realidad, a lo mejor, ella tampoco sabía mayor cosa.

De pronto cayó en mi mente, como un rayo, uno de los interrogantes que siempre me habían perseguido: ¿en realidad mamá no hablaba de la muerte de mi padre por no regresar a esa parte de su vida, por dolor o temor de enfrentar el pasado, o porque ella nunca supo la verdad de lo que ocurrió? En esos segundos emergieron de mi memoria las respuestas evasivas a las que ella acudía cuando yo intentaba hablar de mi padre: «No sé nada, por favor déjame sola, no quiero hablar de él; olvídalo, olvídalo, ya no está aquí y no va a volver, nadie nos lo va a devolver, no vale la pena insistir…». Quizás mi madre no quería que yo me enterara de lo que había en el fondo del asunto, porque lo cierto es que siempre supimos que lo fusilaron, pero: ¿cuáles fueron las circunstancias que rodearon el hecho? ¿Por qué lo ajustició el Gobierno de la Revolución? ¿Quién era él en realidad? ¿Uno de los criminales de Batista, un simple policía, un buen hombre que fue sólo una víctima de los barbudos? ¿En dónde sepultaron su cuerpo? Muchas veces, cuando era niño, imaginé que papá no estaba muerto, que un buen día iba a aparecer en Cúcuta, Medellín o Bogotá y que todo volvería a ser normal, que la vida gris en la que se ahogaba mi memoria desde que salimos de Cuba a inicios de 1959, y ese primer año en Cúcuta, de un momento a otro volvería a tener el color que había perdido cuando ambos, mamá y yo, hicimos una noche ese viaje repentino lleno de misterios y secretos.

—Mira, chico, vamos a hacer una cosa, me vas a dar tu dirección y yo allí te enviaré un sobre con algunos documentos que conservo sobre tu padre. Te escribiré una carta en la que te contaré algunos detalles pero, claro, no puedo contarlo todo así. En todo caso, si tú vienes para Florida, con gusto me reuniré contigo y podremos hablar.

El sobre prometido llegó a mis manos treinta y tres días después. Entre varios documentos oficiales sobre la detención de algunas personas en la zona de Escambray, constaba además el acta que ahora tenía en mis manos, la prueba documental de la ejecución de mi padre, y también esa carta en la que Ismael me relataba lo que había sucedido aquel día:

Estimado Ignacio Javier,

No va a resultar fácil resumir en estas páginas lo que fueron los dos últimos años de la vida de tu padre, de nuestra vida desde aquel fatídico día en que Cuba cayó en manos de los criminales que se tomaron el Gobierno al mando de Fidel Castro. No sé qué cosas hablaste con tu padre sobre esa época, creo que no habrán sido muchas, pues en enero de 1959, cuando nuestro presidente, Fulgencio Batista Zaldívar, fue derrocado por los rebeldes, nosotros mismos y nuestras familias caímos en desgracia. Tanto tu padre como yo fuimos parte de la guardia de seguridad personal del presidente Batista. Mientras él ejerció su cargo nuestro grupo asumió con responsabilidad y profesionalismo la defensa y seguridad del presidente y de la casa presidencial. No te voy a decir ahora, a estas alturas de mi vida y también de la tuya (si no me equivoco debes tener cincuenta y un o cincuenta y dos años, yo estoy cerca de los ochenta, así que ya podemos hablar de estas cosas), que no cometimos algunos excesos en el cumplimiento de nuestras funciones, pero tampoco es cierto todo lo que se dijo sobre nosotros durante los últimos años de la lucha rebelde y el primer año del Gobierno de Castro. Tanto tu padre como yo y el resto de nuestros compañeros actuamos siempre con apego a los reglamentos militares de nuestro cuerpo y a los más altos principios que rigen las normas éticas y de comportamiento humano. Sin embargo, desde el 1 de enero de 1959 nuestra vida se convirtió en un verdadero infierno. Lo que se produjo allí lo puedo resumir fácilmente como una persecución inhumana contra todos nosotros y contra nuestras familias. Tu madre y tú pudieron salir de Cuba, si no estoy equivocado, en febrero de ese año, cuando apenas habían pasado dos meses del golpe. Mi familia, esposa y dos hijos, salieron poco tiempo después a Miami. Por desgracia, yo tampoco pude reunirme nunca más con ellos. Si a tu padre y a ustedes los separó su muerte, a mí y a mi familia nos alejó para siempre la cárcel.

Lo que te puedo decir es que el 31 de diciembre de 1958, después de que el presidente Batista abandonara la isla, veintitrés miembros de su guardia personal nos dirigimos hacia la zona del Escambray para reorganizar allí un contragolpe que nunca llegaría a cristalizarse. Nuestras familias fueron advertidas de la saña y la maldad con la que actuarían los rebeldes contra ellos si no lograban capturarnos. Por esa razón tu madre y tú, si es que tienes recuerdos de esos días, se ocultaron en las afueras de la ciudad con familiares o amigos. Tres semanas después del golpe, tras una delación perversa de algunos habitantes de Trinidad, fuimos capturados por las fuerzas revolucionarias. Nos golpearon, nos humillaron y luego nos trasladaron al presidio de Isla de Pinos en calidad de presos políticos. Allí, en ese infierno, absolutamente aislados de nuestras familias, sin posibilidad de contactar a nadie en el exterior y sufriendo un trato inhumano, permanecimos cerca de dos años. En esas circunstancias, recluidos en unas celdas incómodas, oscuras, sin apenas ver la luz sino una hora al día, sobrevivimos junto a tu padre y los demás compañeros hasta el 28 de abril de 1961.

Ese día, muy temprano en la mañana, nos trasladaron a los veintitrés, primero en bote y luego en un camión, a la provincia de Sancti Spíritus, y nos encerraron en la torre vieja de Manaca-Iznaga, cerca de la ciudad de Trinidad de Cuba, justamente de donde habían salido nuestros delatores. Allí nos enteramos del asesinato que se había cometido el día anterior en Las Tinajitas, en plena sierra del Escambray, de dos miembros de las fuerzas de seguridad de Batista, de apellidos Quintana y Roleur, y cuyos cadáveres habían sido expuestos en el patio donde se celebró el juicio para que el pueblo los viera y se constituyera en testigo de la ejecución. Las sospechas que teníamos de que nosotros también seríamos ejecutados se confirmaron ese día. No te puedo decir qué pasó por la cabeza de tu padre esas horas siguientes, no recuerdo haber hablado con él ni con ninguno de los otros compañeros, pues todos nos hundimos en un silencio profundo y dedicamos esos últimos momentos que nos quedaban a reflexionar, a pensar en nuestras familias, a sortear el miedo imaginando que seríamos liberados, que el Gobierno revolucionario iba a caer de un momento a otro, pensando cualquier cosa que nos alejara de la muerte.

El juicio empezó al día siguiente. El procedimiento, como ya intuíamos y conocíamos que se había hecho en otros casos durante los dos primeros años, estuvo plagado de arbitrariedades e injusticias. El tribunal estaba presidido por el capitán Andrés Abeledo Mejías, el oficial acusador fue Luis Felipe Denis y el fiscal era el doctor Humberto Jorge. Ellos fueron los que llevaron la voz cantante en el proceso. Se nos acusó con base en pruebas circunstanciales, por referencias, parecidos, utilizando, en lugar de nuestros nombres, seudónimos que nos imputaban a unos y a otros, sin tener en cuenta la identidad de cada uno, o por simples suposiciones o similitudes con alguien más. Y los testigos, todos mentirosos que relataban hechos supuestos, nos delataban y nos señalaban a cada uno, imputándonos tal o cual crimen, torturas, desapariciones y presuntas acciones contrarrevolucionarias.

Personalmente fui excluido del grupo gracias a la declaración de mi hermano de lucha, José Ramón López, de que yo no era «El Chiro», al que estaban buscando incesantemente los comunistas. Aunque en efecto yo sí era «El Chiro», pero la valentía de mi compañero me dejó afuera del grupo de condenados junto al viejo Rosellón, al que liberaron por su edad, para que contáramos ambos de lo que eran capaces esos criminales y así contribuir al terror que ya reinaba en toda Cuba. Y así fue cuando volvimos a Isla de Pinos, los dos contamos lo que allí sucedió.

Es importante que sepas que, ante la certeza de que iban a morir, todos los del grupo, incluido tu padre, por supuesto, mostraron una actitud firme, valiente y decidida. Fui portador de recados personales, de pequeños recuerdos que me encomendaron llevar a los familiares. Tu padre, específicamente, me pidió que hablara con tu madre y le dijera que iba a morir con la frente en alto, con la conciencia tranquila y el orgullo de haber defendido la patria de los comunistas. Esto se lo transmití a tu madre hace muchos años, cuando salí de prisión y logré escapar a Florida. Las últimas palabras que recuerdo de tu padre fueron: «Diles a Mirta y a mi hijo que no tengo miedo, que no me arrepiento de nada, que los amo». Y no hubo tiempo para más palabras...

Al final, se dictó la sentencia: diecinueve condenados a pena de muerte por fusilamiento y cuatro a treinta años de cárcel. La apelación, que era nada más un formalismo, una farsa en ese proceso teatral, duró pocos minutos y la sentencia fue ratificada. Nos montaron entonces en un camión militar y los miembros del tribunal nos siguieron en sus vehículos. Nos llevaron hasta un recodo del camino que llevaba hacia Cienfuegos y allí se detuvieron.

Ya había anochecido. Sólo se escuchaban las voces de nuestros ejecutores dando órdenes, gritando, alguna risa siniestra que resonaba cerca del lugar, y la respiración profunda, agitada, de los veintitrés que íbamos en el camión. No hubo lágrimas, ni gritos, ni una sola muestra de debilidad. Aproximadamente a la una de la mañana del 30 de abril de 1961, bajaron a los condenados. El viejo Rosellón y yo permanecimos en el camión y pudimos ver todo lo que ocurrió. Los colocaron en una hilera. Llevaban las manos atadas a la espalda. Los iluminaron con las luces de los otros vehículos y entonces los llamaron por su nombre. Tu padre estuvo entre los primeros tres ejecutados. No sufrió. Los ametrallaron a corta distancia durante varios segundos. El resto que estaba en la hilera comenzó a dar gritos en contra del comunismo y a favor de Dios y la libertad. Entonces tirotearon a todos los demás. Luego los remataron uno por uno.

Esta es la historia de la última parte de la vida de tu padre. Por supuesto, hay muchas cosas que vienen a mi mente sobre él: palabras, recuerdos, gestos, alguna conversación en la que hablaba de ti y de tu madre, pero todo eso quizás lo podamos rescatar de esta cabeza cuando nos veamos alguna vez si vienes por estos rumbos.

Te envío el abrazo que tu padre no te pudo dar.
Ismael

Había leído esa carta infinidad de veces. De algún modo me aferraba a ella como muchos se aferran a las fotografías del ser amado o a la ropa colgada en el armario que después de la muerte conserva durante un tiempo su olor y que, poco a poco, se desvanece o lo reemplazan los efluvios de la humedad o el encierro. Me aferraba a las palabras distantes de un desconocido porque no tenía a mano ninguno de los objetos personales de mi padre: sus lentes de leer, sus gafas de sol, los esferográficos o las billeteras de cuero en donde pudieran conservarse aún sus huellas. Me aferraba a la única historia que quedaba de él y sus últimos días porque tampoco estuve después de su muerte en las habitaciones que ocupó, ni me recosté jamás en las sábanas con las que se cubrió sus últimas noches mientras estuvo en casa. Tras el exilio, mamá se encargó de recordarme todos los días de mi vida que no había quedado nada para recordar a mi padre, ni una sola fotografía ni un solo objeto que le hubiera pertenecido, ni una sola prenda que él hubiera usado, nada. Durante los primeros años yo respetaba el silencio de mi madre porque todo era demasiado reciente: la huida repentina cuando llegó el Gobierno revolucionario y empezó la persecución contra todos los que habían sido parte de la dictadura; la separación última que fue tan sólo la confirmación de la distancia que mis padres habían tomado un par de años antes, al principio conviviendo en la misma casa en medio de discusiones permanentes, y un evidente deterioro del amor que alguna vez los unió (¿los unió alguna vez el amor?, me he preguntado muchas veces), y luego, esos largos períodos en los que él ya no iba a casa a visitarnos, en los que no me llamaba ni siquiera por mi cumpleaños y yo siempre me preguntaba en silencio cuándo vendría, en qué momento llamaría.

Luego llegaron aquellos días aciagos y volátiles en los que todo se trastocó. Había triunfado la Revolución y lo que en las calles era fiesta y algarabía, en mi casa era tensión y más silencio. Pocas horas después de que Batista huyó, mi padre se presentó en casa. Era una noche o quizás una madrugada porque yo ya estaba dormido y me desperté cuando él se sentó en mi cama junto a la cabecera y me acarició la cabeza. Lo vi más delgado, venido a menos, y me dijo susurrando que lo mejor para mamá y para mí era salir de Cuba lo antes posible, y me prometió que él saldría también muy pronto, que en cualquier momento nos volveríamos a encontrar en Colombia o en México, que eran los lugares adonde se podía viajar con menos problemas. Me abrazó con fuerza y me besó en la frente. Sacudió otra vez mis cabellos repitiendo lo que me decía cuando había pasado algún tiempo en el que no nos habíamos visto: que ya era un hombre, que estaba enorme, que había cogido cuerpo, que era igual a él cuando tenía su edad… Y luego de darle en la mejilla un frío beso a mamá, que había contemplado la escena desde el umbral de la puerta de mi dormitorio, desapareció. La última imagen que tengo de él, aunque ya sea sólo un cúmulo de sombras que se amontonan en mi mente, es cuando se subió a un vehículo en la noche, sus espaldas anchas, su gorra blanca, la chaqueta negra con el cuello levantado y, detrás de mí, el llanto de mamá que presentía o sabía que de cualquier modo no lo volveríamos a ver.

Llegaron casi dos años de viajes, traslados, cambios de domicilio, colegios nuevos, amigos transitorios, hasta que logramos recalar en Cúcuta y mamá consiguió un empleo estable al que debió renunciar (y esto lo sabría muchos años después) por el acoso permanente que sufría de parte de los administradores de la cantera, e incluso por el intento de agresión sexual que sufrió cuando habló con su jefe y este le ofreció su protección a cambio de «portarse bien con él». Por esa razón ambos debimos salir de forma intempestiva aquel año de 1961 de Cúcuta hacia Medellín, justamente unos meses antes de que César Gómez hiciera la misma travesía al final de su viaje entre Cuba, Venezuela y Colombia. Allí vivimos solamente un año, pues mi madre no consiguió un trabajo estable. Nos radicamos en Bogotá, donde ella logró entrar a trabajar a una empresa importadora de maquinaria agrícola. En Cúcuta nos habíamos enterado del asesinato de mi padre. Tenía once años cuando supe que la Revolución lo fusiló. Y comencé entonces mi etapa de rebeldía, de cuestionamientos, y trataba de encontrar respuestas allí donde sólo había vacíos. Mi angustia y frustración se incrementaron con el paso del tiempo, cuando los pocos recuerdos que guardaba de él se difuminaron lentamente en aquellas imágenes sombrías en las que ya no hallaba un rostro definido sino más bien manchas imprecisas de nuestra vida juntos: los juegos de béisbol en el estadio Latinoamericano cuando me llevaba a ver a los Industriales; los paseos de los domingos al parque Carlos Aguirre, que estaba apenas a una calle de casa; las caminatas por el malecón y los domingos que visitábamos las playas de Guanabo. Sus manos grandes y fuertes, la voz gruesa y potente, los gritos que a veces me hacían temblar del miedo, pero también sus risas francas cuando estábamos juntos.

Era obvio que me iba a obsesionar con la historia de un padre del que me quedaban tan pocos recuerdos vivos, del que me habían ocultado casi todo su pasado. Alguna vez intenté entrar en contacto con el único hermano que tenía papá, el tío Ricardo, pero supe que había salido de Cuba hacia Miami en 1955, en plena dictadura de Batista, y que había muerto en 1970 en un accidente de tránsito. Mis abuelos paternos también murieron en la década de los setenta, en Cuba, y de ellos en realidad ya no supe nada un par de años antes de abandonar el país, cuando mamá y papá empezaron a tener sus problemas y me separé de la familia paterna. Era obvio que tenía que tratar de averiguar toda la verdad sobre él, que debía saber quién había sido en realidad; si, como lo he temido siempre, fue uno de los criminales que estaban bajo órdenes de Batista y que infundían tanto temor en la población, o si sólo había sido un colaborador del régimen, sin mayor incidencia en los excesos de la dictadura... La única persona que podía responder estas preguntas era Ismael.

Planifiqué durante varios días esa llamada en la que trataría de que él aclarara mis dudas. Tuve la precaución de apuntar los asuntos más importantes que necesitaba preguntar: ¿quién era en realidad papá? ¿Qué funciones había cumplido en el Gobierno de Batista? ¿De qué crímenes lo acusó el Gobierno revolucionario? Pero la planificación se fue al traste cuando lo llamé y me respondió, una vez más, que esos temas no los iba a hablar por teléfono. Repitió lo que me había dicho la primera vez que conversamos: que si quería, podía visitarlo en Florida para hablar tranquilamente del tema, pero que había cosas que no se podían decir por teléfono. Yo insistí en alguna pregunta y él fue tajante en su respuesta negativa, aunque al final me dijo que él y mi padre se conocieron en el Buró de investigaciones, y que allí permanecieron hasta la caída de Batista…

Al menos me había dado una pista, y a pesar de que convine con él en que muy pronto nos veríamos en Estados Unidos, ese viaje nunca llegó. A principios del 2001 volví a llamar a Ismael, pero me respondió una cubana que había alquilado el apartamento y me contó que ella estaba allí desde diciembre, y que el señor que lo arrendaba antes había fallecido de un infarto, en noviembre.

Así se perdió el último vínculo que tenía con mi padre. Así llegué a saber, a medias, que él había pertenecido hasta el final a aquel grupo de agentes del dictador Batista a los que se acusaba de ser los principales responsables de la represión del régimen en la década de los años cincuenta. Así me metí entonces de cabeza a investigar y a leer todo lo que podía encontrar sobre el Buró de investigaciones. Así conocí, entre otras cosas, gracias al testimonio de un infiltrado en el Buró de investigaciones, que los hombres de aquel grupo conformado por militares, profesionales, policías y civiles, eran capaces de cometer los crímenes más monstruosos. En los locales del Buró de investigaciones se encontraron los primeros equipos para torturas que fueron usados con los revolucionarios…

Así llegó un día, por pura casualidad, por una extraña finta del azar, la oportunidad de conocer a uno de los revolucionarios, uno de los últimos que quedaba con vida fuera de Cuba. Así fue como el destino enlazó la línea de mi vida y la de César Gómez.

Así llegaba el final de esa noche en la que me había enredado en un pasado que me arrastraba hacia un callejón sin salida, hacia la sospecha o la confirmación de que mi padre había sido un criminal, un torturador, un miserable que merecía morir como murió, a manos de los asesinos que llegaron al poder no para inaugurar un nuevo país independiente, antiimperialista y soberano, sino para continuar al servicio de otros amos bajo el mismo régimen de esclavitud.

Bogotá, 2014

César Gómez, con el ceño fruncido, como si no entendiera aún la razón de tener esos papeles en sus manos, leía el acta de juzgamiento y repasaba los otros documentos que le había entregado. Sabía que estaba a punto de preguntarme de qué se trataba todo eso, y en aquel breve intervalo de tiempo había pasado ya del atolondramiento que me llevó a develar el contenido de aquel sobre al arrepentimiento por haberlo hecho; de la ira irracional al sosiego que cae siempre después de una tormenta. En esos segundos intentaba escudriñar el rostro de Gómez para descubrir algo que pudiera revelarme lo que pasaba entonces por su cabeza: un gesto evasivo, la sombra de la culpa acosándolo, una mirada agresiva que de pronto surgiera desde aquellos papeles hacia mí... Pero no sucedió nada que pudiera llamar mi atención. Su semblante era el mismo con el que había empezado a leer los papeles. Sabía, muy en el fondo, que no encontraría una reacción radical cuando él leyera el contenido del sobre, lo sabía y por eso, en los minutos en que el viejo estuvo ojeando el acta de apresamiento de mi padre, los recortes de prensa y el relato aquel de las ejecuciones sumarias, sin necesidad de que hiciera ningún comentario, confirmé que me había hecho una idea equivocada de él antes de conocerlo, cuando en mi mente periodística, de crónica roja, o más bien de literatura de ficción, pensaba que me enfrentaría a uno de los cómplices del asesinato de mi padre, a uno de los barbudos que lo habían enviado al paredón, o cuando supuse que, teniéndolo frente a mí, por su intermedio, se me presentaría la oportunidad más cercana de encarar a los ver-

daderos asesinos, de decirles cómo habían arruinado mi
vida y la de mi familia, cómo arrasaron con la esperanza de
aquellos que añoraban la independencia, de los que los habían respaldado mayoritariamente y que, a cambio, habían
sido encarcelados en la isla, sometidos a vivir en un régimen
de restricciones, miedo y escasez, una vida sin libertades.

Pero en pocas horas había descubierto que Gómez tenía más afinidad conmigo que la que habría tenido con mi
padre si hubiera llegado a conocerlo en mi vida adulta; si
hubiera podido hablar con él y encararlo por sus actos;
si hubiera tenido la oportunidad de saber lo que pensaba,
cuál era su ideología, cuáles habían sido sus temores. Me
había tomado apenas unas pocas tardes con Gómez comprender que estaba delante de uno de los personajes a los
que admiraba en secreto cuando era niño, y que él representaba como nadie a los barbudos de la Sierra Maestra a
los que en mi casa se acusaba de bandidos, delincuentes,
guerrilleros, mientras que yo sólo quería formar parte de
esa banda de aventureros rodeados por un aura tan magnética para los niños y los jóvenes cubanos. De algún
modo Gómez encarnaba el idealismo revolucionario, el de
la atrevida juventud que osó desafiar al poder encaminada
hacia la senda que había trazado Martí, impulsada por sus
palabras: «… la libertad, la esencia de la vida».

El viejo levantó entonces sus ojos y lo que encontré en
ellos fue una profunda tristeza. Extendió los documentos
hacia mí, mientras con su voz pausada, enronquecida ar-
moniosamente por la edad, dijo:

—Estas son las atrocidades que mancharon nuestra
Revolución y que nos forzaron a alejarnos a muchos de
nosotros.

Tomé los papeles, los metí otra vez en el sobre y respondí:

—Mi padre fue uno de los hombres juzgados y fusilados ese día en el Escambray.

Para ese instante el apartamento ya se había cubierto de sombras y sólo la luz del salón nos iluminaba a ambos. Tras un breve silencio, mirándome fijamente, respondió:

—Hombre, cuánto lo siento, precisamente te iba a preguntar qué relación tenías tú con este acto tan bárbaro.

Suspiré y respondí:

—Yo tenía nueve años cuando salí de Cuba, casi no me quedan recuerdos de él. Puede decirse que no lo conocí...

—Lo siento mucho —repitió Gómez, con una aflicción sincera—, no sabía que tú eras cubano y que tu padre había sido parte de esta historia trágica; cuando Elena María habló conmigo me dijo que eras un periodista colombiano.

—Sí, en realidad lo soy por naturalización, igual que usted, pero ella no lo sabía; ni siquiera lo sabe Genaro, el amigo que me contó su historia. Mi verdadero origen no es uno de los pasajes favoritos de mi vida.

Él insistió en sus disculpas:

—Hombre, siento que hayas pasado por todo esto, yo quizás he sido muy franco al contarte esta historia y en algún momento pude causarte algún malestar...

—Justamente por esa razón no se lo dije antes, pues pensé que eso podría condicionar de alguna forma su relato.

—Entiendo y creo que tuviste razón —respondió él—: mi relato no habría sido igual si yo supiera que tu padre...

Yo concluí la frase antes de que el viejo pudiera hacerlo:

—Que mi padre fue uno de ellos.

Él asintió y, desviando su mirada hacia algún punto indefinido del apartamento, dijo:

—Sí, uno de ellos.

Entonces reflexioné en voz alta:

—Hay momentos en que es mejor no escuchar de otros lo que uno sabe o supone y lamenta; lo que uno podría lamentar si lo escucha de labios de otra persona.

Se produjo entonces otro intervalo en el que el silencio se apoderó de todo. El viejo seguía con la mirada perdida en algún punto impreciso de esa oscuridad que cubría el corredor que llevaba hacia la cocina y, al fondo, hacia el único dormitorio del apartamento. Imaginé que estaría recordando a todos esos hombres de la seguridad de Batista que debió conocer por la fuerza de las circunstancias, a los que lo persiguieron más de una vez, a los que lo molieron a palos cuando lo detuvieron en 1952, a los que lo acosaron tantas ocasiones, a los que torturaron y asesinaron a sus compañeros. Intentaba a lo mejor identificar a alguno de ellos con mis rasgos o, quizás, simplemente pensaba como yo en todas las vueltas que habíamos debido dar ambos en la vida para llegar a ese preciso instante.

Me sentía culpable por haberle ocultado ese detalle de mi vida que, una vez revelado, resultaba definitivo en nuestra relación. Pensé incluso que todo el proyecto del libro bien podía haber acabado allí esa noche y que al día siguiente tan sólo me iba a llevar a Quito, en el viaje de vuelta, los recuerdos de varias horas de conversaciones con uno de los hombres más interesantes que había conocido en mi vida. Pero aquel descarte final que realicé de forma tan torpe y atropellada terminaría por afianzar esa relación que los dos habíamos logrado construir.

César Gómez rompió otra vez el silencio y diluyó aquella extraña barrera de hielo que se había formado durante unos segundos entre los dos diciendo:

—Por mí nadie se enterará del asunto de tu padre.

Recuerdo que en aquel momento hice una especie de venia con mi cabeza, agradeciendo su gesto, y respondí con cierta ironía contra mí mismo:

—Quizás es demasiado tarde y hoy él se acaba de convertir en un personaje de novela.

En el rostro de Gómez se dibujó entonces un gesto que bien podría haber terminado esbozando una media sonrisa, pero que, al llegar cargado de tristeza, se desvaneció pronto. Entonces dijo:

—Eres el escritor. Él será el personaje que tú decidas. En este punto hizo una pausa o quizás no llegó a hacerla, porque interrumpí cualquier otra palabra que hubiera querido decir, afirmando:

—Mi padre será quien al parecer fue: uno de los criminales que estuvieron al mando de Batista. Por lo menos eso es lo que yo he podido saber de él.

Epílogo

Los dos años siguientes, más o menos en la misma época, entre abril y mayo, me reuní algunas veces con César Gómez en su apartamento de Bogotá. La última ocasión, hacia finales de abril del 2016, supe que acababa de salir de una intervención quirúrgica de emergencia que le habían hecho por una hernia inguinal. Su hija me contó que las enfermeras y los médicos del hospital se habían quedado asombrados por la fortaleza de este hombre de noventa y ocho años que decidió abandonar el hospital a los pocos días, por sus propios pies, testarudo e invencible, negándose a que lo sacaran en una silla de ruedas. Cuando lo vi, en efecto, estaba perfectamente recuperado, listo para seguir respondiendo preguntas durante horas y relatando aquellos fragmentos de su historia que aún podían ser rescatados de los rincones inexplorados de su memoria.

Esa tarde, entre varios temas nuevos que salieron a la luz, me contó lo siguiente:

—Hace siete u ocho años, no lo recuerdo bien, recibí en mi apartamento la visita de un señor llamado Rafael Brito, que se identificó como representante del Ministerio de la Seguridad de Cuba, y que había venido con un mensaje del presidente Raúl Castro, quien me extendía una invitación del Gobierno cubano para regresar a la isla cuando yo quisiera, e incluso para que pudiera vivir allí y apoyar y aportar con mi presencia al proceso revolucionario y a los cambios que se estaban produciendo en el país. Con toda cordialidad y diplomacia le respondí al funcionario cubano que yo ya era un anciano, que llevaba muchos años fuera, y que ya no tenía nada que aportar en Cuba. «Además», rematé ya sin tanta diplomacia, «como la última palabra la tendrá siempre Fidel, yo allí no regreso».

Cuando le pregunté si no había sentido nostalgia por negarse a volver a Cuba, medio en serio medio en broma, respondió con esa frase que hizo famoso a Martí cuando se refería al tiempo que vivió entre los norteamericanos:

—Viví en el monstruo, y le conozco las entrañas.

Los temas que abordé con César Gómez en esa reunión final giraron especialmente en torno a los aspectos ideológicos de la Revolución y al giro repentino que esta había dado en 1961. Aproveché entonces para comentar con él las evidentes contradicciones que mostraba el propio Fidel Castro sobre este espinoso tema del comunismo, y le leí además una frase de Martí, pronunciada en 1884, que se refería al comunismo como una «futura esclavitud» en la que predominaría el «funcionarismo autocrático» y en la que «el hombre, de ser siervo de sí mismo, pasaría a ser siervo del Estado».

Poco antes de terminar esa última reunión, cuando la conversación se orientó hacia la actual situación del pueblo cubano y a las consecuencias de todo el proceso revolucionario que había empezado a finales del siglo XIX, y que aún sobrevivía en esta segunda década del siglo XXI, el viejo comentó:

—Si alguien no tendrá nunca perdón de Dios por lo que ha pasado el pueblo cubano son los yanquis que nos oprimieron y nos explotaron hasta 1959, y que luego, por desacuerdos políticos, nos impusieron ese embargo criminal desde 1960.

—¿Y Fidel Castro? —pregunté.

Él hizo una pausa breve y respondió:

—A Fidel lo traicionó su vanidad. Esa idea que él tenía de que la revolución, el pueblo y la protesta social eran unas cosas amorfas que alguien debía aglutinar y dirigir, alguien que sólo era él, por supuesto. Eso fue lo que nos llevó a todos los cubanos a perder el rumbo y a alejarnos de nuestro destino. Esa vanidad fue la que lo llevó a traicionarnos a todos los que hicimos la Revolución para alcanzar la independencia y la libertad… Por todo eso él también es responsable frente al pueblo cubano.

Allí había quedado de pronto un hilo suelto que en ninguna de las otras ocasiones fue mencionado. Aproveché entonces para abordar el tema de sus creencias religiosas, algo que el viejo revolucionario jamás había comentado.

—Por lo que ha dicho antes, ¿puedo concluir que usted es creyente, César?

A lo que él respondió:

—Sí, creo en Dios porque no tengo explicación racional para muchas cosas, y aunque la ciencia va abriendo los caminos y absolviendo las respuestas a muchas de nuestras preguntas, hay un punto al que la ciencia no ha llegado nunca, y allí es donde yo encuentro a Dios.

Finalmente, cuando esta novela ya estaba en manos de los editores, justo cuando se cumplían sesenta años del aniversario de la partida de la expedición del Granma, se anunciaba desde Cuba que había fallecido Fidel Castro Ruz.

Unos días después hablé por teléfono con César Gómez para saber cómo había tomado la muerte de Castro. En esa conversación él dijo:

—Lamento lo que ha pasado con Fidel, pero lamento mucho más la situación de Cuba. Me duelen todos los días la pobreza y esclavitud en que se mueve nuestro pueblo por el fracaso del Gobierno revolucionario. Asumo también la culpa que tenemos todos los que participamos en la Revolución por haber confiado en una persona como Fidel, que nos traicionó ideológicamente. No dejo de pensar un solo día de mi vida en lo que dejé hace más de sesenta años: en los paseos por el malecón de La Habana, en las playas, en mi gente. Cuando pongo música cubana aquí en mi apartamento de Bogotá, inevitablemente, las lágrimas afloran en mis ojos… He añorado siempre mis días allí, en mi tierra, pero no seré capaz de volver mientras en Cuba no haya libertad.

Anexos

Lista de expedicionarios del Granma

Comandante en jefe
1-Fidel Castro Ruz (1926-2016)

Jefes de Estado Mayor
2-Capitán Juan Manuel Márquez Rodríguez (1915-1956), murió en combate en la Sierra Maestra.
3-Capitán Faustino Pérez Hernández (1920-1992), no se encuentran datos sobre las causas de su muerte.

Jefe de intendencia
4-Pablo Díaz González (1912-?).*

Ayudantes
5-Félix Elmuza Agaisse (1917-1956), murió en combate en el monte Cacahual.
6-Armando Huau Secades (1931-1957), fue torturado y asesinado por Pilar García, militar al servicio de Fulgencio Batista.

Jefe de sanidad
7-Teniente Ernesto Guevara de la Serna (1928-1967), murió asesinado en La Higuera, Bolivia.

---

* Disidente de la Revolución, su información fue borrada de la página oficial de Ecured (enciclopedia cubana en red).

Oficiales adscritos al Estado Mayor

8-Capitán Antonio López Fernández (1932-1956), murió asesinado en Boca del Río Toro, Niquero, cinco días después del desembarco.

9-Teniente Jesús Reyes García (1920-1974), accidente de tránsito.

10-Teniente Cándido González Morales (1929-1956), murió asesinado en Boca del Río Toro, Niquero, seis días después del desembarco.

OTROS INTEGRANTES DEL ESTADO MAYOR

11-Onelio Pino Izquierdo (1912-1969), se suicidó inhalando monóxido de carbono en el estacionamiento de su casa.

12-Roberto Roque Núñez (1915-1989), por causas naturales.

13-Jesús Montané Oropesa (1923-1999), por causas naturales.

14-Mario Hidalgo Barrios (?-?).*

15-César Gómez Hernández (1918).*

16-Rolando Moya García (?-?).*

PELOTONES

Jefe pelotón de vanguardia

17-Capitán José Smith Comas (1932-1956), murió asesinado en Boca del Río Toro, Niquero, seis días después del desembarco.

Jefe pelotón del centro

18-Capitán Juan Almeida Bosque (1927-2009), por causas naturales.

---

* Disidente de la Revolución, su información fue borrada de la página oficial de Ecured.

Jefe de pelotón de retaguardia
19-Capitán Raúl Castro Ruz (1931).

Jefes de escuadra Primer pelotón
20-Horacio Rodríguez Hernández (1928-1959), muere en combate el 2 de enero, un día después del triunfo de la Revolución.
21-José Ponce Díaz (1926-2001), no se encuentran datos sobre las causas de su muerte.
22-José Ramón Martínez Álvarez (1928-1957), muere en combate en la batalla de Belice en Santiago de Cuba.

Jefes de escuadra Segundo pelotón
23-Fernando Sánchez-Amaya Pardal (?-?).*
24-Arturo Chaumont Portocarrero (?-?). *
25-Norberto Collado Abreu (1921-2008), se desconocen las causas de su muerte.

Jefes de escuadra Tercer pelotón
26-Gino Doné Paro (1924-2008), muerte por causas naturales.
27-Julio Díaz González (1929-1957), muere en el combate de El Uvero.
28-René Bedia Morales (1923-1956), muere asesinado seis días después del desembarco en la zona de Pozo Empalado, Alegría de Pío.

Integrantes de los Pelotones
29-Evaristo Montes de Oca Rodríguez (?-?).*
30-Esteban Sotolongo Pérez (1928-?).*
31-Andrés Luján Vázquez (1929-1956), muere fusilado seis días después del desembarco en la zona Alegría de Pío.
32-José Fuentes Alfonso (?-?).*

---

* Disidente de la Revolución, su información fue borrada de la página oficial de Ecured.

33-Pablo Hurtado Arbona (?-?).*

34-Emilio Albentosa Chacón (?-?).*

35-Luis Crespo Cabrera (1923-2002), fallecimiento por causas naturales.

36-Rafael Chao Santana (?-?).*

37-Ernesto Fernández Rodríguez (1920-2015), fallecimiento por causas naturales.

38-Armando Mestre Martínez (1927-1956), muere asesinado seis días después del desembarco en la zona de Niquero, Santiago de Cuba.

39-Miguel Cabañas Perojo (1930-1956), muere asesinado seis días después del desembarco en la zona de Alegría Pío a manos de Julio Laurent del Servicio de Inteligencia Naval de Fulgencio Batista.

40-Eduardo Reyes Canto (1930-1956), muere asesinado seis días después del desembarco en la zona de Alegría de Pío a manos de Julio Laurent del Servicio de Inteligencia Naval de Fulgencio Batista.

41-Humberto Lamothe Coronado (1919-1956), muere asesinado tres días después del desembarco en la zona de Alegría de Pío.

42-Santiago Liberato Hirzel González (1927-1956), muere asesinado seis días después del desembarco en la zona de monte Cacahual.

43-Enrique Cuélez Camps (?-?).*

44-Mario Chanes de Armas (1927-2007), revolucionario cubano que participó en el asalto al cuartel Moncada y en la expedición del Granma. Fue encarcelado por Fidel Castro y cumplió una pena de 30 años de prisión convirtiéndose en el preso político más viejo del mundo. Murió por causas naturales en Miami.

45-Manuel Echevarría Martínez (?-?).*

---

* Disidente de la Revolución, su información fue borrada de la página oficial de Ecured.

46-Francisco González Hernández (?-?).*

47-Antonio Mario Fuentes Alfonso (1925-1995), fallecimiento por causas naturales.

48-Noelio Capote Figueroa (1930-1956), muere asesinado
cinco días después del desembarco en la zona de Boca del Río
Toro a manos de Julio Laurent del Servicio de Inteligencia Naval de Fulgencio Batista.

49-Raúl Suárez Martínez (1935-1956), muere asesinado
cinco días después del desembarco en la zona de Boca del Río
Toro a manos de Julio Laurent del Servicio de Inteligencia Naval de Fulgencio Batista.

50-Gabriel Gil Alfonso (1924-2013), fallecimiento por
causas naturales.

51-Luis Arcos Bergnes (1932-1956), muere asesinado seis
días después del desembarco en la zona de Las Guásimas.

52-Alfonso Guillén Zelaya Alger (1936-1994), mexicano
de nacimiento, murió por causas naturales en México.

53-Miguel Saavedra Pérez (1927-1956), muere asesinado
seis días después del desembarco.

54-Pedro Sotto Alba (1935-1958), muere en combate en el
ataque al cuartel de la Guardia Rural.

55-Arsenio García Dávila (1936).

56-Carlos Israel Cabrera Rodríguez (1935-1956), muere
asesinado cinco días después del desembarco en la zona de Alegría de Pío.

57-Carlos Bermúdez Rodríguez (1933).

58-Antonio Darío López García (1924-1985), fallecimiento por causa natural.

59-Oscar Rodríguez Delgado (1932-1956), muere asesinado tres días después del desembarco en la zona de Niquero.

60-Camilo Cienfuegos Gorriarán (1932-1959), desaparece
misteriosamente en un accidente aéreo.

---

* Disidente de la Revolución, su información fue borrada de la página oficial de
Ecured.

61-Gilberto García Alonso (1930), su información fue borrada de la página oficial de Ecured.

62-René Orestes Reiné García (1931-1956), muere asesinado cinco días después del desembarco en la zona de Alegría de Pío.

63-Jaime Costa Chávez (1993).* Actualmente vive en España.

64-Norberto Godoy de Rojas (?-?).*

65-Enrique Cámara Pérez (1929-2008), fallecimiento por causas naturales.

66-Raúl Díaz Torres (?-?).* Falleció en el exilio, no se ha encontrado la fecha de su muerte pero se sabe que en abril de 1961 protagonizó un acto valeroso al desafiar a Fidel Castro en la Plaza de la Revolución cuando declaró que la Revolución era comunista.

67-Armando Rodríguez Moya (?-?).*

68-Calixto García Martínez (1928-2010), se desconocen las causas de su muerte.

69-Calixto Morales Hernández (?-2013), fallecimiento por causas naturales.

70-Reinaldo Benítez Nápoles (1928-1997), se desconocen las causas de su muerte.

71-René Rodríguez Cruz (1931-1990). En 1986, Brasil rechazó su nominación como embajador de Cuba por aparecer en una foto dándole un tiro de gracia a García Olayón el 2 de enero de 1959. Se desconocen las causas de su muerte.

72-Jesús Gómez Calzadilla (?-?). *

73-Francisco Chicola Casanovas (?-?). *

74-Universo Sánchez Álvarez (1919-2012), se desconocen las causas de su fallecimiento.

75-Efigenio Ameijeiras Delgado (1931), vive en La Habana.

---

* Disidente de la Revolución, su información fue borrada de la página oficial de Ecured.

76-Ramiro Valdés Menéndez (1932), vive en La Habana. Es vicepresidente de los Consejos de Estado y de Ministros.

77-David Royo Valdés (1934-1956), muere asesinado seis días después del desembarco en la zona de Boca del Río Toro.

78-Arnaldo Pérez Rodríguez (1929-2011), fallecimiento por causa natural.

79-Ciro Redondo García (1931-1957), muere en el combate de Mar Verde.

80-Rolando Santana Reyes (?-?).*

81-Ramón Mejías del Castillo (?-1966). Nació en República Dominicana. El 12 de agosto de 1966 fue atacado por los órganos de inteligencia del presidente Joaquín Balaguer. Murió al día siguiente por las heridas de bala que había recibido.

82-José Morán Losilla (1929-1957), fue ajusticiado en la región de Guantánamo acusado de traicionar a la Revolución.

---

* Disidente de la Revolución, su información fue borrada de la página oficial de Ecured.

HABANA, 3 de NOV. 1961.

QUERIDA ESPOSA:
ACABO DE HABLAR CON TU PAPA, EL ESTA BIEN
ASI COMO LOS DEMAS DE LA FAMILIA. LO DE
TU MAMA NO ES GRAVE, ES MAS BIEN CUESTION
DE TIEMPO. QUIERO QUE ESTES TRANQUILA RES-
PECTO A ESO Y QUE NO LO TOMES COMO UNA COSA
URGENTE.
YO ESTOY FUERTE, SOY HOMBRE DE LUCHAS Y CUAN-
DO ESTA SE PRESENTA ME SIENTO MEJOR QUE CUAN-
DO SOLO SOY UNA COSA OLVIDADA.
SOLO DESEO QUE TU Y CESI SE ENCUENTREN SEGUROS
SABER QUE ESTAN BIEN ME DA FUERZAS PARA ES-
PERAR LO QUE DIOS DISPONGA. POCO QUEDA POR
HACER RESPECTO A MI SALIDA, AHORA PASA A SER
UN ASUNTO DE INDOLE INTERNACIONAL. TENGO LA
SEGURIDAD QUE TENDRAS DATOS DE ELLO POR LA
PRENSA DE ESE PAIS. NO TE DESESPERES Y TEN
FE, CONFIA EN QUE DEFINITIVAMENTE ESTARE JUN-
TO A USTEDES PRONTO, QUIZAS MAS PRONTO DE LO
QUE TODOS ESPERAMOS.
SIGUE ESCRIBIENDOME CON EL MISMO CARIÑO Y CON
LA FUERZA Y ENTEREZA CON QUE LO ESTAS HACIEN-
DO EN LA SEGURIDAD DE QUE ELLO ME HACE MUCHO
BIEN.
YO NO TE OLVIDO UN SOLO MOMENTO Y SE QUE TU
VIVES AL IGUAL PARA RECORDARME Y ESPERAR QUE
DIOS NOS REUNA DE NUEVO Y DEFINITIVAMENTE, YO
SE QUE ASI SERA Y QUE DESPUES DE NUESTRA PROX
REUNION SOLO DIOS CON LA MUERTE NOS PODRA SE-
PARAR/ TEN FUERZAS SUFICIENTES PARA MANTENER-
TE ENTERA MORAL Y MATERIALMENTE, TANTO TU CO-
MO YO TENEMOS DEBERES INELUDIBLES PARA CON
NUESTRO HIJO Y PARA CON NOSOTROS MISMOS, DE-
BEMOS CUMPLIRLOS SINTIENDONOS DICHOZOS POR
PODER HACERLO, NO TODOS TIENE LA SUERTE DE
QUERERSE ASI Y DE TENER UN PEDAZO DE NOSO-
TROS MISMO TAN BELLO Y HERMOZO COMO CESI.
ESPERO QUE ESTA SALGA HOY DE ESTA, SI PUEDO
DECIRTE ALGO MAS ANTES, LO HARE.
CUIDA TU SALUD Y LA DE CESI. TEN CUIDADO CON
LA DASA QUE TOMAS, FIJATE EN QUIEN TE RODEA
PIDE AYUDA SIN PENA SI LA NECESITAS EN LA SE-
GURIDAD QUE YO PODRE CUMPLIR EN EL FUTURO
CUALQUIER COMPROMISO QUE TU CONTRAIGAS.
DALE MIL BESOS A CESI, Y TU RECIBE ME CARIÑO
DE ESPOSO QUE TE ADORA SIEMPRE. BESOS.

---

* Carta de César Gómez a su esposa Elena.

NOV- 27- 61

Mi amada esposa:

Después de muchos días sin poder hacerte ni una letra y después de 4 días que ni una letra tuya, te hago estas líneas, esperando q. lleguen a tus manos algún día, pues la vía es totalmente insegura y no se si el resultado será efectivo.—

Amor mío, como espero q tu papá te haya avisado por teléfono o cable, sabrás q ya fuimos trasladados a la residencia, ahora gobernada por México; aquí estamos totalmente incomunicados no vemos la calle y vivimos sin ningún tipo de comodidad, pero nos han asegurado q. a partir de la próxima semana comenzaremos a salir; aún no conocemos si para México o para U.

Si todo esto fuera poco, los espejuelos se me quedaron en la otra casa, olvidados a la hora de salir, q fue muy rápida y molesta, ahora no puedo leer, y parece no podré conseguir otro por por el momento.

Yo le indiqué a tu papá te indicara me escribieras a tu casa desde donde yo trataría de hacerlos llegar a esto. Mañana voy

---

* Carta de César Gómez a su esposa Elena.

Mi amada esposa:

Después de muchos días sin poder hacerte ni una letra, y después de 24 días sin una letra tuya, te hago estas líneas esperando que lleguen a tus manos algún día, pues la vía es totalmente insegura y no sé si el resultado será efectivo.

Amor mío, como espero que tu papá te haya avisado por teléfono o cable, sabrás que ya fuimos trasladados a la residencia, ahora gobernada por México; aquí estamos totalmente incomunicados, no vemos la calle y vivimos sin ningún tipo de comodidad, pero nos han asegurado que a partir de la próxima semana comenzaremos a salir; aún no conocemos si para México o para V.

Si todo esto fuera poco, los espejuelos se me quedaron en la otra casa olvidados a la hora de salir, que fue muy rápida y molesta, ahora no puedo leer y parece no podré conseguir otro par por el momento.

Yo le indiqué a tu papá que te indicara que me escribieras a tu casa desde donde yo trataría de hacerles llegar esta. Mañana voy a intentarlo.

Nada sé, desde el martes antes pasado, de nadie ni de nada.

Cariño, ya no sufro, no tengo fuerzas para ello. Solo pienso, y hay veces que me abandono al desaliento y vivo como un paria. Ya no tengo fe en nada. Si Dios quiere dejarme aquí por vida, bueno. Si al fin salgo ese día, cuando llegue ese día, volveré de nuevo a vivir —no hago maletas, ni hago cálculos. Estoy totalmente cansado de todo—.

¿Cómo está mi hijo? ¿Podré algún día saber de él y tendré algún día la felicidad de verlo de nuevo?

¿Cómo estás tú? Dime Leni mía, ¿aún te acuerdas de mí, no estás cansada de esperarme?

Si algún día fallas no te culpo. Solo yo soy el culpable de toda tu infelicidad. ¿Por qué habré estropeado tu vida? ¡No sé Leni cómo me quisiste! ¡Valgo tan poco y soy tan poco!

Debes comprender cómo me siento. Manu está peor que nunca.

Ahora no puedo ni siquiera alentarte porque yo no tengo aliento. Vive y cuídate, cuida a Cesi. Cuida tu salud y la de él, eso es lo importante. Yo viviré para esperar algún día en que Dios se acuerde de mí y se apiade de mi sufrimiento. Ojalá para entonces aún te acuerdes de mí, ojalá mi hijo no se olvide de su padre.

En mis noches de insomnio, desde mi catre, pienso en ustedes y ya no lloro, ahora no tengo lágrimas. Ahora espero. Algún día llegaré de nuevo a tu lado, no sé cómo te encontraré, quizás ya me hayas olvidado, pero aun así llegaré para verte y decirte cuánto te he querido y cuánto he sentido en mi alma y en mi cuerpo esta infinita separación. —Espero, algún día, ver a mi hijo y abrazarlo y besarlo con tanto amor contenido por la distancia durante tantos meses—.

Te estoy escribiendo casi a las 11 de la noche, con muy mala luz y una pluma prestada que escribe cuando quiere. Perdona todo esto.

Mi amor; no te pongas pesarosa por esta carta, debí no haberla hecho, pero no tengo vestidos para esconderte cosas y así estoy. Perdóname mil veces.

Cuida a Cesi con todo tu amor, ahora y siempre, y recuerda cuánto es él para mí.

Cuídate mucho, cuídate amor mío, me haces mucha falta aunque sea para decirte cosas tristes y desagradables. Algún día te diré de nuevo y cerca que te adoro con toda mi alma, como nunca quise ni podré querer a nadie. Cuídate mucho. Espero verte, quizás antes de fin de año, pero no me hago ilusiones. ¡Leni, cómo sufro! Pero espérame, mantente firme, no flaquees —ya falta poco—. Te adoro.

No te muevas de esa. Yo iré casi directo.

Mil besos y un abrazo infinito y ardiente de esposo enamorado.

Besos.

César

González Hermanos Ltd.

IMPORTACION-EXPORTACION
MEDELLIN-REPUBLICA DE COLOMBIA

Medellín, Colombia
Noviembre 20, 1961

Sr. Ministro de Relaciones Exteriores
M E X I C O

Distinguido Señor:

Ruego a usted, que de serle posible se
interese por un asilado ahora bajo la bandera de México,
quien desde hace siete meses se haya asilado en la Embajada de Venezuela en la Habana.

Mi esposo, César Gómez Hernández, junto
con el Sr. Manuel Fernández García, quienes ocuparon el
cargo de Sub Secretario del Ministerio de Trabajo y Ministro del Ramo respectivamente, se hayan asilados desde hace
más de siete meses. Yo salí de Cuba el día 3 de Agosto, lle-
gando a Colombia el 7, y desde entonces cada día que pasa es
un nuevo día de dolor y desconsuelo para mí. Viajé con mi pequeño hijo de un año, en la seguridad de que en breve tiempo
me seguiría mi esposo, sin embargo y a pesar de habersalido
gran cantidad de asilados, aún él se encuentra en dicha sede
sin haberle sido otorgado el correspondiente salvoconducto.

Yo sé cuanto ha comenzado a hacer México por
la salida de los asilados cubanos, y es por eso que lo molesto
con mi súplica de interceder por estos dos casos. Para mí su
llegada significa la única manera de poder seguir en un país
totalmente extraño, con mi bebito de doce meses, pues si así
no fuera, no se´que podría hacer, y en el mismo caso se encuentra la esposa de M. Fernández.

Estoy segura Sr. Ministro de la seguridad de
los asilados bajo la bandera de México, y eso metranquiliza mucho, pero ya el tiempo transcurrido ha sido demasiado, y deses-
pero de hacer algo que pueda ayudar la salida de mi esposo de
allá. Si existe algo humanamente posible en sus manos, créame
que le estaré eternamente agradecida.

Una palabra suya, paramí será un aliento, una
noticia u orientación suya, para mí será de absoluta privacidad
honor. Ruego a Dios Todopoderoso que le permita hacer algo por

estos dos casos.

---

* Carta de Elena al ministro de Relaciones Exteriores.

RATIFICAN CIUDADANIA A 5 EXTRANJEROS

La cancillería colombiana informó a la gobernación de Antioquia que cinco extranjeros a quienes se les había concedido ciudadanía en nuestro país, residentes en Medellín, les fue ratificada por el gobierno nacional.

Entre los nuevos colombianos figura el conocido hombre de radio, experto en ciclismo y comentarista Julio Arrastía Bricca, oriundo de la Argentina, quien reside en la capital de Antioquia desde hace varios años.

LOS OTROS

Igualmente, entre los extranjeros nacionalizados en Colombia que recibieron ratificación de su ciudadanía, están César Gómez Hernández, Wilma Winkler de Prada, el primero de origen cubano y la última oriunda del Perú. César Gómez Adán, menor de edad, y la señora Elena Juana Adán de Gómez, ambos cubanos, también fueron reconocidos por el gobierno nacional como nuevos ciudadanos colombianos.

En consecuencia, según informaron funcionarios del gobierno de Antioquia, los cinco mencionados adquieren ya los derechos que otorga la constitución nacional a todos los colombianos por igual.

* Recorte de prensa en el que se reconoce a César Gómez Hernández como ciudadano colombiano.

Agradecimientos

En esta novela han intervenido de forma desinteresada y generosa algunas personas a las que no puedo dejar de mencionar: Stefanie Alarcón, Hernán Vela, Juan Manuel Rodríguez, Jorge Ortiz, Verónica Coello, Rafael Lugo, César Gómez Adán, Rodrigo Borja, Elena María Gómez, Antonio Rodríguez, Eduardo Madriñán, Leonardo Valencia; a todos muchas gracias por su crítica, por sus aportes, por sus comentarios, por su tiempo…

También debo agradecer la labor minuciosa y el rigor editorial de Natalia Jerez y Gabriel Iriarte.

Oscar Vela Descalzo

Sobre el autor

Oscar Vela nació en Quito en 1968. Es escritor y abogado. Ha publicado seis novelas: *El Toro de la Oración* (2002), *La dimensión de las sombras* (2004), *Irene, las voces obscenas del desvarío* (2006), *Desnuda oscuridad* (Alfaguara, 2011, ganadora del Premio Nacional de Novela Joaquín Gallegos Lara de ese año), *Yo soy el fuego* (Alfaguara, 2013, ganadora del reconocimiento Jorge Icaza al mejor libro del año) y *Todo ese ayer* (Alfaguara, 2015, ganadora del Premio Nacional de Novela Joaquín Gallegos Lara 2015). También fue el ganador del Concurso Internacional de Cuentos El Albero (2006) y finalista del Concurso Internacional de Cuentos La Felguera, Asturias (2003). Es articulista de *El Comercio* y autor de las reseñas literarias de las revistas *SoHo* y *Mundo Diners*.